中西文艺理论探析

邓丽芝◎著

中国言实出版社

图书在版编目（CIP）数据

中西文艺理论探析 / 邓丽芝著. -- 北京：中国言
实出版社，2023.9
ISBN 978-7-5171-4594-3

Ⅰ.①中… Ⅱ.①邓… Ⅲ.①文艺理论—中国—文集
②文艺理论—西方国家—文集 Ⅳ.①I0-53

中国国家版本馆CIP数据核字（2023）第185808号

中西文艺理论探析

责任编辑：王战星
责任校对：郭江妮

出版发行：中国言实出版社
　　　　地　　址：北京市朝阳区北苑路180号加利大厦5号楼105室
　　　　邮　　编：100101
　　　　编辑部：北京市海淀区花园路6号院B座6层
　　　　邮　　编：100088
　　　　电　　话：010-64924853（总编室）　010-64924716（发行部）
　　　　网　　址：www.zgyscbs.cn　　电子邮箱：zgyscbs@263.net

经　　销：新华书店
印　　刷：北京虎彩文化传播有限公司
版　　次：2023年11月第1版　　2023年11月第1次印刷
规　　格：710毫米×1000毫米　　1/16　　17.75印张
字　　数：206千字

定　　价：49.00元
书　　号：ISBN 978-7-5171-4594-3

前　言

在政治经济全球化的今天，中西艺术的交流与融合比以往任何一个时代都更为频繁和密切。早在 20 世纪 20 年代，林风眠先生就提出"调和中西艺术，创造时代艺术"的主张。然而，中西艺术的融合，与政治经济科技的国际接轨不同，它需要深入到中西方传统艺术与文化的精神之中，在比较中加以互鉴，在互鉴中促进交融。不同的文化创造了不同的艺术精神，中西方艺术存在诸多差异，它们的理论起源、哲学基础和思维方式各不相同。

中西艺术精神的起源不同。中国艺术的起源与发展深受儒家文化影响，而西方艺术深受宗教神学精神的影响。中国艺术的内涵特别强调伦理与道德，在艺术功能上强调政治教化作用。例如，诗歌中经常出现忧国忧民、怀古伤今、建功立业的主题，宫廷绘画中经常出现尊卑有序、敬老爱幼、求贤若渴、忠诚谦虚的道德教导，这一方面是为了让这些精神深入人心，便于统治者的统治和管理，另一方面是为了让作品的内容升华到精神层面上来，让艺术具有更深远的意义。由此可见，政治道德教化功能推动了中国艺术的发展。文艺复兴之前的西方绘画基本上与神学和

宗教密不可分，离开神话和宗教，许多被视为传世名作的作品
就失去了意义。比如达·芬奇的《最后的晚餐》、米开朗琪罗的
《创世纪》、拉斐尔的圣母像（《玫瑰圣母》《泰拉诺瓦圣母》《椅
中圣母》等等），它们都是宣扬宗教教义、歌颂神性的作品。它
们在创作目的上与中国古代绘画艺术是不同的。如果从艺术赞助
的角度来看，在中国古代，皇帝是最大的艺术赞助人；在西方古
代，教皇则是最大的艺术赞助人。"艺术赞助"这个概念是西方
美术史研究中出现的。所谓艺术赞助即资金拥有者（如国王、封
建领主、教会、手工业行会等）向艺术事业从业者给予资金或
服务支持，以支撑其进行艺术创作的活动。在艺术家创作的过程
中，赞助人的审美趣味在不同程度上影响了艺术家的艺术创作。
作为职业画家的宫廷画家就是在皇室赞助下按照职位领取俸禄，
所作绘画专门为宫廷服务。这样的绘画受其制作目的的影响，题
材上主要为人物画、历史画、花鸟画、静物画等，风格上则多呈
富贵华美的特点。本书《明代宫廷画院与宫廷画家研究》就介绍
了明代皇室赞助下的绘画艺术发展状况。从艺术赞助的角度来
看，作为文人画家的沈周，他的社交对象中对其艺术创作起到促
进作用的，都可以称作其艺术赞助人。《沈周艺术赞助》是从艺
术赞助的角度来考察作为文人画家的社交和创作活动。

　　中西艺术精神的哲学传统不同，这就导致中西方对艺术的
理想和信仰不同。中国古代哲学的最高范畴是"道"。"道"强调

"天人合一"。"天人合一"解释了人与自然、精神与物质、社会与自然秩序的统一性。西方则坚持二元对立的思想，将精神与物质完全分离，精神的归于宗教，物质的属于艺术，这就导致中西艺术形式和艺术风格的不同。中国传统哲学认为精神和物质不可分离，认为这就是宇宙天地本来的状态，而且"精神"起着绝对作用。因此，精神性成为中国传统艺术的内在特征。中国传统绘画也出现过写实的艺术，例如敦煌壁画里的人物画，但是从宋元以来，写意画成为主流。中国画强调"形神兼备"，这个"神"就是与物质对立的精神属性，人物画有人物的神态，风景画有风景画的神韵。西方传统艺术理论则将艺术视为对现实世界的模仿，西方传统绘画描绘物质世界的时候完全不考虑精神世界的位置，当西方现代画家刻画精神的时候，又完全否定物质，用完全抽象的形式来表现精神。中国艺术传统强调"诗画一律"，西方艺术传统则强调"诗画分离"。东晋时期顾恺之就提出"以形写神"的绘画理念，宋元时期的文人画则更是强调绘画的"象外之象""韵味之致"，文人画成为中国古代绘画的审美主流。在这样的背景下，《浙派绘画研究》所论述的明代以浙江地区为中心，以戴进为首的一批职业画家，基于南宋院体传统创作的写实艺术，在画史上的地位就大大不如文人画。在今天中西方艺术视域融合的视野下，怎样理解和评判"浙派"绘画，或许有新的理解和意义。

　　西方艺术传统将艺术视为对现实世界的模仿，强调的是艺术与现实物质世界的关系，绘画就是对现实可见世界的描绘和再现。直到 19 世纪末期，写实绘画达到顶峰之后，画家们才从再现世界转向表现情感。英国美学家、艺术批评家克莱夫·贝尔在《艺术》一书中提出"艺术是有意味的形式"，强调艺术家的创造性以及绘画形式语言的独立审美地位，为西方现代艺术的发展找到了理论支持。绘画是一种造型艺术，它通过线条和色彩来确立自身的主体地位。西方现代艺术抛弃再现的传统，创造了一个纯粹的精神世界。为了描绘和表现这个精神世界，它们完全放弃了物质形象的描绘，走上了完全抽象的道路。《形式与表现：克莱夫·贝尔在〈艺术〉中的两个审美假说》在对《艺术》一书文本细读的基础上，重新阐释了贝尔对于艺术的理解，贝尔强调现代绘画语言自身的主体地位，同时也强调绘画是艺术家审美情感的载体，这种审美情感神秘又深刻，这就是西方现代艺术家所理解的高于现实世界的精神世界。中西方艺术哲学对于精神与物质的关系认识不同，艺术表现中的精神与物质也不同。中国古代绘画打破时空自然秩序，不求形似，但不否定形似，主张以形似求神似。西方现代抽象绘画则完全抛弃形似，只用线条和色彩来表达情感和理念。

中西方艺术思维的差异。中国传统思维方式看重整体、注重和谐、讲究实用、强调综合。中国人独特的思维方式将整体思维、辩证思维、直觉思维集于一身，就如太极图蕴含的图中有阴亦有阳，呈现出此中有彼、彼中有此的整体关联、动态平衡的思想观念。然而，西方文化思维特别注重定性分析中的逻辑性，突出强调逻辑思辨、理性分析。在人类的精神文化领域中，艺术表达与哲学、人的思维方式密切相关，从某种意义上讲，持以什么样的哲学思维就会有什么样的艺术表达，什么样的艺术表达就从深处体现了什么样的哲学思维。比如，中国古代文论呈现出的整体、朦胧、流动等特征，这与中国古代艺术理论强调气、神、韵、境、味等审美范畴的整体流动性不可分割；西方文论注重元素分析和逻辑推理，这与西方人重视元素性和分析性的思维方式密切相关。对于艺术的本质的认识，西方经历了"模仿论""表现论"和"形式论"三种理论的嬗变和交替。如果说"模仿论"是基于艺术与现实世界之间的关系，"表现论"强调艺术是艺术家主观世界的表现，这在中国古代文艺理论中都能够找到对应的理论，那么"形式论"认为，艺术品自有其自身的结构和规则，艺术品艺术性的生成是由其自身内部结构决定的，这就是西方哲学传统和思维方式孕育出来的理论成果，它诞生在西方科学与实证的思维传统中。"形式论"否定艺术存在的社会历史目的，认为文学艺术的本质特征只在于它的特殊形式和审美特性，文学艺术是高度独立于社会的纯粹存在。西方思想中的"逻各斯"中心主义，在 20 世纪 60 年代受到质疑，后现代思潮中的解构主义破除一切传统结构。索绪尔语言学给文学研究带来了颠覆性影响。

拿文学作品来看，后现代艺术理论认为作者并不是文本意义的生产者，"作者"成为一个交织着各种文化符号与社会关系网络的"空间"，对作者问题的研究演变成了对文化现象的研究。巴特把作者理解成文本的产物而不是文本的生产者，福柯把作者描述成一种在权力话语作用下的"结果"或者"功能"，拉康把作者的写作看作是主体无意识行为、作者就是他者。这种结构主义思维模式是西方元素分析与逻辑推理的思维方式的产物，在逻辑上具有很强的解释性，但是在现实层面上有多大解决问题的可能性还值得怀疑和论证。

中西方艺术理论是在两种不同的文化和思维中产生与发展的，随着社会文明的发展，两种文化相互融合和彼此学习，两种思维方式各自具有其解决问题的长处，因此，中西方艺术思想具有相当大的互补和借鉴意义。在如今这个物质文明空前发展的时代，中西方艺术审美问题都遇到市场经济的挑战。《消费社会中艺术审美的价值取向及现实反思》论述了在消费社会的新语境下，中西方艺术理论都面临着价值取向的重新思考的问题。在提倡文化自信的今天，我们在研究和学习西方文化和艺术，理解西方文明的同时，要看到中国传统艺术理论的强大生命力，坚定自己的文化立场、审美标准和行为主张，激活中华优秀传统文化的生命力，为建设中华民族现代文明提供更加澎湃昂扬的精神动力。

目 录

论"诗画一律"

　　自古希腊到后印象派，在这漫长的历史进程中，西方绘画艺术都着力于对自然世界外部特征的模仿和刻画，他们以逼真地再现自然世界的形态为骄傲。同时，浪漫主义之前的西方诗歌以叙述重大历史事件和英雄传说的史诗为主，这类诗歌背景庞大、人物众多、时间跨度大、地理背景虚幻而辽阔，是人类社会传统发展到较高阶段形成的语言艺术。与此相对，伴随艺术实践产生发展的艺术理论，在19世纪之前，西方艺术理论史上关于诗画关系的讨论都是基于这两种艺术门类分别呈现的特点和功用出发的。可以说，西方绘画和诗歌传统都擅长模仿客观世界，只是各自模仿的媒介和方式不同，所以西方关于诗画关系的讨论，主要建立在亚里士多德的"模仿说"的基础上，从外在物质媒介以及它们表现的领域来划分，并且通常是诗画分界，甚至一争胜负。

　　中国古代美学传统是重神轻形，重精神轻物质，重抒情轻叙事。从中国古代诗歌的开端《诗经》开始，中国古代诗歌就关注现实、抒发现实生活中的真情实感，即中国诗歌善于抒情。而中国古代绘画也特别强调"意"，"意在笔先"。所以中国古代诗画关系与西方不同，中国主要是强调二者的"同"而不是"异"。

　　要了解中国古代的诗画关系，首先就要了解中国古代的图文关系。作为表意的文字由图画演变发展而来，"书画同源"，其中之一解就是汉字与图画的源流相同，说的是汉字的前身是图画。南朝学者颜之推有言："图载之意有三：一曰图理，卦像是也。二曰图识，字学是也。三曰图形，绘画是也。"① 讲的就是这个意思。俞剑华说："文字由繁而简，逐渐向符号方面进行，到后来完全变成符号，与原来的形体无关"，"图画则由简而繁，由概念而具体，由象征而写生，完全以表现物象为主，文字的意义几乎等于没有了"。② 如果说"书画同源"指早期的图文关系，那么"诗画一律"则可以代表中国古代图文中有关诗歌与绘画的关系。

一、"诗画一律"何以可能

　　中国古代的诗歌与绘画是中华民族传统艺术宝库中的两颗璀璨明珠。诗歌与绘画植根于中华文化的沃土，蕴含着深厚的哲学思想和人文精神，在历史变迁中相互融合和发展。马克思主义艺术理论认为，艺术起源于劳动，"劳动创造了美"③。中国诗歌与绘画作为凝结着人类智慧与情感的艺术瑰宝，正是诞生于中华民族

---

① （唐）张彦远：《历代名画记》，承载译注，贵州人民出版社 2009 年版，第 4 页。
② （唐）张彦远：《历代名画记》，承载译注，贵州人民出版社 2009 年版，第 6 页。
③ 《马克思恩格斯选集》第 1 卷，人民出版社 1995 年版，第 43 页。

长期的人类劳动和实践中。公元前 3000 年，中国的仰韶文化和龙山文化出现了陶器，这一时期的中国远古人类群居生活、集体劳动，已经有了初步审美意识，他们在石器上雕琢简单的图纹来装饰劳动工具，在泥质烧制而成的陶器上绘制动植物花纹和几何形图案来美化生活用品。这些图案虽然拙稚、天真、神秘，但它们显示了人类祖先对于美的热爱与追求，象征着他们对美好生活的向往，是人类审美意识的萌芽和艺术创作的源头。与此同时，诗歌也在人类集体劳动中诞生了。鲁迅先生在《且介亭杂文》中对此进行了深入论述："我们祖先的原始人，原来是连话也不会说的，为了共同劳作，必需发表意见，才渐渐的练出复杂的声音来，假如那时大家抬木头，都觉得吃力了，却想不到发表，其中一个叫道'杭育杭育'，那么这就是创作。……倘若用什么记号留存了下来，这就是文学。他当然是作家，也就是文学家，是'杭育杭育派'。"① 人类在生产劳动的过程中为了节奏的协调，创造了一种抒发心中感叹的艺术形式，即歌谣。鲁迅先生的这段话深刻而简洁地揭示出文学的起源问题。在劳动的过程中，具有节奏感和音乐性的呼声，慢慢地演变为具有表意功能的语言，这就是中国诗歌的起源。在与大自然的斗争中，这种诗歌承载着他们的思想和情感，记录着他们的生活情景和反映着他们的生活状态。从艺术的起源角度来看，绘画和诗歌都反映了人类社会生产与生活

---

① 鲁迅：《鲁迅全集（第六卷）》，人民文学出版社 2005 年版，第 96 页。

的状况，记录着人类热爱自然、热爱生活的精神面貌。

诗歌和绘画都是艺术家在生产实践中受到外物的触动，从而产生的审美情感。换句话说，诗歌与绘画都是在中国古代人民的劳动实践中产生，凝结着特定历史阶段特定人群的审美情感。冯友兰说："一个民族的文化，是一个民族精神活动的结晶。一个民族的哲学是一个民族的精神对于它的精神活动的反思，从这个意义上说，一个民族的哲学是一个民族文化的最高成就，也是他的理论思维的最高发展。"[①] 中国哲学对中华民族的思维方式、审美方式产生了非常深刻的影响。中国古代诗论与画论从艺术创作实践而来，深受中国哲学思想的影响。

张世英认为，中华民族最具标志性的哲学理念是"天人合一"。"中国天人合一的思想可分为以下几种类型：一是儒家的有道德意义的'天'与人合一的思想；二是道家无道德意义的'道'与人合一的思想。儒家的天人合一又分为两类：一是发端于孟子、大成于宋明道学（理学）的天人相通的思想；二是汉代董仲舒的天人相类的思想。天人相通的思想复可分为两派：一是以朱熹为代表的所谓人受命于天、'与理为一'的思想；二是以王阳明为代表的'人心即天理'的思想。天人合一实际上就是不分主体与客体、思维与存在，而把二者看成浑然一体。也就因为这个缘故，中国传统哲学中的各派一般地说不宜以主体与

---

① 冯友兰：《中国哲学史新编》，中国画报出版社 2020 年版，第 30 页。

客体、思维与存在二者孰先孰后、孰为第一性孰为第二性来划分和评判。"① 中国人的审美观念就是以此作为基础的，在各门类艺术实践中，都强调宇宙感和生命感；在美学精神上就强调"以万物为一"的观念。在"天人合一"的统领下，中国古代艺术创作论中强调的核心范畴"感兴"和艺术品美学价值的核心范畴"意境"，在诗歌和绘画中具有普遍的意义。艺术是审美情感的结晶，然而并非任何情感的抒发都能成为艺术。主观情感的客观化，必须与特定的想象、理解结合起来，才能形成有感染力的道德艺术作品。中国从《诗经》开始就强调艺术创作中"比""兴"的重要性。

如果说"天人合一"是中国哲学精神对中华美学的影响，是将诗画作为不同的艺术门类统一在中华美学的范畴内，那么"书画同源"则是切切实实落实到了书画艺术具体认知和把握上了。对于"书画同源"学界有不同的理解。第一种理解认为"书画同源"是指汉字与绘画是一种同源异流的关系。在汉字出现之前，人类以原始图像作为记录和交流的工具；原始文字的产生也是从图像符号演变而来，象形文字就保留了图像的影子，书法与绘画作为两种艺术门类都起源于原始的意象符号。第二种理解认为是指书法与绘画的关系，也即是说书法和绘画在用笔和技法上非常

---

① 张世英：《天人之际——中西哲学的困惑与选择》，北京大学出版社 2016 年版，第13 页。

相似。例如黄宾虹所说的，"书画同源，欲明画法先究书法，画法重气韵生动，书法亦然"，① 意思是说，书法和绘画一样都讲求气韵生动的审美内涵。

张彦远说："书画同体而未分，象制肇创而犹略。"② 他认为文字与绘画在历史的某个阶段是处于书画不分的状态。从张彦远的论述中，书画还有更为复杂的关系。"无疑传其意，故有书；无以见其形，固有画。天地圣人之意也。按字学之部，其体有六：一古文，二奇字，三篆书，四佐书，五缪篆，六鸟书。"③ 这里的"书"指的是文字，因为没有办法向别人表达自己的意思，就出了文字；不能向别人表现自己看到的东西，这样就产生了绘画。"书画同源"的理论还认为书法与绘画的笔法相同。《历代名画记》中有言："或问余以顾、陆、张、吴用笔如何？对曰：顾恺之之迹，紧劲连绵，循环超忽，调格逸易，风趋电疾。意存笔先，画尽意在，所以全神气也。昔张芝学崔瑗、杜度草书之法，因而变之，以成今草书之体势，一笔而成，气脉通连，隔行不断。唯王子敬明其深旨，故行首之字往往继其前行，世上谓之一笔书。其后陆探微亦作一笔画，连绵不断，故知书画用笔同法。"④ 张彦

---

① 汪己文编：《宾虹书简》，上海人民美术出版社 1988 年版，第 49 页。
②③（唐）张彦远：《历代名画记全译》，承载译注，贵州人民出版社 2009 年版，第 4 页。
④（唐）张彦远：《历代名画记全译》，承载译注，贵州人民出版社 2009 年版，第 79 页。

远以"一笔画"与"一笔书"的出现，认为书画在技法上有异曲同工之妙。书法注重点画、行次之间的呼应关系，绘画则着重通过线条表现形体结构上的有机结合，在具体用笔上是不同的，张彦远所说的"书画用笔同法"，更多的指在审美趣味上的相同。

"书画同源"在文人画中体现得最为突出。文人画完美结合了诗、书、画三种艺术形式，重视绘画的抒情性，讲究诗歌与绘画的意境融合。在"书画同源"的统领下，画家多以书法笔法作画，用水墨线条的轻重缓急来勾画出形象与神采。这种绘画不是对物体外形作详细的刻画，而是以一种半抽象的笔调强调写意，追求主客观的和谐统一。这样，中国古代绘画从具象写实到文人画抽象写意的变化，为"诗画一律"的审美情趣打下了基础。

二、"诗画一律"观之前中国诗画关系

按照今天的艺术分类标准，中国画的起源要追溯到公元前2200年前，那时原始人类创造的陶器上具有鲜明的装饰性造型，这种陶制品也被视为工艺造型艺术品。从此以后，中国绘画经历千年的提炼和发展，形成了具有中华民族独特审美理想、思维模式和哲学思想的艺术体系。从顾恺之的"以形写神"、宗炳的"以古写今"、谢赫的"六法论"、黄休复的"画分四品"、姚最的"文变今情"、张操的"外师造化，中得心源"、张彦远的"笔不

同意同"、董其昌的"南北宗论"直到齐白石的"似与不似之间"等等，"中国画从学养、立意、意境、气韵、经营、笔墨、程式等一系列的创作经验和理论走向成熟，并形成了独树一帜的艺术风格"①。

当中国画在孕育发展之时，中国诗歌也在萌芽生长，悄悄绽放。从口口相传的歌谣到文字记载的易卦爻辞，再到收集与提炼的《诗经》《楚辞》，中国古代诗歌形成了基本成熟的艺术特色，中国古代诗歌现实主义与浪漫主义并存，具有浓郁的抒情主义色彩。与此同时，中国古代诗论特别丰富，刘勰的《文心雕龙》、钟嵘的《诗品》、司空图的《诗品》、严羽的《沧浪诗话》、王夫之的《姜斋诗画》、叶燮的《诗原》、刘熙载的《艺概》、王国维的《人间词话》，再到钱钟书的《谈艺录》等等，中国古代诗歌的审美理想也成熟定型。

艺术"是对某种特殊现实感情的反映"②，艺术的发展与社会的文明发展相伴相随。宋元以前的绘画以写实为主，如留存至今、闻名世界的敦煌莫高窟壁画，色彩鲜明，构图规整、造型逼真，不懂绘画艺术的人也能辨认出所画之物。而且宋元之前的绘画以宗教题材为主，这与当时社会国力强盛、幅员辽阔、佛教盛

---

① 崔孝才:《刍论中国诗画艺术的渊源关系》,《理论导刊》,2009 年 7 月, 第 111 页。
② ［英］克莱夫·贝尔:《艺术》, 马钟元、周金环译, 中国文联出版社 2015 年版, 第 58 页。

行的社会环境是分不开的。此时代表画家有吴道子、张璪、张萱等。诗歌艺术的发展也是如此。汉朝统治者开疆拓土，国力强健，大肆建造亭台楼阁和华丽宫殿，于是顺应发展出汉赋这种堆砌重复、歌功颂德、玩味百物的文体。魏晋南北朝时期，政治动乱，佛教盛行，志士名人清谈成风、超然物外、寄情山水，山水田园诗便空前兴盛。盛唐时期国运昌盛，经济繁荣，文化艺术活动空前活跃，诗歌绘画相互促进、交相辉映，例如王维的作品"诗中有画，画中有诗"。

在此之前，中国古代诗画的合作还不是"诗画一律"内在审美情趣的统一，而是二者共同承担着教化功能和宗教功能。如谢赫《古画品录》所谓"图绘者，莫不明劝诫，著升沉，千载寂寥，披图可鉴"；裴孝源在《贞观公私画录序》中也指出："其于忠臣、孝子，贤愚美恶，莫不图屋壁，以训将来。或想功烈于千年，聆英威于百代。乃心存懿迹，默匠仪形。其余风化幽微，感而遂至。飞游腾窜，验之目前，皆可图画。"诗歌与绘画的创作主要是为了巩固社会秩序。在诗歌和绘画承担教化功能的时候，往往是图文并存，尤其是在人物画中。如刘向作《列女传》并《列女传颂图》①，从而开创了《列女传》图文并作的传播模式；据张彦远的《历代名画记》记载，谢稚一人就绘制了《列女像》《列女传》《列女画》《秋兴图》《列女图》等作品。诗歌和绘画承

---

① （汉）班固：《汉书》，中华书局1962年版，第1727页。

担宗教功能，主要体现在二者创作题材上。为了传播佛教，绘制佛像和佛教经典故事来传播佛经，与经文相辅相成，敦煌莫高窟就有许多这方面的作品存留。在承担教化功能和宗教功能的过程中，其实还是以文字为主、图像为辅的，绘画是为传播语言文字承载的意义而存在。

绘画生动的形象性是作为功能意义上诗画合作关系的基础，也是作为审美意义上的文学图像化的前提，"诗画一律"之前的诗画合作还体现在文学图像化上。曹植创作了《洛神赋》，"翩若惊鸿，婉若游龙。荣曜秋菊，华茂春松。髣髴兮若轻云之蔽月，飘飖兮若流风之回雪"。将宓妃的美描绘得如仙似幻，顾恺之据此创作的《洛神赋图》成为中国艺术史上的珍宝，画作忠实于诗文原作，人物形象和场景设置都十分传神，宋朝摹本被珍藏在故宫博物院。可以说，《洛神赋图》表明绘画的形式美超越了其意义，获得了独立的审美价值，开启了后代诗意画、词意画的创作模式，从此以后绘画与文学的合作越来越多，形象鲜明的诗词被绘画来表达，诗歌与绘画在审美上产生了共鸣。

三、"诗画一律"的审美理想

在关于中国诗画关系的论述中，最有影响力的是"诗画一律"论。苏轼的《书鄢陵王主簿所画折枝二首》其一云：

论画以形似，见与儿童邻。

赋诗必此诗，定非知诗人。

诗画本一律，天工与清新。

边鸾雀写生，赵昌花传神。

何如此两幅，疏澹含精匀。

谁言一点红，解寄无边春。

在这首诗中，苏轼提出了绘画的全新评价标准。苏轼批评了将"形似"作为评价绘画标准的观点。边鸾作为唐代著名的花鸟画家，其作品被米芾称道"鸾画如生"；赵昌生活于北宋时期，画作"不特取其形似，直与花传神者也"。[①] 可以说边鸾的绘画在"形似"上做到了极致，赵昌的绘画甚至做到了"神似"，在画家的意识中，"形神兼备"就是绘画的最高境界了。但苏轼提出新的评价标准——"诗画本一律"，这个审美理想已经超出了既有的"神似"范围，为诗画发展开拓了新的表现空间。

我们看苏轼的《书鄢陵王主簿所画折枝二首》其二：

瘦竹如幽人，幽花如处女。

低昂枝上雀，摇荡花间雨。

双翎决将起，众叶纷自举。

---

① 俞剑华：《宣和画谱》，江苏美术出版社 2007 年版，第 377 页。

可怜采花蜂，清蜜寄两股。

若人富天巧，春色入毫楮。

悬知君能诗，寄声求妙语。

"瘦竹如幽人，幽花如处女"，可知苏轼称赞的"谁言一点红，解寄无边春"，这里的"一点红"指的是画中的花，这就与中国古典诗歌理论中以有限的形象来传达无穷的意味"意境"理论相契合。

"意境"的审美情趣早在先秦时期就已萌芽，魏晋文学自觉的时代，诗歌理论也初见雏形，如六朝时期钟嵘的《诗品》标举无言诗之"滋味"，刘勰在《文心雕龙》中倡导"文外之旨"。意境理论的生成最早在唐代，王昌龄在《诗格》中提出"诗有三境"，即物境、情境、意境，这三境皆由作者主观情感与外界物象交融而成，物境偏重于写山水，情境偏重于抒情，意境偏重于言志。刘禹锡在《董氏武陵集纪》中说："境生于象外。"意境文字有两个层面，一个是表层的"象"，一个是深层的"境"，作者通过"象"向世人宣告在他心中沉淀已久的"境"，这与唐代皎然《诗式》中论述的"但见其情，不睹文字"极为相似。对意境做全面总结的是司空图，他的《二十四诗品》，用"象外"与"味外"理论从具象与抽象两个反面对意境内涵作规定，在逻辑思路上表现得更为清晰、全面、成熟。司空图在《与极浦书》中提出"象外之象，景外之景"，点明艺术意境的精髓乃在于其意象体味意象背后的深层意蕴，这与从有限引向无限、从存在回归超越的道家智慧一脉相承。中国古典诗歌这种"意境"审美理想引入到绘画中，"言有尽而意无穷""意在言外"就是"超以象外"，即绘画基于形象又要超越形象，正是在这样的审美趣味的引领下，"诗画一律"开创了新的绘画审美理想，打破了中国古代绘画之前专注于形象美的范式，走上一条追求"诗意空间"的道路。

在绘画领域，从唐代开始也关注了意境理论。在绘画艺术致力于创造意境的时候，张璪提出"外师造化，中得心源"，主张绘画创作是一个"由外到内、由浅入深、心物交融，主客一体彼此相互联系、相互影响的辩证统一过程"①。郭熙的《林泉高致》："真山水之烟岚，四时不同：春山澹冶而如笑，夏山苍翠而如滴，秋山明净而如妆，冬山惨淡而如睡。画见其大意，而不为刻画之迹，则烟岚之景象正矣。"用诗意的语言要求山水画画出诗意，画出意境。李日华说："凡画有三次第：一曰身之所容。凡置身处非邃密，即旷朗，多景所凑处是也。二曰目之所瞩。或奇胜，或渺迷，泉落云生，帆移鸟去是也。三曰意之所游。目力虽穷而情脉不断是也。然又有意有所忽处，如写一树一石，必有草草点染

---

① 李彦峰：《语图视域中的诗画关系研究》，《南京艺术学院学报》2012 年 1 月，第 105-106 页。

取态处。写长景必有意到笔不到，为神气所吞处，是非有心于忽，盖不得不忽也。"① 可以说，这是中国古代画论对意境层次的划分，就像王昌龄对于中国古代诗歌意境的分析。

意境理论是中国古典诗歌和绘画共同的审美范畴，是"诗画一律"审美情趣的理论交汇点。有了意境这个交汇点，诗歌与绘画互通有无、对话交流。意境"揭示了心与物、情与景、形与神、真与幻、写实与写意、写景与造景、有限与无限、有我之境与无我之境的辩证关系。"② 意境中包含了语图中抽象与形象的统一，包含了绘画图像中的客观外在形象和主体性内在主观情感的统一。

在"诗画一律"的审美评判中，王维是一个不可不谈的人物。他诗、画兼工，苏轼在《东坡题跋·书摩诘〈蓝田烟雨图〉》赞曰："味摩诘之诗，诗中有画；观摩诘之画，画中有诗。"这是对王维诗与画的评价，这个评价得到后世广泛的认可和引用，例如北宋谢薖诗："欲知摩诘诗中画，桃红柳绿皆摹写……欲观摩诘画中诗，小幅短短作四时。"清王夫之文："家辋川诗中有画，画中有诗。"③ 在后世诗画品评中，"诗中有画""画中有诗"已经

---

① 周积寅：《中国历代画论》，江苏美术出版社 2007 年版，第 613-615 页。
② 陶文鹏、韦凤娟：《灵境诗心——中国古代山水诗史·导言》，凤凰出版社 2004 年版。
③ 转引自刘石《诗画平等观中的诗画关系——围绕"诗中有画"说的若干问题》，《文艺研究》，2009 年 9 月，第 42 页。

发展成论述诗画关系的一般理论。宋蔡絛曰:"丹青吟咏,妙处相资。昔人谓'诗中有画,画中有诗'者,盖画手能状而诗人能言之。"金李俊民曰:"士大夫咏情性,写物状,不托之诗,则托之画,故诗中有画,画中有诗。"邹一桂的《小山画谱》说:"故善诗者诗中有画,善画者画中有诗,然则绘事之寄兴,与诗人相表里焉。"这些皆是论述诗画相通的先例。

蒋寅先生在《对王维"诗中有画"的质疑》文章中专门论述了苏轼的这个评价,认为"画中有诗"是对王维诗歌的赞美,是价值判断,但"诗中有画"只是陈述事实,并不能算是对王维诗的价值判断。原因是"诗中有画"这个特征并不是诗歌艺术的价值所在,越是抽象的艺术价值越大,诗歌优于绘画,将诗歌与绘画并置,这是降低了诗歌的身份。这当然不是苏轼的原意,在苏轼眼里,"诗画本一律,天工与清新",诗歌与绘画是平等的,它们内在的审美标准是一致的。"诗中有画,画中有诗",既是对王维诗歌与绘画艺术特色的描述,也是对其艺术价值的肯定。蒋寅认为"诗中有画"不是对王维诗歌的赞扬,原因是具备"诗中有画"特色的诗作太多了,这不是王维诗歌的最高成就。这当然没错,苏轼这么评价王维也只是突出王维作品中诗画融合、相得益彰的一个特点,并没有说诗歌最高的审美境界是体现绘画性。总之,"诗中有画,画中有诗"是诗画融合的一种模式,是苏轼诗画平等观中的一个判断。

　　既然王维的诗歌与绘画的特点是"诗中有画，画中有诗"，那么王维的诗是什么样的诗，画是什么样的画呢？探讨其诗歌与绘画的表现形态，我们就能更好地理解"诗画一律"的理论内涵。

　　王维作为诗人，有"诗佛"之称，其诗多咏山水田园，留下许多脍炙人口的名篇，例如《送元二使安西》《山居秋暝》《使至塞上》《鹿砦》等，这些诗作笔致幽清、意境淡远、气韵高绝。王维绘画的真迹已经不可考，但在中国画史上王维被视为南宗山水画的始祖，我们可以从各方著述中窥探其一斑。首先可以确定的是，王维的绘画作品主要是以山水画为题材的，北宋《宣和画谱》著录其画《雪江诗意图》《雪景山居图》等。在其艺术特色方面，相传"夫画道之中，水墨最为上"为王维论画名句，宋郭若虚谓董源"善画山水，水墨类王维"，可见王维画作以水墨为特色。五代时期的荆浩称王维画"气韵清高"①，《宣和画谱》卷三载："（李）昇笔意幽闲，人有得其画者，往往误称王右丞者焉。"说明王维绘画的风格是气韵清高、笔意悠闲。由此可知，王维山水诗和山水画是相通的，诗画相融。

---

① 荆浩：《笔法记》，《王氏画苑》卷一，《四库全书存目丛书》子部第71册，第135页。

四、"诗画一律"中的题材表现

苏轼曾曰:"诗至于杜子美,文至于韩退之,书至于颜鲁公,画至于吴道子,而古今之变、天下之能事毕矣。"[①]杜甫的诗、韩愈的文章、颜真卿的书法、吴道子的画是不可超越的,但是这些艺术并不是从此以后不再进步与发展。吴道子的绘画成为当时社会的范本,后世想要超越就得探寻新的表现技法。吴道子的绘画是写实摹形的巅峰,宋代绘画就开拓了新的表现方向——写意绘画。

写实绘画着重描绘和表现事物的个性,例如周昉的人物画,表现的是这一个人的体态容貌,而不是这一类人的共性特点;黄荃的花鸟画,让人视以为真;郭忠恕的亭台楼阁画,甚至可以当作施工图纸来使用。但是绘画到了宋代发生了极大转折,绘画开始向抽象方向发展,画面造型脱离具体的物质特点,不是表现"这一个"的特色,而主要是为了"这一类"的概貌,绘画变成抒写画家情感的半抽象符号。最早的抽象画起源于五代时期。这一时期山水画、花鸟画开始兴盛,由于是绘画走向抽象的起始阶段,这一时期对于山水、花鸟的描绘还是能够分辨出具体面貌,

---

① (宋)苏轼:《苏东坡全集》前集卷二十三《书吴道子画后》上册,上海书画出版社 2003 年版,第 12 页。

比如李成、郭熙画的山水是中原地貌，董源的山水是江南特色；因为前者擅长侧笔线条，后者多用"披麻皴"，也就是说，这一时期因为技法笔墨的不同，绘画开始走向抽象。到了宋代，绘画的抽象性进一步发展，比如在绘画树木时，运用"介子点"这样的笔法，无法辨认描绘的是哪一种树木，树叶用圆形或者三角形来代替，只能辨认大致的形状，更无法说明描绘的是什么树种了。到了元代，绘画的抽象性进一步加强，赵孟頫提倡以书法的笔法技巧入画，"以书为骨"成了文人写意画的一大特点。到了明清时期，画谱的流行与普及，让画的绘制变得简单和便捷，画竹就按照竹的画谱来描摹，画梅花就按照梅花的图式来摹写，绘画作品成了批量生产的"复制品"，也变成半抽象符号的商品和复制品。

"当传统美术的记录功能被取代后，美术突然受到逼迫去追求对不可视世界的陈述。人的内在感受的表达，取代了外在的感受记录，取代了对现实世界可视形象的描绘。"[1] 绘画从写实转向写意，苏轼的"诗画本一律，天工与清新"，"论画以形似，见于儿童邻"就是这个审美意识转变之后的理论代表。写意绘画从诞生之时起就以不可阻挡之势发扬光大，中国古典绘画传统从状物写实转向了抒情写意。

---

[1] 朱青生：《没有人是艺术家，也没有人不是艺术家》，商务印书馆 2000 年版，第 23 页。

绘画从具象走向抽象，除了造型从精细刻画演变为偏向抽象符号之外，还表现在色彩的简化上。唐代之前，绘画以象征性的"五色"（青红黄黑白）来着色，虽然并不是完全的写实色彩，但色彩承载的意义仍旧显著，在绘画创作上也讲究"随类赋彩"。宋元之后，绘画转向水墨，物象的叙事性得到进一步的消解，所有形象统一黑白色，"金碧辉煌""青绿山水"都不见了，眼睛看到的世界更加模糊和抽象。"宋时期梁楷、李公麟、米芾等文人的水墨人物、白描人物和以点染手法绘制的米家山水等，对"五色"转向"水墨"起到了推波助澜的作用。"①水墨着色让绘画的写意性进一步加强。至此，绘画造型的符号性与色彩的单一性汇合而至，绘画成为文人"逸笔草草，聊以自娱"的写意空间。这个空间就是诗意的空间，绘画向诗性靠拢。

在诗画融合的过程中，诗歌也在突破语言的限制，表现出绘画的特点。首先体现在诗歌题材上，出现大量山水咏物诗，绘画能描写的对象，诗歌同样也能表现。先秦以来，诗歌主要以"理"取胜，诸子百家的散文著作都是论述哲理，语言玄奥抽象，很难与绘画相结合。汉赋铺排宏大，叙事性强，与之对应的是描摹客观世界的写实绘画。魏晋南北朝时期，山水诗开始兴盛，诗歌开始出现大量色彩和景物的名词，诗歌的绘画性开始凸显。例

---

① 李彦峰：《语图视域中的诗画关系研究》，《南京艺术学院学报》2012年第1期，第104页。

如谢灵运的山水诗中的名句"池塘生春草，园柳变鸣禽"（《登池上楼》），"明月照积雪，朔风劲且哀"（《岁暮》），"首夏犹清和，芳草亦未歇"（《游赤石进帆海》），"云日相辉映，空水共澄鲜"（《登江中孤屿》）……对自然景物的描绘做到情景交融，每一句都充满诗情画意，画面感非常强。诗歌发展到唐代，每一联的对仗性更加严格，而且诗歌中比较少地使用动词，而是比较多地使用名词和形容词，这样诗句呈现出静态美，在结构上与绘画的静态美相似。到了宋元词曲中，意象串联而成的句子全部是名词，如马致远的《天净沙·秋思》中的句子："枯藤老树昏鸦。小桥流水人家。古道西风瘦马。夕阳西下，断肠人在天涯。"开头九个意象并列，犹如一幅静物长卷，牢牢抓住读者的注意力。总而言之，中国古代以山水静物为题材的诗歌，在意象表现上具有绘画性，为诗画融合的审美走向奠定了基础。

五、"诗画一律"观念下的诗与画

诗歌的意义不需要通过绘画来揭示，人们通过阅读诗句就能明确其中的意义；但是大多数绘画需要借助语言来表述其中的意义。诗画融合之后，也即宋元之后，绘画的象征意义加强，山水、花鸟的寓意趋向于固定化，绘画对语言的依赖性减弱。直到明清时期，绘画的形式转化为本体，人们欣赏绘画的笔墨浓淡，绘画的线条、构形具有独立的审美价值，绘画的独立性进一步加强。在"诗画一律"的审美情趣下，诗歌与绘画各自保持自身的独立性，同时相互模仿和靠近。

以诗论画和诗画合体是"诗画一律"的两种表现形态。内容层面的语象重合，即诗歌语言表现的内容和绘画画面描绘的形象重合。题画诗、诗意画及文人画大多数都是属于这类。以诗论画，就是诗歌是对绘画的点评论说，对绘画的创作产生影响，就像绘画理论一样。这样的诗歌主要谈论绘画的造型结构、用笔技法、墨色浓淡等等。

以诗论画是中国诗画发展的一个传统，这个传统可以追溯到唐代，例如白居易的《画竹歌》：

植物之中竹难写，古今虽画无似者。

萧郎下笔独逼真，丹青以来唯一人。

人画竹身肥臃肿，萧画茎瘦节节竦。

人画竹梢死赢垂，萧画枝活叶叶动。

不根而生从意生，不笋而成由笔成。

野塘水边埼岸侧，森森两丛十五茎。

婵娟不失筠粉态，萧飒尽得风烟情。

举头忽看不似画，低耳静听疑有声。

西丛七茎劲而健，省向天竺寺前石上见。

东丛八茎疏且寒，忆曾湘妃庙里雨中看。

幽姿远思少人别，与君相顾空长叹。

萧郎萧郎老可惜，手颤眼昏头雪色。

自言便是绝笔时，从今此竹尤难得。

元稹的《画松诗》：

张璪画古松，往往得神骨。

翠帚扫春风，枯龙戛寒月。

流传画师辈，奇态尽埋没。

纤枝无萧洒，顽干空突兀。

乃悟埃尘心，难状烟霄质。

我去浙阳山，深山看真物。

竹子品格高洁，自古以来就是墨客丹青乐以描绘，但少有表现得好的，但白居易认为好友萧悦画的竹逼真传神。然后从画面入手，赞扬这幅画如何逼真传神，最后感叹如此绝妙的绘画竟然没有赏识之人。诗人认为绘画做到"形似"并不足为奇，但写活、传神、气韵生动才是绘画逼真的要义所在。元稹认为张璪画的古松往往抓住了神骨，而自己虽悟到布满尘埃的心，却画不出气冲凌霄的烟云之质。只有远离世俗凡尘，去到深山之中，才能看到事物的本质真相。这些诗歌都是从画面入手评论，继而对画工的技艺做出评价，对画法和画理提出自己的见解。

宋代以来这类作品更多，如苏轼的《惠崇春江晚景》：

竹外桃花三两枝，春江水暖鸭先知。
蒌蒿满地芦芽短，正是河豚欲上时。

《王晋卿所藏著色山二首》其二：

荦确何人似退之，意行无路欲从谁？
宿云解驳晨光漏，独见山红涧碧时。

黄公望观看南北朝著名画家张僧繇的《秋江晚渡图》后所作的诗：

何处行来湖海流，思归凭倚隔溪舟。
枫林无限深秋色，不动居人一点愁。

元代画家王冕为自己的画作《墨梅》题的诗：

我家洗砚池头树，朵朵花开淡墨痕。

不要人夸颜色好，只留清气满乾坤。

徐渭《墨葡萄》：

半生落魄已成翁，独立书斋啸晚风。

笔底明珠无处卖，闲抛闲掷野藤中。

沈周《自题山水》：

秋来好在溪楼上，笔墨牢牢意自闲。

老眼看书全是雾，模糊只写雨中山。

唐寅《纨扇仕女图》：

秋来纨扇合收藏，何事佳人重感伤。

请把世情仔细看，大都谁不逐炎凉。

董其昌《红树秋色图》：

山居幽赏入秋多，处处丹枫映黛螺。

欲写江南好风景，雪川一派出维摩。

郑板桥《画竹》：

> 两枝修竹出重霄，几叶新篁倒挂梢。
>
> 本是同根复同气，有何卑下有何高。

　　这些诗作都是谈论画理、画法，或赏画、评画，不仅解读了画面描绘的景物，还为绘画创作做出艺术理论上的指导。诗歌所描述的画作在色彩和造型方面与诗歌语言描述的一致，而且绘画在表现形象上更加直观，诗歌在解释理论内涵方面更加直白，此类诗画合作，构成同一时空下的诗画对话关系。以诗论画，诗歌中具有理论性的绘画评论影响着后世绘画的创作发展，绘画也以画家的艺术表现来影响诗人观看世界的眼睛，进而影响诗歌语言的表达，如此诗画对话、循环往复。

　　诗画对话的另一种形式是"以语表象"，即诗歌与绘画在表现内容上具有一致性，诗歌的语言表述与绘画的视觉形象重叠，"由画及语，由语及画，在语图间的往复回环中让人领略到语图结合的趣味和魅力。"① 诗歌语言与绘画语言相互补充，从而拓宽可审美空间，获得审美愉悦。早期的题画诗、诗意画、文人画大多属于诗画重叠的形式。有些诗歌直接点明了所描绘物象的名

---

① 李彦峰：《语图视域中的诗画关系研究》，《南京艺术学院学报》，2012 年 1 月，第 108 页。

称，离开画面仍然知道诗歌所描绘的是何物；也有的诗歌题在画面上，不再直接指出所写事物，离开画面可能就无法确定所咏之物。前者如清朝郑板桥的《新竹》："新竹高于旧竹枝，全凭老干为扶持。明年再有新生者，十丈龙孙绕凤池。"后者如宋朝郑思肖的《寒菊》："花开不并百花丛，独立疏篱趣未穷。宁可枝头抱香死，何曾吹落北风中。"

"诗画一律"在实践层面除了形象直观地以诗论画或者以语表象之外，还有语象不相关的情况，即诗歌与绘画之间只凭借意境的共通性相互联结。诗歌与绘画之间是自由的，但诗画之间通过暗喻这一修辞手法联结在一起。最著名的是宋代画院出的试题，给出一句诗，根据诗中的意境作画，绘画不能出现诗中的意象，而是通过画面的张力表现语言的意境，好的作品不落入俗套，在表现的过程中就要发挥想象力，有名的例子如"野渡无人舟自横""深山藏古寺"，绘画作品都没有出现诗句中的物象。这就要求绘画做到"超以象外，得其环中，持之匪强，来之无穷"（司空图《思品·雄浑》）。诗画在意境层面上的一致性，各自摆脱了语象和技法层面的束缚，二者在某种内在意蕴的联系下都更加独立和自由，这是"诗画一律"在审美层面上的显现。

宋元时代兴起的文人画、写意画，存在绘画与诗歌共享一个文本的艺术形式，画家画完之后，自己或者请亲朋好友在绘画上题诗，画家和诗人以及后来的收藏家都在画面上盖上自己的印章，这样就形成了绘画、诗歌、书法、印章等多种艺术形式相互交融的文本。

明代宫廷画院与宫廷画家研究

  明代虽然没有像宋代翰林图画院那样正式的画院机构，但有对画家进行管理的专门机制，有宫廷画家工作的场所，画家有其官职升迁的体系，一直有"画院"之称。明代宫廷画院制度在借鉴唐宋体制的基础上，因其特定的政治、经济、思想、文化因素，亦有其自身特色。明代立国276年，其画院制度前后发展变化，经历了初创（洪武至永乐年间，1368—1424）、繁盛（宣德至弘治年间，1426—1505）到衰落（正德以后）的历程。宫廷画家众多，人物、山水有其自身特色，花鸟成就最为突出，呈现出工笔重彩、水墨写意、设色没骨等多种风格。画家擅长的题材和所取得的建树，与宫廷画院建立的宗旨密切相关。明代宫廷绘画为政教服务，呈现出平民化的艺术品位，其前期花鸟画影响较大，但后世对其评价不高。

一、明代宫廷画院体制

  明代建国不久，朱元璋就征召画家供奉于内廷，以后各朝不绝如缕，因此，明代有宫廷画家是毋庸置疑的。但对于明代是否有"画院"这个问题，学界尚无定论。以华彬、顾平、单国强等先生为代表的学者，以景泰时进士邱濬（1418—1495）在《重编琼台稿》中题在林良《画雁图》中的诗"仁智殿前开画院，岁费鹅溪千匹绢"为依据，认为虽然不能确定明代有像宋代翰林书院那样正式完备的画院，但明代有类似于宋代的画院机构。而陈传席教授认为"明代没有正式的画院"①。依据画史，最早出现"画院"之称的是明末朱谋垔于崇祯四年（1631）成书的《画史会要》，"周位"条下记："周元素，太仓人，高庙取入画院。"有其名必有其实。明代画院机构和制度与宋代翰林书画院不同，不够完备和正式。

明代没有在宫廷单独设立隶属正式国家机构的画院，而是由宦官机构御用监直接对宫廷画家进行管理。而御用监除了具有对宫廷画家的管理职能外，还有其他职能，所以明代的御用监并不等同于画院。《明实录》在涉及宫廷画家时，没有直接提到"画院"一词，而是多用"御用监画士""以画事供奉内廷""供绘事于御用监"等词句，这说明御用监负责管理宫廷画家事务，但不是专门的"画院"机构。明代虽无画院之名，但有画院之实，大批宫廷画家由内府宦官机构对其进行管理，所以明人往往沿用宋人"画院"之称。明代宫廷画院有些散乱，没有固定编制，画师

---

① 陈传席：《中国山水画史》（修订本），天津人民美术出版社 2001 年版，第 329 页。

没有专门的职务，差不多相当于兼职。但明代有对画家进行管理的专门机制，有宫廷画家工作的场所，画家有其官职升迁的体系。所以，我们继续沿用"画院"之名来指称明代对宫廷画家管理的机构和方式。明代宫廷画院经历了从初创到逐渐成熟的过程，鼎盛期不长，衰落却很迅速。

（一）明代宫廷画院的历史变迁

单国强、赵晶联合编著，故宫出版社 2015 年出版的《明代宫廷绘画史》的一书研究认为，明代宫廷画院的发展变迁经历了初始、鼎盛、衰落三个阶段，每一个阶段都有其自身的原因和特色。一是初始阶段。这一阶段大致的时间是洪武至永乐年间（1368—1424）。明代开国皇帝朱元璋，也即明太祖，农民阶层出身，幼时家庭贫寒，所受教育不多，但他天资聪颖、禀赋过人、勤学苦练，通过自学以及经历实践，对历史的兴亡更替往往有超越常人的见解，并非一介武夫。明太祖对绘画艺术有浓厚的兴趣，元末明初，有不少画家与朱元璋有过接触，受征召进入宫廷服务。明代第三代皇帝明成祖朱棣，享受得天独厚的教育资源，通过潜移默化，也对艺术充满兴趣。

明代建国后，广招各类专业人才，洪武二十六年（1393）下令："凡天文、地理、医药、卜筮、巫师、音乐等项艺术之人，礼部务要备知，以凭取用"①，画家亦属于专业人才在求访之列。揽画家入宫，一是为了沿袭旧制，前代宫廷就有宫廷画院的传统；二是为了满足皇帝本人的艺术爱好和精神追求；三是现实使用性的需要，建立的新王朝修建了许多宫殿、都城，需要绘画、美术等工程的装饰和完善。

洪武时期设立了两个机构对画家进行管理。一个是御用监（其后更名为供奉司），另一个是中书省以及其下属工部。吴元年，即1367年设立御用监；洪武六年，即1373年改御用监为供奉司；洪武二十二年，即1389年又罢供奉司，据推测，此后画家归内务府机构或者工部下属机构。

明代正式建立之后，即洪武元年（1368），正式在中书省下设立吏、户、礼、兵、刑、工六部；洪武十三年，即1380年，废除中书省。在洪武元年以前，画家隶属于中书省下负责营造的部门，在洪武元年后，则属于中书省下的工部，废除中书省后仍属于工部。

《明太祖实录》丙午年八月至十二月己巳载：

> 典营缮者以宫室图来进。上见其有雕琢奇丽者即去之，谓中书省臣曰："宫室但取其完固而已，何必过为雕

---

① 万历《明会典》卷一○四，中华书局1989年版，第568页。

斫。"①

　　这表明明代正式建立之初，中书省下属工部营造部门已经管辖一些画家，并且为宫室建造服务。

　　明成祖朱棣即位后，征召大量画家入京，十分重视明代书画院的建设。他仿照宋代体制设画院于内廷，并选派黄淮进行宫廷画家的选拔。"太宗皇帝入正大统，海宇宁谧，朝廷穆清，机务之暇，游心词翰。既选能文能书之士集文渊阁，发密藏书贴，俾精其业，期在追踪古人。又欲仿近代设画院于内廷，命臣淮选端厚而善画者充其任。"②可见，具有明代鲜明特色的画院在永乐时期基本定型。

　　永乐时期画院的建设成就主要体现在以下几个方面：一是授予宫廷画家官职。营缮所是明代永乐时期级别较低而又非常常见的官职。陆钹称永乐时"一时画士聚授营缮所官"③。二是一批杰出的画家进入画院，并崭露头角。明代著名画家边景昭、韩秀实、赵廉、郭纯、李在等都是这一时期被招进宫廷的。三是继承两宋绘画风格，明代"院体"绘画以及与之联系密切的"浙派"

①《明太祖实录》卷二十一。
②（明）黄淮：《介庵集》卷九《阁门使郭公墓志铭》，《四库全书存目丛书》影印民国二十七年永嘉黄氏敬乡楼丛书本，集部第27册，第50页。
③（明）陆钹：《饭启动哀辞》，《列朝诗集》丙集卷二，《续修四库全书》第1623册，第222页。

绘画崛起。

至永乐时期，明代画院制度建立的两大基础基本建立起来了，一是建立了画院的管理机构，御用监和中书省以及其下工部；二是明确了宫廷画家官职体系系统，这也就标志着明代画院制度建立起来了。

二是鼎盛时期。从宣德至弘治年间（1426—1505），是明代社会政治、经济发展稳定的时期，也是明代画院发展鼎盛的时期。明宣宗执政时期（宣德年间），社会政治安定和谐，经济发展繁荣昌盛，文化蒸蒸日上，画坛也生机勃勃。明宣宗朱瞻基酷爱文学艺术，擅长绘画。明代姜绍书《无声诗史》中记载："帝天藻飞翔，雅尚词翰，尤精于绘事，凡山水人物花竹翎羽，无不臻妙。"在皇帝的热爱与倡导下，绘画得到更多的关注和投入，这就推动了画院的发展和完善。这一时期画院基本维持了繁荣的局面，并在成化时期臻于鼎盛。画院建设的成就具体表现在以下几个方面：

一是提高了画院管理机构御用司的品级，改御用司为御用监，使得御用监与其他十一监地位相同，正式成为宦官十二监之一。二是供奉宫廷画家除少数安排原机构外，大多隶属于仁智殿。部分级别较高的画家也入职于武英殿和文华殿。三是宫廷画家的官职和待遇有所提高。授画家以锦衣卫武官名衔，领薪俸而不司其职，有都指挥、指挥、千户、百户、镇抚等级别，官位都比较高。四是画院的规模进一步扩大，画院创作题材丰富，绘画风格多样。据记载，在成化时期，宫廷画家最鼎盛时期多达 1000 人以上[①]，远远超过宋代画院人数。

三是衰落阶段。明武宗正德（1506）以后，朝廷政治日益腐败，社会经济也不如以前，再加上画坛上"吴派"文人画逐渐崛起，宫廷画院日见衰败，至明中期后明代宫廷画院名存实亡，直至销声匿迹。这一时期，画院机构虽仍然保存，但名家寥落，大多画师水平不高，属于滥竽充数者。所知稍有名气者惟正德朝朱端、万历朝吴彬、崇祯朝文震亨，但他们的画风已游离于"院体"，在画院也没什么影响。这一时期有官职的画家俸禄下降、官职品级下降、官职的升迁方式也发生了变化，宫廷画家的规模大大减少。

（二）明代画院的机构和工作场所

明代宫廷画家所属的管理机构、任职机构和工作场所，以及任职领薪的机构是不同的，与宋代翰林书画院相比，甚不完备。

1. 画院的管理机构

明代画院的管理机构是御用监。明代永乐时期画院基本定型，御用监作为画家的管理机构在永乐时期确定后就没有变化。御用监是内廷宦官机构"十二监"之一，换句话说，明代宫廷

---

① 单国强、赵晶：《明代宫廷绘画史》，故宫出版社 2015 年版，第 105 页。

画家是属于太监管理的。御用监的职能主要是与宫廷礼仪相关。"若文武两殿本自有别，文华为司礼监提调，与提督本殿大珰（宦官）相见，但用师生礼。武英殿中书官，本朝本不曾设，其在今日，则属御用监管辖。"① 可见，直到明末，御用监始终是画家的管理机构。

宫廷画家虽然授以锦衣卫、文思院、营缮所等机构的不同官职，但都隶属于御用监，在"御用监办事"。御用监设有"仁智殿掌殿监工"一名，专门负责宫廷画家作品的呈送和管理。御用监对宫廷画家具有考核权，在一定程度上决定进入画院的人选。嘉靖以后宫廷画家官职升迁，不再由礼部和吏部考选，而是直接由御用监选用。

2. 宫廷画家挂名的任职机构

明代宫廷画家和艺匠，在宫内三殿（仁智殿、武英殿、文华殿）从事创作活动，月给俸粮，各司其事。宫廷画家级别较高的多授予武职，其中最高级别的是锦衣卫官职，属于寄禄性质，不从事实际的武职事务，称"带禄"，仍然隶属于内府御用监管理，升授由皇帝直接任命。

一是锦衣卫。锦衣卫初建于朱元璋时期，是皇室的禁门军，据《明史》"官职志"记载："锦衣卫掌侍卫、缉捕、刑狱之事，恒以勋威都督领之，恩荫寄禄无常员。凡朝会、巡幸，则具卤

① （明）沈德符：《万历野获编》卷九，中华书局 1959 年版，第 249 页。

簿仪仗，率大汉将军等侍从扈行。宿卫则分番入直。"锦衣卫最初仅属京卫之一，后赋予缉查、刑狱之权，成为由皇帝直接掌握、超越三法司（刑部、都察院、大理寺）的最高司法机构，与东西厂合称"厂卫"。所属有南北镇抚司十四所和各地所设卫所。卫所官职分九等，即"都指挥使（正二品）、都指挥同知（从二品）、都指挥佥事（正三品）、指挥使（正三品）、指挥同知（从三品）、指挥佥事（正四品）、千户（正五品）、副千户（从五品）、卫镇抚（从五品）、百户（正六品）、所镇抚（从六品）"①。

明代宫廷画院授予宫廷画家锦衣卫官职的原因，主要有：第一，锦衣卫具有管理军匠的职能。明代前期画家多属匠籍出身，特别是军匠较多，而锦衣卫南镇抚司兼理军匠，所以宫廷画家可以置于锦衣卫中食粮或领取俸禄。第二，锦衣卫官职具有"寄禄"的性质，可以领薪水但不承担具体明确的事务。明代的武职原本具有规定数量的，后来由于"寄禄"人数太多，就不再固定额数。锦衣卫官职没有名额限制，人员增减灵活，他们"恩荫寄禄无常员"②，明代"妃、主、公、侯、中贵子弟授官者多寄禄锦衣中"③。授予锦衣卫官职并非仅仅针对宫廷画家，而是当时在皇帝周围服务人员外戚所享有的一种常见待遇。第三，锦衣卫属于

---

① 赵晶：《明代宫廷画家官职考辨》，《故宫博物院院刊》2015 年第 5 期，第 54 页。
② 《明史》卷七十六，第 1863 页。
③ 《明史》卷八十九，第 2185 页。

武职系统，官职较多，品级相差较大，对于非科举正途出身的宫廷画家授予此类官职，寄禄于其中便于依次升迁。

二是工部所属衙门①。明代宫廷画院也有分属工部管辖的营缮所、文思院等行政机构，画家们在这些机构里供职领薪，这里的职位都比较低。工部是六部之一，掌管天下土木水利工程，工部下设屯田、虞衡、都水、营缮四司，下又设五小厂。其中营缮所管理水利，职责为水工，官职有营缮所丞（正九品）；文思院为丝工，官职有文思院大使（正九品）、文思院副使（从九品）等。工部在六部中地位最低，官职一般由工匠担任。许多画家初入宫廷时被安排在工部，授以较低的职位，只有在受到皇帝的宠爱和恩泽后，才再被授以官阶较高的锦衣卫武职。例如永乐年间昭入宫廷的郭纯，初入宫时任职为工部营缮所丞；仁宗时，升任为翰林院阁门使（正六品）；到了宣德年间，又一次升迁为锦衣卫镇抚（从五品）。又例如林良，弘治初期被授工部营缮所，后转升为锦衣卫指挥。

3. 画家的工作场所

明代宫廷画家主要活动于仁智殿、武英殿、文华殿三个地方，此三殿为画家创作的场所或者机构。

仁智殿。仁智殿又名北辰殿，俗称白虎殿，永乐时期修建，也是帝后出殡前停放灵柩的地方。永乐至嘉靖时期，仁智殿作为

---

① 此部分引自单国强《明代"院体"》，山东美术出版社 2005 年版，第 6 页。

宫廷画家的工作场所和画院机构。"上官伯达，邵武人，善写山水人物，永乐间北京殿成，召诣京师，直仁智殿，作《百鸟朝凤图》称旨，除官不受，以年老请归。"[①] 仁智殿周围是宦官工作的场所，地点相对偏僻。嘉靖以后，宫廷画家不再在仁智殿办公，原先负责画院管理的仁智殿掌殿监工一职却仍然沿袭旧称，掌管画家承旨所作书籍、画扇，并负责奏至御前。

武英殿。武英殿始建于永乐时期，是皇帝召见群臣的重要便殿，也是皇后接受命妇朝贺的地方。画院由仁智殿迁移到武英殿，客观原因是嘉靖以后，皇帝极少在此活动，武英殿的重要性下降，这样原本局促的画院就从仁智殿转移到了宽敞的武英殿。主观上的原因是，负责掌管画院的内廷太监，认为仁智殿是停灵之所，不吉利，当紧挨着的武英殿闲置下来之后，管理画院的宦官就主张搬迁到武英殿。嘉靖以后，随着画院从仁智殿搬迁到武英殿，宫廷画家都到武英殿办公，武英殿中书舍人成为宫廷画家的主要官职。

文华殿。文华殿，即东宫，在嘉靖以前，文华殿是太子居住的宫殿，太子读书也在此处。文华殿和武英殿一样，是重要的便殿；皇帝会见群臣，举行经筵之礼，皆御文华殿。特别是宣德之前的皇帝，"美视朝毕，无日不御文华殿或便殿，召大臣及儒臣

---

① 乾隆《福建通志》卷六十一。

讲读"①。另外，它亦是皇帝祀典之前在宫内斋戒期的寝室。文华殿内阁史馆典藏着翰林院内府图书，文华殿中书舍人（又称"文华门耳房书办"）时备皇帝传唤写对联、年帖之类事务，其地位稍次于两房阁臣中书（即文渊阁和内阁书办）。文华殿以善书者供职为主，但也有少数画家供奉此殿。嘉靖以前，记载有周全，倪端、吴伟、吕纪等人入值于文华殿。嘉靖以后不再有画家入值于此，但文华殿的重要地位并没有削弱，一直是明代重要宫殿。

（三）画家的选拔考核和官职升迁

明代宫廷画家被征召入宫的记载较多，如赵原"洪武初被征"②，范暹"永乐中征入画院"③，许伯明天顺朝"与林时詹同时被召"④，等等。画家进入宫廷画院，既有地方官员的举荐，也有通过公开选拔，或者皇帝下旨征召。朝廷通过人才推荐储备机制，或者因为一时之需，向民间征召各项艺术人才，画家也在储备之列。弘治十五年（1502），孝宗"诏取天下名画士"，郭诩"郡中推择"而应召入京⑤。吴彬"万历间以能画荐授中书舍人"⑥。明代

---

① 《春明梦余录》卷九，第130页。
② 《明画录》卷二，第18页。
③ 《明史会要》卷四，第558页
④ 《佩文斋书画谱》卷五十五。
⑤ （明）过庭训：《本朝分省人物考》卷六十八，《续修四库全书》影印明天启刻本，第534册，第85页。
⑥ 《无声诗史》卷四，第67页。

早中期对于画家的举荐和考核比较正规，若徇私舞弊，便予以处罚。如宣德元年（1426），边景昭因受贿而举荐陆悦、刘圭，被革其冠带罢为平民，"以戒荐举之徇私者"①。宫廷画家也有父子相袭或师徒相传而进入画院的。明代宫廷画家多授锦衣卫官职，而锦衣卫官职是允许父子相袭的，这为宫廷画家子承父业进入画院提供了条件。有父子两代都在画院中供职的，如宣德时期的边景昭及其子边楚芳，天顺、成化时期的周文靖及其子周鼎，陈端及其子陈名悦。吕纪从子吕高、吕棠，门生肖增、刘俊、陆镒，均入宫供奉。

宫廷画家虽然是技术官，但画家的官职袭用其他部门的官职，而且这些官职大多数和其实际从事的工作没有直接的联系，属于寄禄性质，画家所授的官职文武都有。在嘉靖以前，官职六品以上的宫廷画家主要寄禄于武职中的锦衣卫，授锦衣卫指挥同知、佥事、千户、百户等职。六品以下官职较低的宫廷画家多授予"中书舍人、文思院副使、工部营缮所丞、鸿胪寺序班、文渊阁待诏、顺天府通判、阁门大使"等文官官职②，相对复杂一些。宫廷对画家的管理中，一般在画家官职后标注他们活动的主要场所，如边景昭任"武英殿待诏"。但也有一些画家入驻三殿却没有得到官职，这种画家一般被称为"办事"，或"画士"。明代宫

①《宣宗实录》卷二十三。
②（明）沈德符：《万历野获编》卷九，上海古籍出版社2012年版，第209页。

廷画家所能获得的官职品级远远高于前代，锦衣卫武官官职从正二品到从六品，锦衣卫都指挥使为正二品，都指挥同知为从二品，都指挥佥事为正三品。不得不说，在历史上，从事绘画工作的画家，获得如此高的官职实属罕见。

嘉靖以后的宫廷画家的官职主要集中在武英殿中书舍人一职。文职中的中书舍人与武职中的锦衣卫相对应，是宫廷画家重要的官职。据梁清远《雕丘杂录》的记载，文华、武英两殿中书"俱可加衔至卿寺"①，官居武英殿中书舍人的宫廷画家可升迁至太常寺、光禄寺、鸿胪寺、太仆寺等卿寺职衔，一般为少卿或寺丞（正卿一般只给科举出身者）。

《万历野获编》卷九载：

两殿官虽分，而考授则无异。其以监生入者，历三年即拜中书舍人，若九年即升带衔部寺矣；其以儒士起家者，仅得鸿胪序班，九年满得从八品，又九年始拜中书舍人，其途纡回如此。此后力俸加升，则郎署卿寺便无分别。若迳年纳级，则又不然矣。②

由此可知，嘉靖以后在武英、仁智二殿办事的儒士出身的宫

① （清）梁清远：《雕丘杂录》卷五，山海辞书出版社图书馆藏清光绪三十四年铅印本影印，第314页。
② （明）沈德符：《万历野获编》卷九，上海古籍出版社2012年版，第209页。

廷画家先给冠带，然后授予从九品的鸿胪寺序班一职，九年满称职升至从八品，在九年升至从七品的中书舍人。

正是因为明代宫廷画院的画家挂职其他部门，文武官职都有，宫廷画家在授职、升迁、待遇、奖惩等方面，无固定标准和制度遵循，多凭帝王的好恶以及主管官员的意向而定，画家的命运偶然又无常。宫廷画院授予官职的方式主要以"传奉"为主，即授官"不通过吏部或者兵部正常的任命程序，而是由宦官直接传授皇帝圣旨来任命官员"①，这样画家的升迁与其本身的技艺水平、受君主的青睐程度有很大关系。

永乐至正德时期，画家的升迁一般有两种模式，最常见的一种套路是，由普通画士升迁到工部营缮所丞或文思院副使、大使等文官官职，再升迁到锦衣卫的武官官职。这种升迁模式适合一般民匠或者平民出身的宫廷画家。花鸟画大家林良的升迁就遵循了这个路数，是一个很好的例证。林良在宫廷中主要活动于成化、弘治年间，他在天顺时期入宫廷画院，此时被授予工部营缮所丞，官职为正九品；此后他受到皇帝的特别赏识，在画院的升迁比较顺利，成化、弘治朝先后任锦衣卫千户所镇抚（从六品）、百户所百户（正六品）、千户所正千户（正五品）、指挥使（正三品），可谓是宫廷画家理想的人生之路。另一种方式是从锦衣卫内部的小旗、总旗再依次升迁到所镇抚、百户等较高级别的官

---

① 赵晶：《明代宫廷画家官职考辨》，《故宫博物院院刊》2015 年第 5 期，第 53 页。

职，属于武职内部的升迁。这种形式以军匠或一般军户家庭出身的宫廷画家为常见。如景泰五年（1454）十月，"锦衣卫善画军匠甯祯为所镇抚"。天顺三年（1459）七月乙酉，画家刘晋亦由军匠升为试百户①。宫廷画家因为是"传奉"授官，并不经过史部与兵部，直接决定于皇帝本人，所以画家的升迁可以一连升几级或者一年升几次，在较短的时间内升迁到较高的职位，这在一般官员升迁中是罕见的。

二、明代宫廷画家

如前所述，明代宫廷画院鼎盛时期，宫廷画家多达 500 人以上，画家官职升迁又比较随意，所以明代宫廷画家数量较多，研究起来较为困难。关于明代宫廷画家的研究，俞建华先生的《中国绘画史》专列了"明朝画院画家表"，共收录了 69 位宫廷画家。穆益勤先生在《明代宫廷与浙派绘画选集》中说，明代宫廷画家见于画史文献和有实物可考的画家有 103 人。单国强、赵晶合著的《明代宫廷绘画史》一书中，明确提出明代宫廷画家有姓名可考的画家人数远不止前述诸人所举，比较可靠的明代宫廷画家人数有 203 人。②除了可靠的宫廷画家外，还有部分身份存疑的

---

① 《明英宗实录》卷三〇五。
② 单国强、赵晶：《明代宫廷绘画史》，故宫出版社 2015 年版，第 178 页。

画家。这些身份存疑的画家，有的是宫廷画家的后代，画史记载他们子承父业，亦工绘画，但并不明确是否也进入宫廷；有的是《明实录》中所记载的疑似宫廷画家；有的是被部分学者列入宫廷画家，但通过考证其他史料记载，发现其宫廷画家身份存疑。这部分画家人数众多，经过筛选，单国强、赵晶著的《明代宫廷绘画史》收录额 133 人。[①] 下面选取每个时期成就较高的代表性画家做简略介绍。

（一）洪武至宣德时期的画家

根据文献著录和存世画作，已知活动于明初洪武时期的宫廷画家有金润甫（夫）、盛著、孙文宗、王仲玉、赵原、郑昭甫、周位、谢缙、林景时、沈希远等。

明初宫廷画家中，既有画家学元末文人画，重抒情写意；也有画家宗宋代院体风格，重描摹绘事。从现存作品的盛著、王仲玉、赵原、谢缙等人来看，多受元代文人画的影响。如赵原《合溪草堂图》、盛著的《沧浪独钓图》和《秋江垂钓图》、谢缙的《东园草堂图》、《云阳早行图》（上海博物馆藏）等，与元末画家王蒙、倪瓒、盛懋等渊源颇深。而马仲玉的《陶渊明像》（故宫博物院藏）、周位《渊明逸致图》（台北故宫博物院藏）虽系白描，亦带有文人雅致之气。来自福建的林景时擅长山水，专学二

---

① 单国强、赵晶：《明代宫廷绘画史》，故宫出版社 2015 年版，第 195 页。

米，亦属文人画一路。唯有金润甫，据画史记载擅长壁画人物，为南宋马夏一派。从历史记载来看，明代初期宫廷画家中作品倾向于文人画风格的人数更多，这在一定程度与画史记载的偏向有关，文人画画家较多地被记录下来，但同时也说明明初画坛深受元末文人画的影响，甚至明代初年有的宫廷画家是从元末过渡而来，他们就是文人画家。从画家的出身来看，在洪武时期活动的宫廷画家中，文人出身的画家占据一定比例，赵原、谢缙、周位都可以肯定为文人出身的画家。洪武时期还有一个突出的特点是人物肖像画占有突出重要的地位。朱元璋着力搜求人物肖像画人才，盛著、赵原、孙文宗、郑昭甫均善人物写真，陈遇、陈远、沈希远、孙文宗直接为朱元璋本人画过像。赵原被征召入宫就是为了给历代功臣画像，金润甫擅长壁画人物。宗法两宋院体的复古风格在这一时期重新占据主要地位，形成了鲜明的"院体"风格。

1. 边景昭

边景昭，字文进，生于元末顺帝中期，祖籍陇西人，后迁居洛阳，幼年随父宦游，寓居福建沙县，是永乐、宣德时期著名的宫廷画家。边景昭作品不多，均属精品，擅长工笔重彩花鸟，继承了宋代"院体"风格。边氏花鸟技法粗细并重、粗中有细、娴雅相兼，也强调花鸟画的装饰性特色，同时继承了宫廷花鸟画吉祥如意、富贵华美的传统特色，符合明代皇家品位，具有时代特征。绘于永乐十一年（1413）的《三友百禽图》（台北故宫博物院和美国克利夫兰美术馆藏）是边景昭的代表作之一，最能体现边景昭的绘画特色。画面以松、竹、梅为主要架构，老松弯卧、枝干沧桑嶙峋，翠竹高耸、竹叶茂密，老梅斜逸、梅枝低垂、凌寒绽放；百禽戏于松竹梅三友之间，这些禽鸟姿态各异，有的欲振翅高飞，有的高瞻远瞩，有的在嬉戏玩耍，有的在静静观望，总之无一重复，诸鸟生动活泼，一派生机。除了画面描绘细致入微之外，画面的寓意也深受皇家喜爱，松竹梅三友寓意君子之德，百鸟聚集则是对百官朝拜天子的隐喻，象征着百姓顺承天意、天下归心、吉祥瑞应、生生不息。花鸟布满全局，整幅画构图"茂密"，工细精微，富有装饰性。边氏较知名的作品还有《双鹤图》、《竹鹤双清图》（均为故宫博物院藏）、《春琴花木图》、《秋塘鹡鸰图》（上海博物馆藏）。边景昭的花鸟画风，自成一派，对明代宫廷绘画影响颇深。明宣宗朱瞻基、明代画家林良、吕纪均模仿过边景昭的作品。

2. 商喜

商喜，字维吉，濮阳（今河南濮阳）人，永乐时期进入画院，宣德时期著名宫廷画家，历任官职锦衣卫指挥佥事、指挥同知等职位。商喜的绘画"善山水人物、花木翎毛，全摩宋人笔意，无不臻妙，超出众类"[1]。《画史会要》说他："画虎得其勇猛

---

[1]《佩文斋书画谱》卷五十五。

之势，宣庙中授锦衣卫指挥。"① 据存世作品来看，商喜最擅长的是人物画，宗法宋人，深受壁画影响。商喜的典型代表作《宣宗行乐图》（北京故宫博物院藏）描绘宣宗春日郊游游猎的场景，具有极强的写实性，堪称巨构杰作。画面人物众多，描绘精细，画中一队人马浩浩荡荡地进入郊野，明宣宗身材魁梧、体态雍容，身披黄色长褂，骑着骏马，在队伍的最前端；在浩浩荡荡的随从队伍中，有的带着乐器、有的背着弓箭等等，人物皆服饰华丽，形态各异，自然生动。背景中树木繁盛，鲜花绽放，流水淙淙，飞鸟走兽悠然活跃。此图构图严谨周密，景物错落有致，场景繁复而又细节具体入微。图中人物、山水、花鸟、鞍马等多种题材融为一体，笔法工整细腻，色彩绚丽和谐，人物造型准确，特征鲜明，显示出画家高超的艺术水平。商喜另一幅巨构是《关羽擒将图》（北京故宫博物院藏），此图描绘的是三国时期的大将关羽活捉敌将庞德的故事，借古喻今，以表现前代将臣的勇武忠贞来讴歌当朝。画中关羽身着绿袍，赤面凤眼、长须飘拂、神态威严、气宇轩昂、威武不屈，而庞德全身赤裸、竖眉瞪眼、咬牙切齿、怒火中烧、临危不惧。两个人物形象均刻画得传神生动，画面宏伟阔大，色彩艳丽，具有壁画的意趣。另外，商喜是画史有记载的明宣宗绘画代笔人。明末清初的宋荦说商喜"宣宗锦衣

---

① （明）朱谋垔：《画史会要》卷四，《文渊阁四库全书》第816册，第526页。

卫指挥，常代御笔"。① 宣宗以擅长画鼠闻名，商喜也擅长画鼠。徐有贞在《题商指挥喜所画白鼠啮笋图》中题诗说："丹青绝艺商将军，着笔写真能逼真"②。单国强先生就提出故宫博物院藏的宣宗《三鼠图》中的鼠食荔枝一图，可能是商喜的代笔。③

3. 谢环

谢环，字延循，浙江永嘉人。谢环在永乐年间经组建画院的黄淮推荐进宫，深受宣宗宠渥。他的家乡永嘉是南宋故地，他深受当地流传的"院体"风格影响。谢环年轻时随元末明初的文人画家陈叔起学画，所以他也掌握了元末明初的文人画技法。从他的存世作品来看，谢环将"院体"风格和文人画技法都融入创作中。谢环善山水、人物画，他的创作一类是为宫廷服务的职务绘画，另一类是个人业余时间的非官方的绘画，现存作品均属第二类。谢环最为著名的是《杏园雅集图》（镇江市博物馆藏）。传统雅集图主要营造雅集的气氛和文人的情操，而谢环的此幅作品着重刻画人物肖像和凸显官阶、地位，这种新模式在当时产生了较大的影响。谢环的雅集图描绘的是杨士奇、杨荣、杨溥等九位内阁大臣在杨荣府邸聚会的画面，构图主宾分明，聚散适宜，井然有序。此图运用了散点透视和现实主义的创作手法，真实反映

---

① （清）宋荦：《西坡类稿》卷八，《景印文渊阁四库全书》第1323册，第81页。
② （明）徐有贞：《武功集》卷五，《文渊阁四库全书》第1245册，集部184，台湾商务印书馆1983年版，第224页。
③ 单国强、赵晶：《明代宫廷绘画史》，故宫出版社2013年版，第219页。

了当时上层官吏的生活面貌，是明代宫廷画院中容史实风俗、山水、花鸟于一体的代表作品。

4. 李在

李在，字以政，号龙波居士，福建莆田人，后迁居云南，永乐末年被征入宫。《明画录》卷二记载："李在，字以政，莆田人，迁云南。宣德间被征，精工山水，细润者宗郭熙，豪放者宗马、夏，人物气韵生动，名倾一时。"[1] 李在的人物画则宗法梁楷、贯休，或者夏圭、刘松年，精妙传神，颇为生动。李在亦工山水画，绘画风格上既继承了郭熙的细润，也有马远、夏圭的豪放。有记载称其"自戴进以下一人而已"，意思是在明代宫廷画家中，李在的山水仅仅次于戴进。照此说法，戴进被排挤出宫后，李在在宫廷画家中位居第一了。日本著名画僧雪舟，曾向他学习画艺。日本画家雪舟逝世 500 周年艺术展览举办之际，主办方向中国政府请求提供李在的作品参展。中国政府提供了四件作品：上海博物馆藏的《琴高乘鲤图》、辽宁博物馆藏的《临清流而赋诗图》以及上述的《米氏云山图》和《萱花图》。传世作品有上海博物馆藏《琴高乘鲤图》、故宫博物院藏《阔渚晴峰图》（曾被挖款改为郭熙，后发现李在印记）和《山村图》、辽宁博物馆《归去来兮图》等。

李在与夏芷、马轼合作的人物画《归去来辞图》是较早的作

---

① （明）徐沁：《明画录》，商务印书馆中华民国二十五年（1936）版，第 19 页。

品。李在画的《扶孤松而盘亘》，人物衣纹运用折芦描和橛头描，用小斧劈皴的画法画山石，是典型的南宋"院体"风格。山水画中，李在的代表作是《山村图》（故宫博物院藏）。此图呈现出南北宋合一的画风，属于北宋全景山水图式，取景高远，构图严谨，布局右实左虚，反映了李在的典型面貌。

5. 戴进 [①]

戴进，字文进，号静庵和玉泉山人，钱塘（今浙江杭州）人。戴进早年为金银首饰的工匠，技艺精湛，因其父带景祥为职业画家，在家学影响下，后改工书画。戴进在明代画家中地位极高，既是明代"浙派"画家的创始人，也曾一度供奉于内廷，官直至仁殿待诏，因此有的画史将其列为宫廷画家。戴进在宫廷画院任职时间不长，因才艺过人遭到同行的嫉妒和排挤，后因遭谗言被放逐，浪迹江湖，主要以卖画为生。戴进善画山水、人物、花鸟、虫草等题材，早期法师马远、夏圭，中年因循陈法，晚年另辟蹊径、独成一家。戴进的画风沉郁浑厚、雄俊古朴，笔法遒劲硬挺，顿挫间尽显风骨气度。戴进以宫廷画家身份创作的代表作品有《夏山避暑图》《风雨归舟图》《松岩萧寺图》《听雨图》《金台送别图》等。

戴进入京之初，入值画院，作《松岩萧寺图》《听雨图》，画

①关于戴进的研究，更多请参考单国强的《戴进作品时序考》，见《故宫博物院院刊》，1993（04），详细探究了其每一时期的代表作品，史料翔实，分析有理有据。

风接近盛懋。宣德末至正统初寓京期间，作《金台送别图》《春景山水图》，主宗南宋"院体"；作《冬景山水图》，融南北两宋之法；作《墨松图》，学元人水墨画法。正统中离京前夕，作《夏山避暑图》，近南宋马夏；作《归舟图》，近元代盛懋。另外还有明末前后的宗二米云山之《仿燕文贵山水》，学元代黄公望、高克恭等文人画家的《长松五鹿图》等，风格变化呈跳跃式、多元化，属广泛摘取、兼收并蓄阶段。

这一时期，画史记载有较高成就的画家还有一些，如王仲玉、赵原、郭纯等。王仲玉的《陶渊明像》，运用白描的手法，线条流畅，画风反映了明初兼宗宋元的情况。这类历史故事人物画，喻有招隐求贤之意。赵原，原名赵元，避朱元璋讳，改名赵原。《溪亭秋色图》是其洪武入宫时作，全图放逸质朴，深得元文人画雅趣，又自有遒劲率真之笔润。郭纯，字文通，号朴斋，浙江永嘉人。郭纯工山水，构图布置茂密，永乐帝最爱郭纯的山水画。《赤壁图》是郭纯唯一存世的作品，取材苏轼与友人夜游赤壁的故事，境界虚实相生，气势宏阔。

（二）正统至成化时期代表性画家

1.孙隆

孙隆，又名孙龙，字廷振，毗陵（今江苏常州市）人，"开国忠愍（亦称'忠敏'）侯孙兴祖之孙。生而敏颖，有仙人风度。……生卒年岁不详，约与林良同时。传世画迹所见有《花石游鹅图》《花鸟草虫卷》《雪禽梅竹图》《花鸟草虫》《写生》等。"①孙隆工山水、花鸟，多用点面结合技法，寥寥几笔勾勒出形象，再用色墨渲染出结构，意到笔不到，形简神全。孙隆是一位在技法上大胆创新的绘画大师，他在吸取了宋代没骨画法的传统精华的基础上，融会贯通，开创了没骨写意的新风尚，对中国传统花鸟画的发展起到了承前启后的作用。代表作《雪禽梅竹图》运用水墨写意法，兼施没骨和勾勒，工写结合，色墨相兼，别具特色。

孙隆的没骨写意花鸟画新体，有其传统渊源。写意法从南宋梁楷、牧谿蜕变而来，还受元代水墨"四君子"文人画的影响，尚意、重写，并从水墨扩大到色彩，如张中的设色写意法。除此之外，宋代"院体"花鸟和院外水墨工细花鸟，孙隆也有所继承学习。

孙隆的独创风格，在同时代的宫廷画院中产生了影响。明宣宗朱瞻基《瓜鼠图》运用的水墨写意法，类似于孙隆，朱佐的《花鸟六段》运用水墨淡色写意或没骨法，也类似于孙隆。弘治年间的吕纪，以工整重彩法见长，但水墨淡色写意，也吸收了孙隆之长。

---

① 徐邦达：《孙隆与孙隆考辨》，《故宫博物院院刊》1982 年第 4 期。

2. 林良

林良（约 1428—1494），字以善，广东南海县（今广东佛山）人，在宫廷画院活动主要在天顺至成化年间（1457—1487），官至锦衣指挥，是广东省绘画史上第一位进入皇家画院的画家。林良是明代画院中的代表画家，最擅长画花鸟题材，他的水墨写意花鸟在明代画院中独树一帜，甚至对后世画坛产生重要影响。

传统宫廷画家所绘花鸟，多为宫廷需要，描绘苑囿中出没的奇禽异兽和名花怪石，风格也是色彩艳丽、描绘精细、表现吉祥富贵之意。而林良的花鸟，吸收宋代院体特色，同时也受"浙派"影响，放纵简括，融入了草书书法的笔法，狂健飘逸，有工笔设色和水墨写意两种风格，以水墨画著称。林良的花鸟与传统宫廷花鸟不同的是，超出了宫廷庭院的范围，从自然界丰富多样的自然物象中取材，例如苍鹰、大雁、孔雀、乌鸦、锦鸡、麻雀等飞禽鸟兽，以及苍松、芦荻、灌木丛等花草树木。林良既精细刻画，又不拘泥于细节，将野生生物的趣味和活力表现出来了，笔法遒劲俊逸、气势雄阔。林良对花鸟的表现，不满足于"形似"，而是将自己对物象的情感融入其中，追求一种文人画的"意境"美；到了后期，林良从艳丽华贵的设色花鸟更多地转向水墨写意的花鸟，用笔墨的浓淡干湿变化来表现自己的审美情感。林良的存世作品以水墨写意居多，代表作品有《双鹰图》（广东省博物馆藏）、《芦雁图》、《灌木集禽图》（均为故宫博物院藏）等。工笔设色的代表作当属《山茶白羽图》（上海博物馆藏）。

3. 倪端

倪端，字仲正，江苏盱眙人。景泰七年（1456）任为锦衣卫百户（正六品），成化二十一年（1485）升任锦衣卫都指挥使（正二品），即宫廷画家的最高级别。倪端擅长道释、人物，精妙入神，亦工花卉，存世作品有《聘庞图》（故宫博物院藏），描绘的是三国时期荆州刺史流标聘请隐士庞德公的故事。画中人物描摹精细，设色妍丽，山水树木雄浑清朗。

4. 刘俊

刘俊，字廷伟，成化十三年（1477）前已任锦衣卫百户（正六品），七年间连升五次，成化二十年（1484）升为锦衣卫都指挥金事（正三品），可见刘俊受皇帝欣赏程度。刘俊存世作品较多，著名的有《雪夜访谱图》（故宫博物院藏）及三幅《刘海戏蟾图》（分别藏于中国美术馆、石家庄博物馆、美国波士顿美术馆）、《刘海戏蟾图》（中国美术馆藏）、《周敦颐赏莲图》（明尼亚波利斯艺术馆藏）。

《雪夜访谱图》描绘的是宋太祖赵匡胤雪夜造访赵普的故事。画面中，在一座楼宇内，前厅中两人盘腿而坐；上坐者，身穿龙袍、腰束锦带，身材魁梧，气度不凡，表情严肃，正侧首聆听，此人为宋太祖赵匡胤。侧坐者，身穿便服，拱手作答，恭敬诚恳，侃侃而谈，一副谋臣的风度，此人即为赵普。赵普拱手施礼，身着龙袍的赵匡胤侧脸倾身静听主人诉说，两人促膝长谈的画面十分生动传神。赵普之妻手持杯盘在门侧恭候，室内银烛高照，地面铺着地毯，座前放置菜肴，门槛安置炭盆。门外几个侍卫牵马等候，月光雪地、老树寒鸦、远山雪竹，表现出雪夜肃杀的场景。整幅画面烘托出君臣不畏严寒、共商国是，为国劳形劳心的艺术形象。此图无疑是借助历史故事，来歌颂明代当前统治者忧心国事、礼贤下士的作风。《中国名画鉴赏辞典》描述道："厅堂里间门旁、托盘走来的妇女当为赵普之妻，仪态端重恭谨。地面铺设着带有朵云纹的地毯，席前列陈炭盆、碟碗、菜肴等物，即《宋史·赵普传》所述"设重裀地坐堂中，炽炭烧肉，普妻行酒"的情景。①此画构图主次分明，主题突出，人物生动，情节具体，状物准确，用笔细劲，设色沉着，属于明代"院体"人物画，风格精工巧妙。

5. 吴伟

吴伟（1459—1508），字士英，又字次翁，号小仙，武汉江夏人。吴伟自幼聪慧能画，年少气盛，以潇洒不羁的风度和不同凡响的才华深受王公大臣的赏识。曾两次进入宫廷画院，孝宗时授锦衣卫百户及赐"画状元"的图章。因个性倔强、恃才傲物，两次又离开京城。武宗继位后，于正德三年（1508）征召其

---

① 伍蠡甫：《中国名画鉴赏辞典》，上海辞书出版社1993年版，第651页。

入宫，吴伟未上道就因饮酒过量醉死，享年仅五十岁。吴伟的绘画受明代宫廷画风影响，既学习两宋"院体"风，又学习戴进创造的"浙派"文人画法。吴伟善画水墨写意、人物、山水，笔墨恣意，形神兼备，是明代中期极具创新精神的画家。吴伟的创作与戴进相似，都游于"院体"和"文人画"之间，吴伟是戴进之后的"浙派"代表人物。吴伟用笔豪放，甚至挥洒泼墨，巨细曲折，亦具条理，此种画法被蒋嵩、张路、宋澄春等人追随，被称为"江夏派"。吴伟可考作品有《铁笛图》（上海博物馆藏）和《仙女图》（上海博物馆藏）。

《铁笛图》描绘的是元朝诗人杨维桢饮酒作歌的场景。[①]画面呈现的是，在一处幽静的庭院里设有几石，庭间松柏交荫，古松的根部盘虬如卧龙，散发着古朴和诗意，树叶茂密繁盛，生机益然；左边的地上隐约露出一些点缀的小草。主人公杨维桢端坐在树下的椅子上，头戴头巾，身穿长袍，长须垂胸，双目俯视，侧身低首沉思。杨维桢的身前坐着两位侍女，前端的那位左手抚脸，右手置于膝上；稍后的那位右手持一纱质纨扇，半遮脸部，若隐若现。杨维桢身后还站着一位侍女，她双手捧着一个长笛。画面中每个人物神态各异，各具特征。主人公面前的石几上摆放着笔筒、书帙等物品，石几旁边还摆放着花瓶。画中人物造型高古。"此画技法精湛，松树以浓墨描画而成，令人一睹之下有雄

---

① 蒋文光主编：《中国历代名画鉴赏》（下册），金盾出版社2004年版，第1354页。

健劲硕之感。"① "画中人物造型高古，诸人情态生动而饶有意趣，画法纯仿李公麟白描法，线条细匀流畅，下笔一丝不苟，深得白描法精髓。"② 此图背景和陈设都很简练，所有景物造型准确，质感很强。

6. 周文靖

周文靖，生卒年月不详，字叔里，号三山，闽县（今福建福州）人③。天顺四年（1460）征召入宫，值仁智殿，是天顺至成化时期的宫廷画家。周文靖的儿子也是宫廷画家，承袭了其锦衣卫镇抚的职位。何乔远《闽书》记载："周文靖，善山水，苍润精密，笔力古健，酝酿墨色各臻其妙。山水学夏圭、吴镇，人物、竹石、翎毛、楼阁、牛马之类，咸有高致。"④ 周文靖的存世作品有《古木寒鸦图》、《岁朝图》（均为上海博物馆藏）、《雪夜访戴图》（台北故宫博物院藏）、《茂叔爱莲图》（流入日本）。

（三）弘治、正德时期代表性画家

1. 吕纪

吕纪，字廷振，号乐愚，鄞县（今浙江宁波）人，生于正统四年（1439）左右，卒于弘治十八年（1505）或正德初，享年70

---

① 卢德平：《中华文明大辞典》，海洋出版社1992年版，第681页。
② 邓锋：《秋风纨扇》，上海书画出版社2011年版，第61页。
③《无声诗史》《图绘宝鉴》作莆田人；《福建通志》作长乐人。
④《闽书》卷一三五，第4021页。

余岁。吕纪是明代弘治时期著名的宫廷画家，尤其擅长花鸟，自成一派。吕纪在弘治七年（1494）孝宗征召天下画士时被推荐而进入画院，官至锦衣卫佥事（正四品），是与边景昭、林良齐名的院体画家。《鄞县志》说吕纪为孝宗"宠赉优渥"，《明画录》亦云吕纪为孝宗"嘉赏有渥"。①

吕纪兼善人物、花鸟、山水。吕纪广泛学习唐宋名家，山水学习马远、夏圭，以大斧劈皴画山石，苍劲有力；人物学习宋代院体画，衣纹线条简练顿挫。吕纪既擅长工笔重彩，也擅长水墨写意；前者精描细琢、色彩鲜明、法度严谨，后者肆意点染、粗笔挥洒、简练奔放。吕纪初学边景昭和林良的花鸟，博采众长，形成自己的风格，以工笔设色为主，状物准确，得写生之妙。作为宫廷画家，吕纪技法高超，根据不同皇帝的爱好和品位，表现不同的艺术风格。

吕纪追随者众多，接其衣钵者有其侄子吕高、吕棠和吕远七，直接弟子有萧增、刘俊、陆镒、胡镇。吕纪的工笔细描画作，多以凤凰、仙鹤、孔雀、鸳鸯之类鸣禽为题材，杂以浓郁花树，画面绚丽；亦作粗笔水墨写意者，笔势劲健奔放。吕纪的存世作品较多，工笔重彩的代表作是《桂菊山禽图》（故宫博物院藏），工笔淡彩为《秋露芙蓉图》（台北故宫博物院藏），水墨写意法有《鹰鹊图》（故宫博物院藏），水墨淡彩花鸟则以《残荷鹰

---

① 孔六庆：《中国花鸟画史》，江西美术出版社 2018 年版，第 319—323 页。

露图》（故宫博物院藏）为典型。

《榴花双莺图》描绘了一株繁花盛开的榴树，几只鸟栖于枝杆，神态活泼，双钩作线条，工笔重彩描绘，代表了明代中期院体画的典型风格。

2. 王谔

王谔（1462—1544，又一说 1457—1530，古籍皆称他"年逾八十而卒"），字廷直，浙江奉化人，弘治中年被征入画院，成化（宪宗朱见深）、弘治（孝宗朱祐樘）、正德（武宗朱厚照）年间活跃于宫廷画院，武宗朝授锦衣卫千户（正五品）。王谔深受孝宗喜爱，因孝宗喜爱马远的画，称其为"今之马远"。王谔擅长山水，主宗南宋马远、夏圭，其成熟风格较马远更多。后代书画市场中，一些书画商人为了谋取更大利益，将"王谔"改为名气更大的"马远"，因其风格太相似，行家也时常走眼。王谔画作多奇山怪石、古木残枝，树木石头如烟似雾。清代詹景凤在《东图玄览编》中论："谔画多粗俗而著迹。"[①] 王谔亦擅长人物画，史书记载其"画格出吴伟之上"。王谔的存世作品以山水画居多，代表作品有《江阁远眺图》、《踏雪寻梅图》（均故宫博物院藏）、《西桥访友图》（台北故宫博物院藏）等，人物画有《月下吹箫图》（山东博物馆藏）。

《江阁远眺图》画面描绘的是江阁远眺的平远景物。右下角

———————————

① 周林生:《中国名画名家赏析·明代绘画》，河北教育出版社 2012 年版，第 52 页。

的近处，古石嶙峋，峭壁峻险，在悬崖石壁间，古松虬曲，苍翠垂荫，姿势挺健，江边数间水榭亭阁，依山傍水，回廊连环。亭阁前一长者正襟仰首眺望远方，气宇轩昂，观赏着美丽的景致；两个侍童伫立左右。远处江岸群山连绵，峰峦起伏，数只舟船停泊岸边，景物均笼罩在云雾迷漫之中。中间江波浩渺，水天相接，云烟缥缈，气势阔远，意境深邃。画幅构图，取景布势，简括爽朗，采用了南宋马远、夏圭山水画的结构方法。"画面上不作水榭楼阁、崇山峻岭等层层繁复的全景式的布局，而是仅仅选取周同景物的某一角，加以着意描写，使主题更加突出：画面中近景水榭楼阁和对岸的山城远景，各分布在两个角落，遥遥相对。……山石皴法用斧劈，笔势较放纵，笔触尖劲，创有自己面貌；画林木，水墨苍劲淋漓。"[①]笔墨技法上，画家继承了马、夏的体貌，着意师法而又有变化。

3. 朱端

朱端，字克正，号一樵，浙江平湖人，弘治十四年（1501）被征入宫，官至锦衣卫指挥。工山水、人物、花鸟。山水宗马远、盛懋，山石效吴纪，墨竹师夏昶，还善书法，亦为"浙派"名家。山水代表作为《烟江远眺图》（故宫博物院藏），墨竹画代表作有《竹石图》（故宫博物院藏）。

《烟江远眺图》描绘了临江平岗和峻岭，远处水村。左边为

①蒋文光主编：《中国历代名画鉴赏》（下册），金盾出版社 2004 年版，第 1380 页。

高远景色，树木葱茏，山峰巍峨高耸，山峰松柏苍劲，山势和树姿均雄伟崎岖。岗上二人对坐，隔江远眺。江上烟波浩渺，渔舟扬帆。江的那边是水乡人家、板桥、矮树、村落、舟帆，幽美而疏秀。整幅画面呈现的是山清水秀的江南水乡的优美景象。《竹石图》继承了郭熙的技法和风格，山石劲峭，古木盘虬，用笔精妙，色彩明媚，画风清润。画家结合北宋郭熙山水的雄奇、繁复与南宋院体山水的简洁、疏朗的特点，创造了明代院体画的独特风格。

4. 吕文英

吕文英（1421—1505），扩苍（今浙江丽水）人，是弘治时期与吕纪齐名的宫廷画家。弘治元年（1488），吕文英官至锦衣卫指挥同知，在武英、仁智殿供职，受明孝宗恩宠。人称吕纪"大吕"，所以称吕文英"小吕"。善画人物，亦画山水，也是明代"浙派"绘画的名家之一。存世作品主要是和吕纪合作的《竹园寿集图》（故宫博物院藏），吕纪画背景，吕文英画人物，此图从构思布局到组合动态，都效仿谢环的《杏园雅集图》。人物画《货郎图》春夏秋冬4幅被日本东京艺术大学资料馆藏。《江村风雨图》则是吕文英的山水代表作，现藏于美国克利夫美术馆。此图受"浙派"戴进的影响，与戴进的一幅风雨图极为相似，体现了明代中期院体与"浙派"的一定联系和相互影响。

（四）嘉靖至崇祯时期代表性画家

1. 吴彬

吴彬（1550—1643），字文中，又字文仲，别字质先，福建莆田人，寓居南京，万历年间被推荐进入画院，授中书舍人（从七品），天启时（1621—1627），因当众批评权宦魏忠贤被捕入狱，削夺官职。以后即专注于吟诗作画，笃信佛教。吴彬工山水，晚年多作人物画，尤擅佛像，笔法更为纯熟，形状奇怪，迥别前人，自立门户，是晚明人物"变形主义画风"和"复兴北宋经典山水画风"的主要倡导者和领导者之一，享有"画仙"之誉。吴彬在画院期间的创作，兼取"院体"和"文人画"之法，风格脱出唐、宋规格，既有写实、工整的技艺，也有夸张、装饰的手法，既能状物之精微，又能得之灵韵神趣，其画风为明代宫廷绘画带来了新的生气。山水画代表作《山阴道上图》（现藏于上海博物馆），人物画代表作有《十六应真卷》（现藏于故宫博物院），花鸟画代表作有《文杏双禽图》（现藏于台北"故宫博物院"）。后人对他的评价通识是，"画风独特，足敌赵孟頫，颉颃丁云鹏"。[①] 董其昌对吴彬的画作赞赏有加，将其与曾波臣的肖像

---

① 罗世平，如常主编:《世界佛教美术图说大典人物》，湖南美术出版社 2017 年版，第 191 页。

画、洪仲韦的小楷、黄允修的篆刻，并称为"莆中四绝"①。南京名儒顾起元称吴彬"八闽之高士"，"夙世词客，前身画师"，认为其不只是出色的画家，还是出色的文化人。②

吴彬的《五百罗汉图》，描绘了一个个奇特怪异、不同流俗的罗汉形象，汲取中国传统文化之精髓，堪称历代人物画中的佳品，也体现了吴彬的艺术创作才华。人物造型丰富多样，从人物神情中表现其内心世界，在夸张的造型中给人超凡脱俗之感。尤其值得称道的是其对于背景的描写，吴彬采用了以虚称实、以少胜多的手法，让众多鲜艳夺目的人物在简洁空灵之境中，画面仿佛进入了清静无为之境。绘画的线条轻盈流畅、疏密有致，用色艳而不俗，格调完整和谐，显示了画家精湛的技艺和高超的审美能力。《五百罗汉图》同时也具有较强的宗教氛围，对弘扬佛法起到了一定的推动作用。吴彬的《五百罗汉图》让人在形象的人物造型中流连玩味，从而进入一个清静无为、神秘平淡的永恒世界中。

2. 丁云鹏

丁云鹏（1547—约1627），字南羽，号盛华居士，安徽休宁

---

① 曾波臣（1564—1647），又名曾鲸，明代杰出画家，擅长肖像画，兼作花卉；给董其昌画过肖像画；洪仲韦，笔者未详考，疑为洪楷，洪洙之叔；黄允修，即黄升，明代篆刻家，崇祯间人，篆刻矩步规行，不失尺寸。
② 顾起元（1565—1628），明代官员，书法家、金石家，官至吏部左侍郎，兼翰林院侍读学。

人，工诗善画。与董其昌、陈继儒等文人交往密切，早期受文人画的熏陶，作品多受到董其昌、陈继儒等人的题赞。丁云鹏善书画，书法学习钟繇、王羲之等名家，绘画工人物、山水，特别擅长佛教题材，他笔下的佛像、菩萨、罗汉等栩栩如生。丁云鹏被称为明代除仇英之后最著名的人物画画家。[①]丁云鹏生活在徽州，那里雕版、制墨业十分发达，丁云鹏为书刊画了许多插图，还为新安木刻画的发展起到了一定的作用。丁云鹏人物画有《调鹦图》（上海博物馆藏）》、《冯媛挡熊图》、《待朝图》（故宫博物院藏）等，山水画代表作有《寒鸦飞瀑图》、《春游图》（均为故宫博物院藏）、《仿黄鹤山樵山水》（上海博物馆藏）、《松林客至图》（故宫博物院藏）等。

3. 陈洪绶

陈洪绶（1598—1652），字章侯，号老莲，浙江诸暨人，是一位由明入清的"遗民"画家，崇祯年间召入内廷供奉，明朝亡国之后入寺为僧，后还俗，主要在社会上以画谋生。擅长山水、花鸟各科，在人物画上成就突出。与北方崔子忠齐名[②]，号称"南陈北崔"。陈洪绶的人物画，躯干伟岸、线条细圆而遒劲；画设

---

① 朱永明:《中华图像文化史·明代卷·下》，中国摄影出版社 2017 年版，第 641页。
② 崔子忠（约 1594—1699），明末清初画家，画史记载崔子忠"善画人物，规模顾、陆、阎、吴名迹，唐以下不复措手。白描设色能自出新意，与陈洪绶齐名，号南陈北崔"。

色花鸟和水墨写意兼有所长，其画作清丽简练、格调高古。陈洪绶不仅从古今名家那里博采众长，还从民间版画中汲取营养，师承广泛，面貌多样，成熟风格呈"高古奇骇"特征。人物画的艺术特色尤其鲜明，清张庚《国朝画征录》曾评："画人物，躯干伟岸，衣纹清圆细劲，有公麟、子昂之妙；设色学吴生法，其力量气势，超拔磊落，在仇、唐之上，盖明三百年无此笔墨也。"① 陈洪绶幼年早慧，尤酷爱绘事，10 岁左右就师从名家蓝瑛学花鸟，10 余岁时曾多次临摹杭州府学设置的《孔子及七十二贤》石刻图像，14 岁开始就在街市悬画卖钱，19 岁完成了一套《九歌图》，后来成为版画插图。陈洪绶在明代时期的代表作品有《九歌图》《屈子行吟图》《水浒叶子》《三教图》《宣文君授经图》《饮酒读书图》。

明末清初是中国版画发展的黄金时期，陈洪绶和萧云从是当时版画的两位大家②，萧云从以山水画为佳，陈洪绶则以人物画见长。版画当时主要用来制作书籍插图和制作纸牌（叶子）用。陈洪绶的《水浒叶子》遍传天下，是中国美术史上第一次独立创作的一组个性鲜明的历史人物画，对后世描绘水浒英雄人物的画工产生了重大影响，甚至传到日本，被日本人反复翻印，风靡一

① （清）张庚：《国朝画征录》卷上，《画史丛林》本，上海人民美术出版社 1963 年版，第 3—4 页。
② 萧云从（1596—1673），明末清初著名画家，安徽芜湖人，代表作有《梅花堂遗稿》《太平山水图》等。

时。据传，陈洪绶的绘画对日本"浮世绘"有重大影响。

陈洪绶、丁云鹏、吴彬三人后来形成的成熟画风，虽面貌各殊，但共同形成了奇古变形的时代风尚，加上崔子忠，画史往往将四人相提并论。如周亮工《书影摘录》比较四家："画家工佛像者，近当以丁南羽、吴文中为第一。陈章侯，崔青蚓不专以佛像名，所作大士像亦遂欲远追道子，近逾丁、吴。"而陈、丁、吴三人在入宫期间的创作，虽尚未呈现成熟风貌，但他们主宗宋元及文人画传统、重视人物画并融入夸张、装饰或木刻等手法，有些追求在晚明宫廷画家中还是很有代表性的。

三、明代宫廷绘画的艺术特色和影响

画院画家所形成的风格体式，称之为"院体"，由明代宫廷画家所创造的主体画风，被称为明代"院体"。宫廷画家在皇室统一而严格的管理下，在特定范围内工作，从创作主旨、题材内容，到风格样式、审美情趣，主观上相互影响传承，客观上遵循皇室要求，表现出极强的趋同性。因此，明代宫廷绘画作为明代"院体"相当于"画派"。

明代宫廷绘画作为"御用美术"，是为皇室需要服务，因此需要迎合帝王的喜好和审美。明代宫廷绘画在特定的政治、经济、思想、文化背景制约下，从题材内容到艺术成就，都显现出特定的艺术特色。在题材内容上，具有更鲜明的为皇室服务的御用性质，体现为政教化、装饰化和吉祥化，同时受帝王爱好所左右，呈现出文化专制的特征。艺术旨趣则并不一味贵族化，而带有强烈的平民化色彩。笔墨形式是以继承宋代"院体"为主，也与当时的文人画关系密切，画家均具有扎实的基本功和一专多能的技艺，然拘于法度，缺乏创新。

（一）具有强烈政教功能的人物画

明代宫廷人物画，从题材、主题到技法、风格，呈现多样性。宫廷人物画为政教服务，用历史故事来宣扬武功文德，借古人之业绩来讴歌当朝或以示借鉴。为皇室服务的帝后肖像画，宫中行乐雅集图也颇为流行。因为兴建了大量宫廷庙宇，装饰性的道释神仙和传说故事画也非常普遍。另外，沿袭传统题材的文人逸事、风俗事情也别具皇家特色。

1. 历史故事画

历史人物画就是以历史上出现过的人物与其相关故事为题材入画。此类题材人物画，主要具有借鉴的作用和目的。曹植言之曰："是之存乎鉴（戒）者，图画也。"[1] 唐代张彦远说："夫画者，成教化，助人伦，穷神变，测幽微，与六籍同功，四时并

---

[1]（三国·魏）曹植《画赞》并序。[见（清）严可均《全上古三代秦汉三国六朝文》全三国文卷十六魏（十六），陈延嘉主编，河北教育出版社，1997年10月版，第三册，第179页。]

运……"① 明代宫廷历史人物故事画，主要借助刻画古代人物故事，宣扬和讴歌明代统治者的知人善用，或者赞扬明朝将臣忠诚英武。这类绘画多具歌功颂德的意图和作用，代表作有刘俊的《雪夜放谱图》、倪端的《聘庞图》、戴进的《三顾茅庐图》等。

《三顾茅庐图》画面的背景是陡峭的万仞高山，山上树木挺拔，山下翠竹掩映下有草屋和人群。近处两株古松遒劲有力。图中只有五个人，所占篇幅很小，画家主要着笔的是对于环境的描绘。画中的树木和山石寓意当时群雄争霸的险恶环境，松竹则象征着诸葛亮的气节和品质。三顾茅庐表现的是帝王求贤若渴的为政之道。宫廷中取材于三国故事题材的作品，主要是为了表现统治者礼贤下士，蕴含着忠孝节义的教化意义。

2. 帝后御容图，后宫写真，昔贤像

在没有照相技术的古代，皇帝及后宫妃嫔想要留住容颜，供自己欣赏和他人膜拜，只有请宫廷画师写真留容。此类作品用于留影、纪念和奉祀，要表现帝王帝后至高无上的地位和威慑天下的气势，自古以来形成了一定的法则，即既遵循肖像画的写实原则，又带有一定的美化甚至神化成分。

由于所作必须符合上意，稍有不慎就可能大祸临头，所以宫廷画家作此类画时，常常借鉴成功图式和表现手法，因此，此类

---

① （唐）张彦远《历代名画记》卷一，秦仲文／黄苗子点校，人民美术出版社 1963 年版，第 1 页。

画作更多呈现出程式化表现倾向。帝王多正面坐姿，姿态端严，衣冠整肃，表明显赫的地位和威严的气场；后妃肖像一般容貌端庄，仪态娴雅，服饰繁缛，气度华贵。这类画像笔法工整、设色华丽，具有皇家豪华富贵的气派。

3. 记录宫廷活动的场面

宫廷行乐图反映的是皇帝的宫廷生活，在特定生活情景下，表现某种生活情趣，通常采用纪实的表现手法，记录某个特定情节，就像现代社会中举办聚会或者旅行拍的照片，帝王形象比较活跃生动，具有很强的现实性。这类题材的绘画，大多场面宏大，人物众多，设色精工华丽，按题材可以分为行乐、出猎两类。商喜的《宣宗行乐图》是杰出代表。此图描绘的是宣宗朱瞻基春日郊游行乐的故事。宣宗身着朝服，身材魁梧，神采奕奕，威武雄壮。画面中随从官员、太监、侍从、飞禽走兽数目众多，作为背景的山石、树木、灌丛纷繁复杂。整幅画面场景写实，繁复又精细，描摹状物熔于一炉，足见画家功力。类似的画作还有佚名画家所绘的《宣宗宫中行乐图》《宣宗射猎图》《宪宗元宵行乐图》，等等。周全的《射猎图》（台北故宫博物院藏）描绘宣宗弯弓射雉鸡，场面简略，但情节颇为生动，神态刻画非常精细，具有较高的艺术水平。

4. 记录臣僚活动的纪实画

明代宫廷画家表现社会现实生活的人物画不多，反映臣僚集会的雅集图却盛极一时，留下了具有历史价值的纪实场景。谢环的《杏园雅集图》是此类题材最具代表性作品。此图记录了正统二年阳春三月，受大臣杨荣遂邀请，谢环与朝廷阁臣一期在其府邸杏园雅聚的场面。画面中每个人五官清晰可辨，官服分明，人物举止、形态都恰当地表达了各自的身份地位，人物明显带有肖像画的性质。谢环的雅集图不是表现雅集气氛和文人情操，而是着重刻画人物肖像和官阶地位，这种模式在当时影响很大，被不少后人模仿。吕纪与吕文英合作完成的《竹园寿集图》，吕纪的《五同绘图像》（故宫博物院藏）都是明代宫廷绘画中臣僚雅集图中的典范之作。

（二）明代宫廷山水画

明代宫廷画院初创时期的山水画，继承元代余韵；画院鼎盛时期的山水画，融合了两宋山水画风格，形成明代"院体"山水的风格。"院体"山水是明代宫廷山水的最高成就。

1. 明初宫廷山水画

明代建国初期，为了巩固新兴政权，朝廷笼络各类人才，对画家也不例外。明初被征召入宫的画家多由元入明，他们将元代山水画的特征带入宫廷，具有典雅的文人气息。山水画是我国传统绘画题材中成就最高的。宋元山水无论是在技法上，还是在审美意蕴上，都是一座不可逾越的高峰，为后世山水画的创作提供了一种范式。明代宫廷画家在山水画创作上，他们宗法元四家，并上追董、巨画风，飘逸劲健。赵原的《溪亭秋色图》（上海博物馆藏）宗董源，全图色笔草草，放逸而质朴，极富粗劲率性之笔韵。盛著的《秋江独钓图》（台北故宫博物院藏）高洁秀润，善于用墨，似其叔盛懋画风。郭纯的《赤壁赋》（首都博物馆藏）取材苏轼和友人夜游赤壁的故事，设色明丽、树木虬劲，取法北宋青绿山水的技法；布景既高远又深远，画面虚实相生、气势宏阔。

2. 明代宫廷"院体"山水

宣德至弘治画院鼎盛时期，一大批江浙地区画家进入画院，而江浙地区原属南宋统治的地区，所以其画家多受南宋"院体"山水画风影响，如戴进、倪端、王谔等画家，技艺精湛，模仿者众，使得南宋"院体"画风得以流传。另一方面，北宋李、郭派山水画风在此时期也得到了相应的发展，如马轼、朱端等。融南、北宋于一体的明代"院体"山水画风，有代表画家李在。因此，明代宫廷"院体"山水是融北宋李、郭和南宋马、夏为一体的成熟山水。弘治、正德之后，明代宫廷山水盛极而衰，走向衰落，失去了往日的风采。

王谔存世的《江阁远眺图》（故宫博物院藏），对角线构图，虚实相生的境界、精严的结构造型、劲健的用笔，洗练的大斧劈皴，浓淡有致的墨色，均富马远遗韵。朱端的《烟江远眺图》

（故宫博物院藏），全景山水兼具三远（高远、深远、平远），呈李、郭派气势。蟹爪树枝，嶒磋山石，笔锋遒劲有力，勾染精工细作，堪称山水画中主宗李、郭的代表之作。李在的《山水》（故宫博物院藏），高远的景致，突兀的山势，蟹爪般的树枝，具郭熙体貌，粗壮的用笔，劲健的皴法，又取自马远，属典型的宫廷山水代表作。

（三）宫廷花鸟画

"院体"花鸟画为适应帝王宫廷需要，风格华贵细腻、色彩绚丽富贵，题材多以宫廷苑囿中华贵锦绣的珍禽异鸟、名花奇石为主。"花之于牡丹芍药，禽之于鸾凤孔翠，必使之富贵；而松竹梅菊，鸥鹭雁鹜，必见之幽闲；至于鹤之轩昂，鹰隼之击搏，杨柳梧桐之扶疏风流，乔松古柏之岁寒磊落，展张于图绘"。[①]讲的是宋代宫廷绘画的模式，揭示了宋代宫廷花鸟绘画的社会性和阶级性。明代宫廷花鸟画继承两宋传统，又有所突破，不仅风格多样，还各自成派，艺术成就最为突出。究其原因，一是宫廷花鸟画与人物、山水画相比，内容上不涉及政治，而是富有吉祥、富贵之意，符合皇家生活情趣。二是花鸟画色彩丰富，装饰性强，与雕梁画栋的宫廷建筑协调和谐，符合宫廷绘画装点宫室的

---

① 《宣和画谱》卷第15、《四库全书》第812册，上海古籍出版社1987年版，第57页。

目的。三是诸多君王均擅长花鸟，使得花鸟画家人才辈出，新意迭出。著名的有边景昭的工笔重彩花鸟、孙隆的设色没骨花鸟、吕纪的工笔写意相兼的花鸟。

边景昭的花鸟主要继承宋代"院体"传统，宗北宋黄筌的工笔重彩法，有一定的创新。如《三百禽鸟图》（台北故宫博物院藏），以松竹梅为背景，以水墨为主，布置各类色彩斑斓的禽鸟，喻指百官朝拜天子、顺承天意，画面在艳丽之中兼具清雅之韵。

孙隆的花鸟，既源于北宋徐崇嗣、赵昌的没骨法，又吸收了南宋梁楷、法常的水墨写意法，还学习了元代王渊、张中的设色写意法，形成墨色相兼、没骨写意的风格，在宫廷花鸟画中独树一帜。其代表作品有《芙蓉游鹅图》（故宫博物院藏）、《雪禽梅竹图》（故宫博物院藏）、《花鸟草虫图》（上海博物馆藏）。

林良的水墨写意法花鸟，源自宋代"院体"，但更多的是吸收了南宋放纵简括的画风，也受劲健狂逸的"浙派"影响。他以遒劲纵逸、气势雄阔的笔墨，来表现富野逸之趣的禽鸟，但并非逸笔草草，不求形似，所绘物象造型亦非常准确，具有自然天趣，而少主观地借物抒情因素。因此，他的写意花鸟，纵放中寓法度，求神韵亦不离形似，得到了皇室的认可和欣赏。存世代表作有《双鹰图》《松鹤图》《芦苇图》《灌木集禽图》（均为故宫博物院藏）等。

吕纪花鸟主要风貌是工笔设色，描绘的对象通常为凤、鹤、孔雀、鸳鸯之类色彩斑斓的禽类，而设置的背景却多是古木悬崖、巨石坡岸、河流险滩等，将绚烂与清雅、华贵与野逸有机地融为一体。吕纪的存世代表作《桂菊山禽图》（故宫博物院藏），山禽、花卉勾勒细致、形体精准，设色艳丽，树干、湖石用笔劲健，墨色浓重，粗中有细，绚丽而雅，体现了其典型的绘画风格。另一幅《残荷鹰鹭图》（北京博物院藏）则是吕纪水墨写意画的代表，此图在简练奔放中亦见严谨的造型和精细的勾勒，形神兼备。

（四）明代宫廷绘画的整体艺术特色

马克思主义艺术理论认为，一个时期的艺术是与当时的社会政治、经济发展密切相关的，艺术具有为政治经济服务的功能。明代宫廷绘画的产生和发展，与明王朝的政治、文化建设需要密切相关，同时受到统治者的性格、爱好和品位的深刻影响。明代宫廷绘画的整体风格特色也深受这些因素影响。概而言之，在艺术内容方面，明代宫廷绘画作为御用美术，具有鲜明的政治教化、宫廷装饰、为帝王爱好服务的功能；在艺术趣味方面，明代宫廷绘画则表现出具有平民性格的贵族品位。

1.为皇室服务的御用美术性质

明朝统治者建立了高度集权的中央专制统治，对文化采取严酷的钳制政策，树立大一统的文化权威，遏制文艺创作的自由和个性，在艺术创作的题材、形式和品位等方面做了一定的引领，因此画家在创作中必然会顺应统治、迎合帝王喜好。

以帝王意愿左右画家创作的现象在明代宫廷画院中比比皆是，而最为典型的莫过于朱元璋的御容图。现世流传的明太祖像作品有"真容"和"疑容"，均属非写实的肖像。陆容在《椒园杂记》中曾记载："高祖尝集画工传写御容，多不称旨。有笔意逼真者，自以为必见赏，及进览，亦然，一工探知上意，稍于形似之外加穆穆之容以进，上览之甚喜，仍命传数本以赐诸王。盖上之意有在，他工不能知也。"由此可知，明太祖的"真容"是在写实的基础上经过美化了的。另一类"疑容"十分丑陋，颧骨凸起，下颌凸出，满脸黑痣，丹凤眼，柳叶眉，显然不是其真实样貌。张瀚《松窗梦语》记："……得瞻仰二祖之御容……意者民间所传，即后一人所写……"① 由此可知，民间流传的"疑容"是得到明太祖本人认可的。在帝王本人生性和主观意愿驱使下，肖像画背离形似的原则，在历史上是绝无仅有的。

明代宫廷花鸟画的兴盛，与皇室的需要和爱好相关。花鸟画具有装饰性和吉祥如意的寓意，符合富贵华丽的皇家生活的审美趣味，与雕梁画栋的亭台楼阁相适应。明代画院更注重具有"庙堂"富贵气的花鸟画创作，如边景昭的《三友百禽图》、吕纪的

---

① （明）张瀚：《松窗梦语》卷六，见《治世馀闻·继世纪闻·松窗梦语》，中华书局 1985 年版，第 110 页。

《桂菊山禽图》，工笔细描，色彩鲜明，风格华贵，极富装饰性，具有典型的"庙堂之美"。林良的花鸟虽然以水墨写意著称，少具鲜丽华美的装饰性，但他选取的题材意象多富祥瑞之意。喜鹊、仙鹤、雄鹰、鹭鸶、八哥等，都是极富灵性的祥瑞之物。雁这种形象多次出现在林良的作品中，如《芦雁图》《鹰雁图》《残荷芦雁图》《喜鹊芦雁图》等。古人有言："雁有四德，信礼节智"，雁是一种候鸟，被视为吉凶的预兆。明宣宗朱瞻基擅长花鸟，并十分注重花鸟画的寓意。他自己创作的《三阳开泰图》，寓意祝愿新年国泰民安；《瓜鼠图》，瓜象征多子，鼠是子神，寓指祈求多子多孙；《万年松图》是为皇太后祝寿所作，以古松来祝贺母亲长寿。

2. 平民化的贵族品位

宫廷绘画虽然是皇家御用美术，宫廷画家可以得到最高的资助，艺术创作不受成本的限制，但在艺术形式和艺术意趣上并不是完全的贵族化、精英化，反而带有强烈的平民化色彩，这主要是由明代统治者的审美趣味决定的。

明太祖朱元璋平民出身，文化水平不高，建立政权后，不太关注艺术审美，仍然坚持平民化的实用性，这在绘画上体现为喜欢繁缛的装饰性。例如《明太祖朝服像》这样的御容图，画面中的宝座、地毯花纹繁复而细密，而这种繁缛饰纹多见于佛寺壁画和宗教版画，与传统宫廷绘画崇尚高雅简洁的风格不同，明代御容图融入了平民化的艺术品位。朱元璋这种繁复装饰的审美情趣成为明代御容写真的固定模式，甚至愈演愈烈。特别夸张的是《孝宗朝服像》，整个画面布满了纹饰，皇帝缀满装饰的朝服与背景的屏风、地毯等融为一体。

据画史记载，明成祖喜爱沈度的书法和郭纯的山水画。沈度是"馆阁体"的创始者，书法丰腴温润，字体端正均匀，以楷书见长；郭纯的山水画布置茂密，笔法精细。边景昭的《百鸟朝凤图》《三友百禽图》疏密相间，布满全局，亦堪称"茂密"，同样受到明成祖的欣赏和喜爱。由此可见，明成祖喜爱的书法、山水、花鸟，都具备端正、灵动、大气、茂密的特点，这就反映了明成祖偏爱民间艺术生动活泼、繁密装饰的平民审美趣味。

明代宫廷绘画中还有一类民间流传的三国故事和民间传说等通俗题材，画面极具情节性，刻画细致。这类绘画往往使用写实的笔法，以内容为主导，笔墨服从内容，人物形象丰富多样，富于变化，极具民间美术的特色。比如商喜的《关羽擒将图》、倪端的《聘庞图》、刘俊的《雪夜访普图》、黄济的《利剑图》（均为故宫博物院藏），李在的《琴高乘鲤图》（上海博物馆藏）、刘俊的《刘海戏蟾图》（中国美术馆藏）。

（五）明代"院体"画的评价和影响

明代宫廷画家形成的风格流派被称为"院体"，戴进开创、吴伟拓展的宫廷院外流派被称为"浙派"，它们是不同的流派和群体，但是它们之间又有密切的联系。首先，"院体"画家与"浙派"画家有重合之处。有的"浙派"画家进入过宫廷画院，比如戴进，宣德时进入宫廷；吴伟成化、弘治时先后两次进入宫廷，均不久之后离开。这批画家是属于宫廷画家还是"浙派"画家，主要以其擅长的风格题材来决定。其次，"院体"画法与"浙派"画法相互交流学习。宫廷画家与"浙派"画家都学习两宋"院体"风格，有着共同的艺术根基，再加上画家之间的交流借鉴，他们必然会相互影响。"浙派"成员作为社会上的职业画家，创作比较自由，继承古人又敢于创新，比如创始人戴进，又在宫廷画院供职，必定将其深厚的技法功力带入画院，给"院体"绘画带来民间特有的生气，丰富宫廷绘画的审美情趣。第三，"院体"与"浙派"又有明显差异性。宫廷画家是为皇室服务的御用画家，创作要遵循皇帝意志，自由发挥的空间较小，所以整体风格上对传统继承有余，创新不够。而"浙派"画家面对的是中下层人民，自由发挥的空间较大，选取的题材十分广泛，作品表现出浓郁的世俗气息和真挚的思想感情。明代"院体"画在永乐至正德年间发展到鼎盛时期，此时名家云集，佳作辈出。尤其值得注意的是，"浙派"的开创者戴进和"江夏派"的开创者吴伟都入职宫廷画院，致使"浙派"与宫廷"院体"关系密切。

明代"院体"花鸟画成就最为突出，花鸟画家最多，对当时影响最大，后世评价也最高。明代初期著名画家边景昭的工笔重彩花鸟自成一派，追随者众多。宣宗朱瞻基诸多御笔花鸟亦模仿边景昭，弘治年间的吕纪最初从模仿边氏花鸟开始。清代谢堃在《书画所见录》中评价边景昭说："边景昭花鸟，不但勾勒得宜，宋元以来，一人而已。"① 孙隆的设色没骨花鸟，林良的水墨写意花鸟，吕纪的工写相兼花鸟，都自成一派，宗法者众多。王世贞在《艺苑卮言》中评价吕纪说："纪为禽鸟如孔翠鸳鸯之类，俱有法度，生气奕奕，当时极贵重之。今以时趣渐减矣。"② 明代宫廷画中的山水画和人物画不及花鸟画成就高，但也有一些出色的作品获得世人的认可。如李日华在《味水轩日记》中评价倪端的作品曰："一帧作严陵钓叟，一帧作南阳卧虎。雪岩冰溜，清寒之气逼人，亦国朝能手也。"③

明代中期以后，宫廷画院日渐衰落，名家寥寥，在宫廷内外的影响逐渐衰微。与此同时，文人画在苏州地区崛起，声势显赫的"吴门画派"在画坛逐渐占主流地位，文人画家对宫廷画院出现了微词，评价越来越低。在文人画理论家眼中，往往将"院体"和"浙派"视为一体，相提并论，一味斥责，甚至将"院

---

① （清）谢堃:《书画所见录》，江苏古籍出版社 1997 年版，第 2950 页。
② （明）王世贞:《弇州四部稿》卷一五五，《影印文渊阁四库全书》第 1281 册，第 491 页。
③ 《味水轩日记》卷五，第 341 页。

体"绘画批判得毫无是处。何良俊在《四友斋从说》中对宫廷画家评论道:"我朝特设仁智殿以处画士,一时在院中者,人物则蒋子成,翎毛则陇西边景昭,山水则商喜、石锐、练川马轼、李在、倪端,陈暹季昭苏州人,钟钦礼会稽人,王谔延至奉化人,朱端北京人。然此辈皆画家第二流人,但当置之能品耳。"[①]这样的评价显然不高。嘉靖年间的李开先,对"浙派"评价尚可,但对宫廷画家则多加指责,在《中麓画品》"画品一"中褒贬分明地论述道:"戴文进之画如玉斗,精理佳妙,复为巨器。吴小仙如楚人之战钜鹿,猛气横发,加乎一时。"而宫廷画家"吕纪如无色琉璃,或者则以为和氏之璧,不知何以取之过也。蒋子成如天竺之僧,一身服饰皆是珍贵之物,但有腥膻之气。李在如白首穷经,不偶于世之士,蹇滞寒陋,进退皆拙。林良如樵背荆薪,涧底枯木,匠氏不顾。边景昭如粪土之墙,污以粉墨,麻查剥落,略无光莹坚实之处。谢廷询如千人之石,碓砧之材则是,珪璋之璞则非。郭清狂如儒翁学稼,筋力既劣于同侪,稂莠必多于嘉谷。商喜如神庙塑像,四体矩度一一肖似,然颜色既乏生气,胚胎复是墐泥。石锐比之商喜,益出其下。钟钦礼如僧道斋榜,字大墨浓,唯见黑蠢。王谨、王谔如五代之官,帽则乌纱,身则屠贩"。[②]在"画品二"里提出"画有六要"和"画有四病","六

---

① (明)何良俊:《四友斋从说》,中华书局1959年版,第267页。
② 卢辅圣:《中国书画全书》第3册,上海书画出版社1992年版,第913-914页。

要"中的神、清、老、劲、活、润等优长，所举画家皆为"浙派"的戴进、吴伟以及蒋子成，而"四病"中的画家则多为宫廷画家，文称："画有四病，一曰僵，笔无法度，不能转运，如僵卧然。王谔山水人物，钟钦礼山水人物，石锐山水人物，谢廷询山水人物，边景昭木石。二曰枯，笔如瘁竹槁木，余烬败秫。林良翎毛木石，石锐人物，边景昭木石，吕纪松石。三曰浊，如清帽垢衣，昏镜浑水，又如厮役下品，屠宰小夫，其面目须发无神采之处。吕纪云气松竹人物，小仙美人，文进菊竹美人，李在山水人物，林良翎毛木石，边景昭大景，郭清狂人物山水，谢廷询山水，商喜人物犬马木石，石锐山水人物阁楼，倪端山水，汪质山水，钟钦礼山水，王谔山水人物。四曰弱，笔无骨力，单薄脆软，如柳条竹笋，水荇秋蓬。吕纪山树，边景昭树石，郭清狂人物山水。"①

至晚明"南北宗论"出，"院体"与"浙派"一并归入北宗，遂一起予以贬斥。如徐沁《明画录·山水》评："自唐以来，画学与禅宗并盛，山水一派，亦分为南北两宗。北宗首推李思训、昭道父子，流传为宋之赵干及伯驹、伯骕，下逮南宋之李唐、夏圭、马远。入明有庄瑾、李在、戴进辈继之，至吴伟、张路、钟钦礼、汪肇、蒋嵩，而北宗熠矣。"② 这些评论虽然明显表现了文

---

① 卢辅圣：《中国书画全书》第3册，上海书画出版社1992年版，第914页。
②《明画录》卷二，第17页。

人画家对宫廷职业画家的偏见，但是同时表明明代宫廷"院体"画对后世绘画影响不够深远。明代宫廷院体画的成就远不及宋代宫廷画院的成就。

沈周艺术赞助

明代中期，苏州成为江南文化中心，艺术名流荟萃，艺术精品灿若星辰，而由沈周承元人衣钵开创的吴门画派，更是此地整个艺术史上难以逾越的高峰。作为吴门画派的创始者，沈周是一位平淡而传奇的"神仙中人"①，多次被王世贞称为"画圣"②。作为吴中儒业宗师陈宽的高徒和"吴中四才子"的老师，因其诞序和影响，沈周在绘画史上享有"明代第一"甚至"古今第一"的赞誉。何良俊云："我朝善画者众多。若行家当以戴文进为第一……利家当以沈石田为第一。"③当代美术史、绘画史、山水画史均将沈周定位为成就最高、影响最大的明代画家。④沈周不但绘画才能名声显赫，而且还是杰出的收藏家、鉴赏家，唐、五代、

① 文徵明语："我家沈先生不是凡人，是神仙中人。有一百个文徵明加起来，也抵不过他。"
② 《弇州山人四部稿》第十三册，《赠鲁文定行卷山水》云："石田翁画圣也，或云此卷尤是画中之王也，毋论戴文进、唐伯虎，即胜国诸名家谁能及之。"第6350-6351页。
③ （明）何良俊：《四友斋丛说》，中华书局1959年版，第267页。
④ 如王伯敏《中国绘画史》："沈周是我国15世纪下半世在戴进之后最有影响的画家。"上海人民美术出版社1982年版，第460页。又如陈传席《中国山水画史》："在明代画家中，石田的成就确是最高的一位……明代中后期，沈周的影响最大。"江苏美术出版社1988年版，第591页。

宋四家书法作品，"元四家"墨迹，商尊汉鼎均过其耳目，收藏之富为"百年来东南之际"。以沈周为中心，或亲或疏，或远或近，一批书画大家、处世名流以相似的爱好和志趣集合在一起，志道立德，依仁游艺。本文从艺术赞助的角度探讨沈周生平、交友圈与艺术品流通市场，以及其艺术收藏情况。

一、沈周生平

沈周（1427—1509），字启南，号石田、玉田生、白石翁等，长洲（今江苏苏州）人，是明代杰出书画家、收藏家、鉴赏家，"明四家"之首。

沈周出生在苏州府长洲县相城的一个名门望族。沈家以诗书礼乐传家，家族中父子祖孙均能书擅画，以至于家奴仆隶均谙文墨。沈周父母两系均为文化艺术世家，家学深厚，家风淳朴。祖父沈澄、外祖父张浩，父亲沈恒吉、伯父沈贞吉，弟沈召，子沈云鸿，都是工诗善画又有鉴赏才能的艺术家。沈家世代游心艺苑，不仕科举。曾祖父沈良琛（号兰坡），尤其擅长鉴赏书画，吴宽有诗云："黄鹤山人樵古松，踏月夜访兰坡翁。"①可见其与"元四家"之一的王蒙有来往。祖父沈澄乐善好施，厚德雅量，在永乐年间被举荐为人才征赴京师，后以疾辞归，好饮酒和结交

---

① （明）吴宽：《题王叔明遗沈兰坡画》，《家藏集》卷六。

富贵名士，常在家设宴款待宾客。根据杜琼在《西庄雅集图记》中记载，可以看出沈澄已被作为江南的大地主和大收藏家，与政界、文学界以及画界有广泛的交流。父亲沈恒吉和伯父沈贞吉，禀赋凛然，又因家族雅集前辈名流，师从杜琼、陈宽，得以熏德渐艺，均以工诗善画闻名乡里。

出生于这样的书香世家，沈周从小耳濡目染祖辈的书画教导，观览祖辈收藏的名家书画，交接祖辈的名流处士，受到良好的教育，生活舒适，眼界开阔，学识渊博，交游甚广，书画成就在当时几乎无人能及。《明史》称他："文摩左氏，诗拟白居易、苏轼、陆游，字仿黄庭坚，并为世所爱重。尤工于画，评者谓为明世第一。"[1] 钱谦益更是盛赞沈周："风流文翰，照映一时。百年来，东南之盛，盖莫有过之者。"[2]

沈周早年就开始接触其父辈活跃的文人圈，成为学术活动中的一位积极参与者。沈周"所居有水竹亭馆之胜，图书鼎彝充牣错列，四方名士过徒无虚日，风流文采照映一时"。[3] 居于有竹居之中，宾客友人往来频繁，多以诗咏、博古、书画等艺文活动同欢。

---

[1] 《新校本明史并附编六种》卷二百九十八，列传第一百八十六"隐逸"，第7630-7631页。

[2]（清）钱谦益：《列朝诗集小传》丙集，第290页。

[3] 《新校本明史并附编六种》卷二百九十八，列传第一百八十六"隐逸"，第7630页。

　　沈周在游心艺苑的隐逸生活中，有着丰富的精神世界。然而，沈周毕竟是个隐于世俗社会之中的雅士。他的日常生活除了高雅脱俗的境界外，仍有其不免于世俗的一面。钱谦益早已指出，沈周的文化成就，其实是苏州地区人、文、地、景、产等各方面条件汇聚之下的时代产物。

　　　窃惟石田生于天顺，长于成、弘、老于正德初。当国家昌明敦丽、重熙累洽之世，其高曾祖父，为文士，为隐君子，既富方谷，涵养百年，而石田乃含章挺生。其产则中吴，文物土凤清嘉之地；其居则相城，有水有竹，菰芦虾菜之乡；其所事则宗臣元老，周文襄、王端毅之论；其师友则伟望硕儒，东原、完菴、钦谟、原博、明古之属；其风流弘长，则文人名士，伯虎、昌国、徵明之徒。有三吴、西浙、新安佳山水以供其游览，有图书子史充栋溢枒以资其诵读，有金石彝鼎法画以博其见闻，有春花秋月名香佳茗以陶写其神情。烟云月露。莺花鱼鸟，搅结吞吐于毫素行墨之间，声而为诗歌，绘而为图画，经营挥洒，匠心独妙。其高情远性，荷风雅韵，……人亦有言：太和在成周宇宙间，而先生独当其盛，颇不休与！①

---

① (清) 钱谦益：《石田诗钞序》，《钱牧斋全集"初学集"》卷四十，第1076-1077页。

从这个序言中我们可以看出，沈周的社交网络极其广泛，其中包括沈周的曾祖父，周文襄、王端毅等宗臣元老；杜琼、刘珏、刘昌、吴宽、史鉴等师友；还有唐寅、徐祯卿、文徵明等晚辈。为了维系这一社会网络，沈周的生活方式势必与其交往对象的生活美学和谐合拍，否则难以顺利经营其艺文生活。

作为文人的沈周，他不需要也不喜欢为了一时的利益而作画。业余画家固有的交易模式是人情交换，即欠下和偿还人情。从古到今，这种古老的普遍模式已经引导了中国社交活动发展。在这类交易中，画家将画作为礼物回赠给予过他帮助或给过他礼物者。从这个角度来看，沈周的交际朋友圈中，围绕在他周围的一大批达官显贵、鉴赏家、收藏家就是他的艺术赞助人。

二、沈周的交友圈

沈周在吴中画坛拥有至高无上的地位，他与众多社会名流进行交往，两者之间相互促进。沈周优游林泉，却名满天下；一介布衣，却交友遍布朝廷。

（一）吴宽

吴宽（1435—1504），字原博，号匏庵，是成化壬辰科状元，官至礼部尚书，是明代散文家、书法家，雅好书画，特别珍爱苏轼的书法和沈周的绘画。吴宽比沈周小九岁，两人从何时开始交往已不可考。沈周最早在《石田稿》中提到吴宽是在成化六年（1470）所作的《和吴元博对雪二十韵》一诗中。成化九年（1473）之后，《石田稿》中多次出现吴宽，并提及其号"匏庵"，从中可以看出两人交往频繁。《石田稿》中的《雨夜止宿吴匏庵宅》一诗中写道："榻上为我设衾枕，堂中为我罗酒肉。"表现了沈周留宿于吴宽宅中，主人吴宽热情款待沈周的情景。

沈周一生送给吴宽的画作不计其数，每件都饱含深情，最著名的是《送别图》和《东庄图册》。成化十五年（1479），吴宽奔丧结束服阕还朝之时，沈周耗时三年，画了一幅长达五丈的《吴文定公送行图卷》送给朋友吴宽。《吴文定公送行图卷》是一幅重要的山水画，卷后沈周题诗曰："赠君耻无紫玉块，赠君更无黄金篆。为君十日画一山，为君五日画一水。欲持灵秀拟君才，坐觉江山为之鄙。崎而不动衍且长，唯君之心差可比。"[①]沈、吴是同乡密友，因为两年前沈周的父亲去世，吴宽为其写了墓志铭《隆池阡表》（《匏翁家藏集》卷七十）等，作为礼尚往来，沈周投其所好，也在情理之中。在沈周的心中，任何宝贵的礼物都不能表达自己对吴宽的感情，只有用画作来表达自己的真情实意，灵山秀石比不上匏庵的才华，耸峙的山林不如匏庵的心胸。如此直白的诗句，既说明沈、吴二人情谊深厚，也表现了沈周侍奉权

---

① 《式古堂书画汇考》画卷二十五《沈启南送吴文定公行图并题卷》。

贵的用心。"为君五日画一山，为君五日画一水"，花费如此精力，沈周对吴宽难免有阿谀奉承之嫌。

《东庄图册》是沈周为吴宽的私家庄园东庄所绘制。沈周先后两次绘制《东庄图》册页作品，分别为十二景和二十四景。东庄十二景本绘于弘治十五年壬戌秋月（1502 年），当时沈周 75 岁，属于其晚年作品。东庄二十四景本，绘制时间不详，据考证在沈周 50 至 60 岁左右之壮年时（1477—1487 年）。沈周将东庄的 22 处景致描摹在纸上，移步换景，一景一图，变化丰富，是沈周"粗沈"的代表作品。作为送给好友的礼物，沈周如此用心用情描摹，这也说明沈周对吴宽用心极深。

弘治十年（1497）春天，吴宽从京城回苏州奔继母丧，沈周在吴宽寓所为其作《临续道宁秋山晴霭图卷》[①]；四月吴宽返京，沈周送至京口（江苏镇江）并为其作《京口送别图卷》（又名《京江送别图卷》）[②]。

除此之外，沈周画《摹古册》二十幅（该画册收录沈周仿李成、黄公望、戴嵩、范宽、郭熙等大家笔意之作），寄给远在北京的吴宽。吴宽收到画作心生感动地说："此册自吴门远寄京邸，

---

① （明）沈周：《更石斋石田诗钞》卷二，《四库全书存目全书·集部》第 37 册，齐鲁书社 1997 年版，第 83 页。
② 刘九庵：《宋元明清书画家传世作品年表》，上海书画出版社 1997 年版，第 166 页。

无论画之精工，即交情亦不可多得也。"①（自题《摹古册》第二十幅）。除此之外，沈周为吴宽作《五柳图》《山水长卷》《西山图》《秋山晴电图》《小轩雨意图》《雨夜止宿图》《茶花梅石图轴》《落花诗画轴》，等等。吴宽则为沈周《石田稿》作过序，还为沈周的一些画作题跋。

在沈周时代苏州地区书画鉴赏收藏群体中，吴宽是一位十分具有影响力的人物。他官位高，书画鉴赏能力堪称一流。虽然身在京城，但是吴宽对于苏州地区鉴赏收藏的事情并不陌生。当时常有在朝为官的人将苏州地区的书画藏品或者沈周的新作带到北京，请求吴宽鉴别题字。吴宽也数次由苏返京都会随身携带沈周所藏、所作书画，请其他官员朋友写序题跋，为书画抬高身价。京城官员多以获赠、获题、收藏沈周诗书画为求，有人自吴中来，朝中官员均会争相索观沈周附来的书画。

（二）王鏊

王鏊（1450—1524），字济之，号守溪，吴县（今江苏苏州）人，明代名臣、文学家。王鏊比沈周年幼24岁，官至户部尚书、文渊阁大学士及少傅兼太子太傅。在沈周的交友圈中，在京城做官的除了吴宽，就是王鏊。王鏊和吴宽一样，在京城对沈周大力宣传，所以沈周虽然是一介布衣，不曾出仕，在京城地区

---

① 《故宫书画图录》第二十二册，第218页。

却也广为人知，朝中许多大臣都与沈周相交，沈周艺术得到更广泛的关注和认可。

弘治五年（1492），王鏊为江南乡试主考官，途经乡里，由文太仆（即文林，文徵明之父）作饯，沈周作《送行图轴》（又名《饯别图》《为宫谕王先生送行图轴》）①。

王鏊的诗文集《震泽集》记载了他与沈周交往的一些情景。沈石田寄《太湖图》：

> 远寄萧萧十幅图，霞明雾暗雨模糊。眼中觉我无云梦，胸次知君有太湖。溪壑怀人如有待，烟云入手若为逋。黄金万树秋风里，拔棹西来莫滞濡。②

此诗写于弘治八年（1495），此时王鏊 46 岁，任翰林院侍读学士，为弘治皇帝讲学，前途无量。沈周从苏州寄给远在北京的王鏊十幅自己绘画的太湖风景图，这是沈周赠与王鏊自产艺术品。王鏊见到家乡风景，情不自禁题起诗来。此诗夸赞沈周高妙的艺术技巧，从中可以看出，王鏊得到沈周赠画是真心欣赏与高兴。

沈周死后，王鏊为其撰写墓志铭。

---

① 徐邦达：《历代流传书画作品编年表》，中华书局香港分局 1974 年版，第 283 页。
② 吴建华点校：《震泽先生集》卷三，见《王鏊集》，第 66—67 页。

文徵明曰："石田之名，世莫不知。知之深者，谁乎？宜莫如吴文定公及公。阐其潜而掩诸幽，则唯公在。"予诺焉。

铭曰：或隆之位，而悭其受。或敏之秩，而侈其有。较是二者，吾其奚取？嗟嗟石翁，掇众遗弃。发为浑钟，震惊一世。彼荣而庸，磨灭皆是。相城之墟，湖水沄沄。于戏邈矣！我怀其人。①

文徵明说世界上最懂沈周的人是吴宽和王鏊，吴宽已经逝世，所以为沈周写墓志铭非王鏊莫属了。王鏊不负众望，一腔真情，将沈周一生的德行与名望盖棺论定，"我怀其人"。

王鏊是沈周的诗画之友，也是其画作的持有者。在沈周去世十年之后，在正德十六年（1521），王鏊退休在家，在沈周的《松石图》上题字曰：

长松落落，白石凿凿，根株联擦皮驳荦。悬厓倒挂蛟龙僵，干云直上雷风作。仲圭死，石田生，后先意匠同经营。想拈秃笔快一扫，势与碨石争峥嵘。堂堂十八公，冰霜阅雄俊。巍巍石丈人，不缁亦不磷。两翁抱奇节，结交亦相近。我非米南宫，每见思拜之。我非陶隐

---

① 吴建华点校：《震泽先生集》卷二十九，见《王鏊集》，第410-411页。

居，听此心自怡。方今大厦连云起，柱础明堂独须此。
纷纷匠石正求材，胡为弃置深山里？①

　　王鏊看到沈周的画作，联想到自己的身世，忧愤、真诚之情
溢于言表。这些诗文表明，王鏊与沈周感情真挚深沉，他既是沈
周的老乡、密友、知己，也是沈周书画上的知音。王鏊精通诗书
画，在与沈周的交往中，既有诗文唱和的愉悦，也有对沈周书画
技巧的赞赏和夸赞。王鏊官位显赫，与沈周深层的艺术交流，无
疑对扩大沈周的艺术影响力起到推动作用，所以王鏊是沈周重要
的艺术赞助人。

（三）程敏政

　　程敏政（1446—1499），字克勤，中年后号篁墩，又号篁墩
居士、篁墩老人、留暖道人，南直隶徽州府休宁县人。南京兵部
尚书程信之子，成化二年（1466）中一甲二名进士，官终礼部右
侍郎。后涉徐经、唐寅科场案被诬鬻题而下狱。出狱后，愤恚发
痈而卒，赠礼部尚书。

　　沈周与程敏政有直接交往的记录。成化十五年（1479），程
敏政自安徽返京路经苏州，应李应祯、吴宽之邀游虎丘，沈周作
陪，并赋诗一首。弘治元年（1488）冬，御史王嵩等以雨灾弹劾

---

① 吴建华点校：《震泽先生集》卷七，见《王鏊集》，第153—154页。

程敏政，诏命致仕。沈周闻知，赋《送程宫谕》诗，其中"人从今日去，雨是几时晴"两句流传甚广。为此，程敏政作手札《与姑苏沈启南书》①，请沈周将此名传天下的佳什写成书法作品，并首次向他求画。

而当弘治六年（1493）二月，程敏政应诏复旧往事再次路过苏州，沈周宴请程敏政，并出示其得意藏品林和靖手札二帖，征求程敏政题跋。程敏政当下应命，题诗并加跋。程敏政还有《郭忠恕雪霁江行图为沈启南题》《黄鹤山樵为沈兰坡作小景，兰坡孙启南求题》②等文字记载了其与沈周的书画往来。

程敏政还专门请沈周绘制《黄山图》。沈周《石田诗选》有《黄山游卷为篁墩程宫詹题》一诗，记程敏政冬日游黄山及绘图之事：

> 黄山巍峨四万尺，摩天夏日高莫敌。天下之人皆识名，土著之人游未及。篁墩先生二十年，亦自今兹方决策。沈沈冬雨作泥淳，日日需晴蜡双屐。天将试人故作沮，拂面犹嫌霁飘白。先生一意牢不破，十客追随三不逸。到山浮云为开路，石立伟夫厘左逆。梁飞危瓮虹不收，树翳古湫龙所宅。汤泉膏沸幽广下，热酒不须敲火

---

① （明）程敏政：《篁墩程先生文集》卷54。
② （明）程敏政：《篁墩文集》（二），上海古籍出版社1991年版，第522、523页。

石。境深渐觉与世远，下界便从风雨隔。诸峰六六互出没，目抉云踪寄高历。容城、浮丘合居此，呼之不出闻笙笛。祥符小憩仅四诗，天待先生尽苍壁。不应止此便返驾，请启一行多后役。作图何事到野人，耳听安能当目击。长安在西但西笑，是邪非邪聊水墨。更是高篇不容和，苟能挂一还漏百。宛陵妙语括嵩胜，亦与欧公旷游席。欧公不有宛陵无，纸尾但留三叹息！①

诗中有"作图何事到野人，耳听安能当目击"之语，就是为程敏政作有《黄山图》。然而在沈周传世作品中并无《黄山图》，或已失传。"更是高篇不容和，苟能挂一还漏百。"则是奉和程敏政所作黄山诗。

而程敏政的《与沈石田书》又表明沈周曾对其进行规箴，并有继续作画的许诺。《石田诗选》卷七有《谢程篁墩赠龙尾砚》一诗，龙尾砚是徽州所产名砚，颇为珍贵，这可以理解为程敏政与沈周书画交换的礼物。

程敏政有再三向沈周求画的经历：

盖数年来欲求大笔一二纸增辉蓬荜，因循迨今……倘肯垂意，不惜一挥手之劳，使足不出户而得大观，时

---

① 《石田诗选》卷2，文渊阁《四库全书》集部第1249册，第576页。

加觞咏以了余生，则先生之惠大矣。绢一疋，可备四段，谨托汪廷器乡兄寄上……①

另作有《简沈石田启南求画》诗一首，从内容上看与此次求画内容相合：

孤舟摇荡出风涛，涉水登山也自劳。乞取生绡图四景，卧游容我醉松醪。②

四年后，似乎沈周仍未完成画作，故程敏政修书催促：

……廷器托请佳制，今四年矣，岂犹以为俗士，不足当无声之诗邪？抑或以为稍有知，故非得意者不欲相畀也？子瑾将裹粮叩门，不识先生何以处之？草草布此，幸发一笑。③

在一封写给友人的信中，程敏政表达了得到沈周画作的愉悦心情：

①（明）程敏政：《篁墩文集》（二），上海古籍出版社1991年版，第265-266页。
②（明）程敏政：《篁墩文集》（二），上海古籍出版社1991年版，第639页。
③（明）程敏政：《篁墩文集》（二），上海古籍出版社1991年版，第275页。

……是日并得石田诗及书画，山房寂寥，忽尔增重。

入夜秋声满竹树间，疑助予之喜跃，吟讽何其快哉……①

弘治十年（1499）前后，程氏谢世，沈周闻讣，慨然悼之，作《挽程宫詹》，发"君子不知蝇有恶，小人安信玉无瑕"之痛。②

（四）李东阳

李东阳（1447—1516），字宾之，号西涯，湖南茶陵人，明朝内阁首辅。李东阳与沈周相识，是经过同僚吴宽的介绍。成化十六年（1480），李东阳为沈周所藏《宋诸贤墨迹》作的题跋中曰：

右宋李忠定公书一、张忠献公书一……姑苏沈启南氏所藏者，吴太史原博携至京师，予得而观之。③

李东阳与沈周交往，表面上是苏州籍老乡官僚的介绍，实则更多的是因为沈周出色的书画水平。从李东阳存世文字来看，与

---

① （明）程敏政：《篁墩文集》（二），上海古籍出版社1991年版，第267页。
② （明）《沈周石田诗选》卷7。
③ （明）李东阳撰，周寅宾、钱振民校点：《李东阳集》，岳麓书社2008年版，第666页。

沈周有关的多是题在其绘画上的跋，如《沈启南墨鹅》《沈石田山水》《题沈启南画二绝》等诗作 ①。沈周与李东阳为书画之友，作为在野文人，沈周对其投"画"报"礼"。如李东阳在《题沈启南所藏郭忠恕雪霁江行图真迹》中有"一月为君频拂拭。还君颇觉未忘情，摹本为予君莫惜"② 的句子，可知沈周送《雪霁江行图》就是为了回报他为其家藏画作题跋。

李东阳曾为一位侍郎杨理所藏的沈周画卷作跋：

> ……亚卿杨公贯之得此卷于赵中美氏。赵与沈有连，当为真笔。近吴人所携赝本充人事，似此卷者盖少，指彼而议此，又可乎哉？予不深于画，每爱启南之诗，见其屋乌，若无不可爱者，故为一辨。③

杨理所藏的沈周绘画收购于赵中美。只说赵中美与沈周有联系，不知道赵中美是否为沈周书画交易中间人，但是可以知道沈周绘画出售到北京，有较大的市场需求。这里李东阳扮演了沈周书画鉴定人的角色，认定此画"当为真迹"。

---

① （明）李东阳撰，周寅宾、钱振民校点：《李东阳集》，岳麓书社 2008 年版，第 358、369、919 页。

② （明）李东阳撰，周寅宾、钱振民校点：《李东阳集》，岳麓书社 2008 年版，第 161 页。

③ （明）李东阳撰，周寅宾、钱振民校点：《李东阳集》，岳麓书社 2008 年版，第 670 页。

（五）王恕

王恕（1416—1508），字宗贯，号介庵，又号石渠，陕西三原人。王恕官至吏部尚书、太子太保，比沈周年长11岁，对沈周格外器重。文徵明在《沈先生行状》中云："（周）尤为太保三原公所知。公按吴，必求与语，语连日夜不休……公以为知言。"①弘治五年（1492），王恕为刘文泰诬奏而蒙冤乞归，沈周得知后立刻致诗《闻三原王公致政》以慰之："功列堂堂六十年，劳劳萎菲不妨贤。至公何待岁与月，未定且由人生天。云鸟青山行迹外，风尘白壁笑谭边。江湖虽远忧仍近。长对南薰忆五贤。"②成化十七年（1481），为大司马王公作《西园八景图》③。

由于两人关系非同一般，来往频繁，沈周为王恕作书画甚多。王家建私家园林西园，沈周作《西园八咏歌赋书画卷》相赠。王恕70岁和80岁生日，沈周分别绘制《松寿图》和《大夫松图卷》并赋诗为其贺寿。在庆祝王恕70岁生日的《松寿图》中，沈周赋诗赞扬其品格曰："上参云汉不屈身，世间草木斯为表。用之擎天天久恃，用之柱国国永保。"在沈周眼里，王恕是擎天立地国之栋梁。

---

① 《文徵明集》卷二十五，第595页。
② 《石田先生诗钞》卷七。
③ （明）张丑：《清河书画舫》卷十二，《中国书画全书》第四册，上海书画出版社1994年版，第364页。

（六）史鉴

史鉴（1433—1496），字明古，号西村，平生爱好读书和收藏，是吴江的一位大收藏家。史鉴也是位大隐士，他与沈周约在成化元年（1465）通过吴宽的介绍相识。后来史鉴次子史永龄娶了沈周季女，两人便成为儿女亲家。沈周将自己生辰感言寄给好友分享，史鉴赋诗和答《和石田自寿诗韵》：

> 流年今四纪，强半在城中。
>
> 画好能名世，文成拟送穷。
>
> 趋庭欢令子，勿药喜而翁。
>
> 昨夜灯前饮，清吟对阿同。

史鉴和沈周关系密切，向沈周求画的人不绝如缕，有的人就找史鉴代向沈周求画。例如史鉴在《题沈启南松陵别意》一诗中写道："此图余曾求之启南以赠行者；后五载见于曹以明所，为题其末云。"[①] 从中可以看出，史鉴作为沈周经营社会网络的中间人身份。

沈周为史鉴作过多幅图卷。如，成化六年（1470）夏，（沈周）为西村仿荆关笔意并以吴江穆溪为作画背景作《溪南访隐图

---

① 《西村集》卷四，第763页。

轴》①。成化二十年（1484）正月，为西村作《虞山古桧图卷》（又名《三桧图卷》《虞山三桧图》）。②

（七）徐有贞

徐有贞（1407—1472），初名珵，字符玉，吴县人，官至兵部尚书、华盖殿大学士。沈周与徐有贞的交往，最早起源于其父沈恒。沈恒做粮长时与徐有贞交厚。沈周长子沈云鸿娶徐有贞孙女，两家为姻亲。徐有贞南迁、召归、六十大寿等，沈周均有诗画以记：《送徐武功南迁》（1457）、《喜徐武功伯召归》（1461）、《徐有贞自金齿召归》《寿武功伯先生十首》（1466）。徐有贞六十大寿，沈周与杜琼赋诗绘图为其祝寿。

徐有贞归田后，经常与沈周等友人雅集。如天顺八年（1464），徐有贞夜访沈周，沈周有诗《天全徐先生夜过》；成化三年（1467），徐有贞与刘珏同访沈周有竹居，沈周把自己收藏的图史与观，并作《有竹居图卷》，徐有贞赋诗并书于其上。后有王鏊、文林、吴宽、陈璚、杨循吉等均次韵题跋，其中杨循吉跋语云："武功伯徐公始归吴时，首为沈氏落笔志墓，自后与白石公父子遂有忘形之交，故其翰墨留于有竹居者为多也。"③可见有贞、沈周二人交往之深，且有较多的书画来往。徐有贞同吴宽、王鏊一

---

① 徐邦达：《历代流传书画作品编年表》，中华书局香港分局1974年版，第277页。
② 徐邦达：《历代流传书画作品编年表》，中华书局香港分局1974年版，第280页。
③ 《沈石田有竹居卷》，郁逢庆《续书画题跋记》卷十二，文渊阁《四库全书》本。

样，极力在京城官僚阶层宣传沈周画作，扩大了沈周书画之名。

（八）李应祯

李应祯（1431—1493），名甡，字应祯，更字贞伯，号贞庵，长洲人，因善书选为中书舍人，官至南京太仆少卿，是"吴门四家"之一的祝允明的岳父，与沈周交往较为频繁。李应祯升任南京兵部武选司员外郎，沈周有诗记载《分得义庄送李中舍还京朝》。成化十五年（1479），程敏政从安徽归省完毕返回北京，途经苏州，沈周与李应祯、吴宽陪同共游虎丘，沈周还作诗《陪程谕德、李武选、吴修撰游虎丘，次谕德韵，时有淮人送豆酒至》。李应祯一直在京城做官，《石田稿》里留下了多首寄怀诗，如《宿惠山听松庵有怀李选武（贞庵）》《读李选武作王惟用志文》。

弘治五年（1492），沈周摹作小米《大姚村图》，后有吴宽、王鏊、文徵明、祝允明、都穆等多人题跋，李应祯亦题跋曰："相城沈启南妙于诗画，然字不甚工，后乃仿黄山谷书，辄得其笔意，盖书画同一机也。今观此卷，虽不纯用米家笔仗，要之，自有一种风致，可爱可爱。"[①] 这是为数不多的以书法家的角度对沈周书法的评论。

李应祯是当时书画鉴藏圈的权威人士，朱存理的《珊瑚木难》多次记叙了其活动。在祝允明《跋钟元常荐焦季直表真迹》

---

① 《米敷文大姚村图石田模本》，汪珂玉《珊瑚网》卷二十八。

中记载道："弘治初，客从越来，持钟元常书《荐焦季直表》示予，察验真伪，将售诸博文家，予未敢决，亦以岁月绵阔已甚，不能不传疑也，后归之沈先生启南家，先生长子云鸿为予表姊夫，更诹于予，予应之犹是也，他日外舅太仆李公阅而赏叹不置，特为鉴定，题曰：此千二百年之真迹，稀世之宝也。然后众论乃定。"沈周父子都不能确定真伪的艺术品，李应祯寓目之后，"众论乃定"，足见其鉴赏能力之高。

沈周的朋友圈还有众多文人官僚、收藏家，如文林、杨循吉、程敏政、杨一清、吴愈、陈璚、魏昌、都穆、文徵明等等。沈周与他们的交往方式主要是书简诗歌往来、诗书画的赠予、请题写跋序以及交游雅集。这样"豪华"的朋友圈扩大了沈周艺术影响力。

三、沈周艺术作品的流通条件

（一）沈周朋友圈的推广

沈周并没有刻意宣传自己的书画作品，但他自己的生活方式和一些举动，成为社会认识他的桥梁。沈周通过广阔的交游圈，让其绘画艺术广为人知。

沈周与师长的交游和合作，也在无形中扩大自己绘画的影响力。成化二年（1466），徐有贞60寿辰，沈周、杜琼和刘珏联袂合作赋诗绘图，作为寿礼送给徐有贞。这幅作品一共五段画面，每段画面尺幅相同，第一段《脱屣名区》为杜琼所作，第二段《芳园独乐》为沈周所作，第三段《颐养天和》、第四段《放歌木屋》、第五段《游心物表》均为刘珏所作。杜琼、刘珏都是当时著名画家，沈周能与他们合作，直接宣示了沈周在吴中画坛的地位，这对沈周的艺术生涯具有重大意义。

从吴宽、王鏊、李东阳、王恕、徐有贞、李应祯等人的家世生平来看，他们都是明朝中期名副其实拥有话语权的重臣，财力丰厚，热爱艺术收藏，有高超的艺术鉴赏力。沈周与宦友的交往促使其书画声名得到迅速传播，其影响力甚至越出吴中本地而播扬海内。这种交往大致可以分为两种情况，一种是沈周主动赠予、索题序跋，如李东阳、程敏政、王恕等的交往，沈周都曾写画作诗或庆寿或答谢，画作多以受画者家乡名山大川为表现内容，如《岳麓秋清》《天柱晴云》为李东阳写，《松树图》为王恕写，《行卷山水》为吴宽写，《黄山游卷》为程敏政写等，以此比拟、衬托对方高尚人格，题画诗也极尽颂扬、多有溢美之词。另一种情况是沈周被动题写，这是沈周拥有一定名声之后，京城官员以获得沈周书画为诉求。

沈周与吴宽、王鏊、李东阳等这些位高权重的朝中大臣频繁交往，他们为沈周画作题跋，在京城官僚阶层宣传沈周的画作。

经过这些既有鉴赏水平又有话语权的士大夫的肯定和宣传，因此世人都知道沈周的绘画水平不凡，于是登沈门求画者接踵而至。甚至因为市场需求量大，沈周不堪重负。他在《石田稿》中记叙：

> 匏庵吴太史偶见予画，喜为题志一过。以故吴人有求于太史（吴宽）者，辄来求予画以饵之，遂使予之客座无虚日，每叹为太史所苦。昨日卞退之言，太史云为予画相累，稠叠可厌。虽然，不知予累太史耶？太史累予耶？姑致诸一笑。今景和又特是幅所题绝句索和，此又累外生累。吁！予画不足重，岂太史之见借乎？景和装潢成轴，袭而收之，是爱屋上乌也。[①]

沈周说自己的画不足贵，正是借了吴宽的厚爱才声名鹊起，世人爱我的画，实际上是爱屋及乌。因为沈周绘画声名在外，走到哪里都有人备好笔墨纸砚等他挥毫泼墨，求画者众多。据《西湖游览志余》记载沈周："尝寓西湖宝石峰僧舍，为索画者所窘，刘邦彦嘲之云：'送纸敲门索画频，僧楼无处避红尘。东归要了南游债，须化金仙百亿身'。"[②]黄应龙亦于所著《画记》中描述沈周

① （明）沈周：《石田稿》稿本，中国国家图书馆藏，转引自陈正弘《题画诗与明代的绘画鉴定——重读沈周〈石田稿〉稿本札记》，《学林漫录》（十六），中华书局2007年版，第114页。
② 田汝成辑撰：《西湖游览志余》卷十七，上海古籍出版社1958年版，第337页。

为催画者所迫的窘境："尝至翁读书处，见东剡藤万箇叠鹅溪满篋，被人旦催夕迫，如风逋旧欠，无所逃避。"好友刘邦彦说沈周想要还这些画债，只有像神仙一样化身才能够应付得了。

（二）沈周绘画的社会认可

李日华在其《紫桃轩杂缀》卷四中就对明朝书画市场的优劣程度戏说评论了一番："晋唐墨迹第一，五代唐前宋图画第二，隋、唐、宋古帖第三，苏、黄、蔡、米手迹第四，元人画第五，鲜于、虞、赵手迹第六，南宋马、夏绘事第七，国朝沈、文诸妙绘第八，祝京兆行草书第九，他名公杂札第十……"① 就李日华所言，就算把历朝历代的书画名家算在一起，明朝沈周、文徵明的画作也能算得上第八位，而单就明朝来说，沈、周二人可算得上第一了。李日华是明朝后期的著名鉴藏评论家，其论断自是十分可信。王鏊在为沈周写的墓志铭中也提到其作品受推崇的程度："近自京师，远至闽楚川广，无不购求其迹，以为珍玩。风流文翰，照映一时其亦盛矣。"②

沈周的绘画得到市场的认可，是因为其与当时市场的欣赏趣味相适应。沈德符就在其《万历野获编》中说道："玩好之物，以古为贵，惟本朝则不然，永乐之剔红，宣德之铜，成化之窑，其

---

① （明）李日华：《味水轩日记》卷二，上海远东出版社 2011 年版，第 284 页。
② 吴建华点校：《震泽先生集》卷二十九，见《王鏊集》，第 410 页。

价遂与古敌。"① 明代书画市场并没有一味以古为贵，而是对艺术品的历史性和艺术性的双重认知。沈周作为明代中期"吴门画派"的开山鼻祖，其绘画风格正是明代中期推崇的抒发文人情怀的文人绘画形式，符合当时社会的审美趣味。

（三）江南地区积极的收藏理念

江南地区文化底蕴深厚，经济基础繁荣，有大量的莘莘学子通过科举考试走上仕途。通过多年的读书习文，这些积累了大量知识和文化素养的士大夫官僚身兼鉴赏家。又因为在朝廷为官，他们拥有更多的财力物力和途径去接触优秀的绘画作品，化身为收藏家。吴宽、王鏊、李东阳、王恕、徐有贞、李应祯等都是这类财力眼力都十分到位的收藏家。因为市场经济的发展，苏州地区还有一批科举失败转战商场的"儒商"，他们同样拥有相当的文化内涵，在书画领域经营起来得心应手。比如浙江嘉兴的项元汴家族。项元汴比沈周晚出生一个世纪，他对沈周书画的收藏并不能算是对沈周的艺术赞助，而是沈周书画在后世收藏市场流通的状况。项氏家族根深叶茂，世代从事书画交易，虽然没有确切的项元汴祖辈与沈周交往的记录，但是，同在江南地区，两个同在书画系统十分杰出的代表，也许有某种交流。

---

① （明）沈德符：《万历野获编》卷 26，《明代笔记小说大观》第 3 册，上海古籍出版社 2005 年版，第 2585 页。

　　沈周生活的时代，苏州地区拥有一批学识丰富、艺术修养深厚的收藏家，他们以珍品和精品为自己收藏的标准；也有一批好事者，他们只注重市场和名气，凭借巨大的购买力向世人炫耀，好事者也在一定范围内扩大了画家的名气和影响力。

（四）沈周自身的魅力

　　沈周曾题黄公望《富春山居图》云："以画名家者，亦须看人品何如耳。人品高则画亦高，古人论书法亦然。"[①] 见字如见人，画品如人品。沈周的绘画能广为人知，得到社会的广泛认可，与其德行和才情是分不开的。沈周为人宽容厚道，乐善好施。面对众多求画者，无论三六九等，沈周都尽力满足。祝允明说："沈先生周，当世之望。乞画者堂寝常充牣，贤愚杂处，妄求亵请。或一乞累数纸，殊可厌恶；而先生处之泰然。"沈周并不在意雅俗之辨，也不以画自重、不在乎他的画是否落入俗人手里，相反，他将赠画作为一种助人行为。其理由是"吾意亦有在尔！人恳请者，岂欲为玩适、为知者赏、为子孙之藏耶？不过卖钱用。使吾诗画易事而有助于彼，吾何足靳邪？"[②] 有一个人拿着沈周的伪作请其题词，希望卖出个好价钱。沈周了解到其卖画是为了给母亲治病，于是欣然应允。

---

① 蒋勋著，黄公望绘：《富春山居图卷》第二章黄公望《富春山居图》跋尾题记，北京新星出版社 2012 年版。
② 《记石田先生画》，《祝氏文集》，台北中央图书馆，1971 年，卷七，第 228—229 页。

四、沈周艺术作品的交易方式

沈周一生不仕，诗文作品中极少流露出穷困忧愁的气质，他强大的经济来源，除了祖辈奠定的物质基础，还有一个原因就是作为文人画家，当时的苏州书画市场已经十分繁荣，他可以依靠画作获取十分丰厚的物质基础。

（一）售卖

在绘画消费市场繁荣的苏州地区，许多画家都卷入卖字售画的商业行径，沈周也不例外。艺术品最大的功能是装饰。明代中期苏州地区市场经济繁荣，不少商人有点缀房屋以彰显财力和艺术底蕴的需要，纷纷购画悬挂于厅堂。沈周作为"吴门"之首，艺术水平的高超以及官僚朋友圈的推崇带来的巨大市场需求量前文已经介绍。沈周作为德高望重的名门望族，并不以售画为业，不立市或上门售画。普通登门求画者，所得的画作也是其次要之作。获取沈周的画作，一般是通过中间人的角色获得。前文介绍过，吴宽和史鉴等人都充当过其中间人。

成化（1465—1487）以后，对作画或作书所得报酬称为"润笔"（也称"润格""润例"）。《戒庵老人漫笔》记："苏州卖骨董金克和尝求春联于沈石田翁，遂索纸笔亲书一对云：'小门面正对三公之府，大斧头专打万石之家。'盖其家对俞尚书士悦住云"①。没有关于沈周获取润笔的明确记载，但可以明确的是，向沈周求画者众多，售画取酬的事实是一定存在的。

（二）礼物交换

在沈周与友人的交往诗文中，有多处诗画与财物交换的记录。如程敏政《与姑苏沈启南书》曰："绢一匹可备四段，谨托汪廷器乡兄寄上，外粗币两端（布帛两丈），墨一觔，蓍草一束，少伸远意，深愧不腆，幸目入余，惟保图以慰林壑，不具。"《石田诗搞》中有答谢诗，多为答谢友人赠送礼物而作，如《谢项郎中文祥寄笋脯》《答明公送春芽》《梦谢人授鹿角胶，寄莫全篇，寤而足此》《谢程篁墩赠龙尾砚》《谢宋承奉惠寿木》《葛惟善尝托人求虎跑全诗，附赠潘谷墨、铜雀砚，墨既不至，砚亦云碎，因此谢》《谢计桃园惠孔雀，毙于途，以尾至》②等等，友人赠送礼物从食物、画材、药品到寿木、名贵花禽等，不一而足。

沈周亦有多幅画作是为了答谢而作。如《杨梅图》用来答谢友人韩克瞻赠送的杨梅果。《双玉图》题款云："仲基正月下浣自海上来，经寒，出腌鱼二尾，虽城中巨家贵游尚未食新，盖重仲基之情，旧物之早，以余旦暮人，且不能多饮食也，诗画以

① 李诩:《戒庵老人漫笔》卷1，"石田为卖古董门对"条，第41页。
② 徐慧:《雅聚——沈周文人圈研究》，国家图书馆出版社2015年版，第189页。

答之。"沈周晚年家道逐渐窘迫，仲女嫁徐襄时"布衣随嫁竹箱轻"，沈周用画作换取礼物，一定程度上解决了基本的生存问题。

（三）人情往来

当时沈周在画坛中的地位首屈一指，作品的价值更是不可估量，但在吴宽、王鏊、李东阳、王恕等朋友获赠沈周作品的记录中，并没有看到他们付薪酬或者变相付酬劳给沈周的任何记录，也找不到他们对获得沈周艺术价值和商品价值如此高贵的画作的欣喜之情的记录，更找不到他们出手转卖沈周画作的记录以及沈周对自己画作与银两之间换算的计较的记录。这与中国传统道德规范有关。中国古代文人一向"重义轻利"，利益交换隐藏在人情往来之中。

1. 仪式性场合的赠礼画

在社会礼仪的文化规约的遵循下，作为文人画家的沈周，为了表达心意，借由书画诗文的赠予、酬答来建构社会生活秩序。沈周的这种绘画不仅是社会交换系统的一部分，也是经济交换，或半经济交换系统的组成部分。在此观点下，文人画家即使绘制赠礼画以遂行礼尚往来，也可以被理解成赞助人提供服务的交易行为，或是一种商业交易的经济关系。

沈周在与官僚朋友的交往中，会为了表达送别、祝寿、贺婚、贺年以及祝贺某人荣退或执业等目的，往往因循特定规格和套路而绘制满足社会功能的图画。送别图非常多,如成化八年(1472)为松庵亲家补笔作《春江送别图卷》①,成化二十一年(1485)为抑夫赴任陈留县令,作《岁暮送别图轴》②,沈周在虎丘饯别为山东治水三载、回家省亲后又赴新任的徐君仲山并为其作《虎丘饯别图轴》③,还有《送金以宾山水图卷》《京口送别图》《饯别图》《虎丘恋别图》等等。祝寿图有:1467年5月沈周为他的老师陈宽70岁生日绘作的《庐山高图轴》④,1485年春为王恕生日作的《松寿图》⑤,应宗瑞之请,为其丈人邓宗盛庆八十大寿作《白头长春图》⑥,等等。登科之贺图有,为庆祝刘珏的曾孙刘布登科而作的《红杏图》⑦。贺新居落成图如沈周至徐霖的《云山图》⑧,沈周为吴愈作《桂花书屋图》等。

2. 回报他人的帮助

用画作回报他人提供的劳务帮助,这就意味着绘画与劳动之间存在着一种交换关系,可以理解为"施与—报酬"的关系。

---

① (清)吴升:《大观录》卷二十,《中国书画全书》〔修订本〕第十二册,上海书画出版社2009年版,第144页上。
② (明)沈周:《更石斋石田诗钞》卷二(《四库全书存目全书·集部》第37册,齐鲁书社1997年版,第66页下)。
③ (清)吴升:《大观录》卷二十,《中国书画全书》〔修订本〕第十二册,上海书画出版社1994年版,第561页上。
④ (清)卞永誉:《式古堂书画汇考》卷十,《中国书画全书》〔修订本〕第七册,上海书画出版社1994年版,第160页。
⑤ (明)沈周:《更石斋石田诗钞》卷二,同文图书馆1915年版,第14页。
⑥ 《沈周书画集》(下),第414页。
⑦ 罗中锋:《绘画与沈周的世界》,《美术学报》,2012年第3期,第49页。
⑧ 《为徐霖作云山图》,《石田诗文钞》卷三,第79页。

当沈周与友人不是以绘画的价格定量来计算，而是考虑到彼此交情、艺术品质与象征价值等，才是这种社会交换得以成立的条件。例如沈周的弟弟沈召生病，经医生徐德美治愈，沈周虽然"感应期刻骨"，但双方交情深远，委实"义不许金酬"，只能免以诗画为报。① 又如成化七年（1471），沈周与刘珏、史鉴等一起游览临安，夜宿详上人慎安所，为了报答主人的留宿之恩，作《灵隐山图卷》赠送 ②。沈周一生多次出游，留宿他乡，以画为谢的记录还有如史料记载："沈周游新安村时，江念祖师事之，延诸村中，为作《瑞金秋霁》《长湖烟雨》诸图。"③ 这里沈周绘画成为一种代替酬劳的方式，实现的是其商品价值。

3. 文人雅集

文人雅集则被理解成身为赞助人的雅集主人，提供各类物质招待条件，以交换参与者以其诗画作品进行回报的交易关系。成化五年（1468），沈周与刘珏拜访魏昌，随后李应祯、陈述、周鼎和柷颢至。魏昌备下酒席，众人推荐沈周作画，于是表意而非绘形《魏园雅集图》就在此情此景下诞生了 ④。成化十四年

---

① 《谢徐德美愈继南疾》，《石田先生集》，第 320 页。
② （清）高士奇：《江村销夏录》卷三，《中国书画全书》第七册，上海书画出版社 1994 年版，第 1036 页下。
③ 许承尧：《歙事闲谭》卷十八，《沈周、董其昌、陈继儒、赵宦光皆曾至将村》，黄山书社 2001 年版，第 627 页。
④ （清）佚名：《十百斋书画集》酉集，《中国书画全书》第七册，上海书画出版社 1994 年版，第 718 页下。

（1478），正月二十六日，应召赴匏翁吴宽家，道旧数日，时吴宽弟原辉在，沈周留宿"医俗亭"，作《雨夜止宿图轴》[①]。成化十四年（1478）五月，吴宽应光福徐衢之邀，约史鉴同游光福山，吴宽作《光福山游记》（又名《游西山记》），并嘱沈周作《游西山图卷》[②]。成化十六年（1480），与陈蒙饮酒夜谈，为其作《樽酒夜话图卷》[③]。成化二十年（1484），沈周与陈仪于家中"秋轩"会晤，后作《秋轩晤旧图》[④]，将两人会晤的情境置于画幅下方，表现两人相聚的清雅画面。沈周一生多次出游，或以艺会友，或观花赏月，留下诸多交游雅集图。

五、沈周艺术赞助的影响

（一）艺术赞助对沈周艺术创作的影响

在一般艺术赞助理论体系中，赞助人会左右艺术家艺术创作的风格和趣味。这是画家原创风格向艺术赞助人喜好相妥协，是艺术束缚与艺术自由之间的影响问题。众所周知，艺术品的

---

① （清）吴升：《大观录》卷二十，《中国书画全书》第八册，上海书画出版社1994年版，第559页上。

② 徐邦达：《历代流传书画作品编年表》，中华书局香港分局1974年版，第279页。

③ （清）郁逢庆：《书画题跋记》卷十二，《中国书画全书》第四册，上海书画出版社1992年版，第667页。

④ 刘九庵：《宋元明清书画家传世作品年表》，上海书画出版社1997年版，第156页。

风格会受到师承、灵感、赞助人等因素的影响。艺术史家白谦慎曾说："研究艺术赞助人问题的关键在于，我们能否在艺术家的艺术风格和赞助人的艺术趣味之间建立起一种对应的关系，否则这一研究可能流于泛泛的交游考。在西方的艺术史中，由于有悠久的签订文字合同的传统，艺术品订单对于画作的艺术特点、使用材料、交货的时间、价格的要求也常有具体的文字记载，研究赞助人和艺术创作的关系有可供征引的可靠历史文献。"① 但是在中国文人艺术赞助中，从文献到实物都缺乏充分的证据证明中国美术史上"赞助人"在多大程度上影响了艺术家及其创作。正如谢柏柯所说："将近一千年之久的业余绘画传统，有助于说明这个未充分发展的情况，因为在其传统中可能没有商业性的资助。没有一种文化像中国那样在职业和业余的艺术技巧之间有如此大的鸿沟，在那里的两种艺术形态服务于迥然不同的社会目的。至少晚明以来风格和趣味使这种对立明显强化了，如果画家敢于冲破社会风格的界限，那就不断有被同行怪罪的危险。"② 但是在中国文人画家艺术赞助体系中，艺术赞助对艺术家的影响依然存在。

沈周艺术赞助影响了其画作的题材。沈周的作品，承载着许多人际关系叙事，属于"应酬画"，难免会受到社会交往网络的

---

① 白谦慎：《傅山的交往和应酬》，广西师范大学出版社 2016 年版，第 95 页。
② 洪再新：《海外中国画研究文选》，上海人民美术出版社 1992 年版，第 49 页。

影响。这类绘画受制于创作情境和目的，题材、形式、图像以及所传递的观念和意义必然有所局限。因此，这些绘画为了满足社会情境的期待，往往有因循格套的现象。[①]在沈周的绘画作品中，有大量描写实景山水，如《苏州山水图》《万寿吴江图》《虎丘送客图》《两江名胜图册》《吴门十二景》《东庄图册》《张公洞图卷》等等。这些作品都是沈周在与朋友的交游中创作的，他们流连于自然风光，又将自然山水风光融于笔墨之中。由这些作品可见，沈周与各类友人的交游在其绘画生涯中所占重要地位。

沈周的艺术赞助影响了其艺术风格。沈周画风前期和后期差异很大，前期精细，"每下一笔，绝不苟且"，后期笔墨粗简豪放。陈继儒有言："石田少时画，所为率盈尺小景。四十外，能拓为大幅，粗枝大叶，草草而成。"[②]清代叶矫然评论曹能始诗歌时也涉及沈周："曹能始入蜀以后，诗才力渐放，应酬日烦，率易颇多，都无选择，失其少年面目。及观能始诗云：'予选明诗，嘉靖中匏庵唱和石田翁：论晴较雨当家话，食叶成文道者风。'则能始之所持可知矣。大抵名士耄年，不耐应接，不暇雕刻，精神有限，率尔泛应，故香山、放翁动为老人借口，即献吉、元美诸公，桑榆类然。"[③]叶康宁认为沈周绘画风格前后差异如此变化，

---

① 罗中锋：《绘画与沈周的社会世界（一）》，《美术学报》，2012年第2期。
② 姜绍书：《无声诗史》卷二，第36页。
③ 叶矫然：《龙性堂诗话初集》，《清诗话续编》，上海古籍出版社1983年版，第29页。

与他应接不暇的应酬不无关系①。纵观沈周一生，频繁与官僚权贵交游的时间确实是在他 40 岁之后的年纪，这与他绘画风格的变化时间是一致的。沈周与吴宽频繁交往是在 1473 年之后，此时沈周 46 岁。与王鏊交往始于何时不详，但沈周年长王鏊 24 岁，想必当他们能够精神平等的时候，沈周至少 40 岁以上了。沈周与史鉴认识的时候已经 38 岁，以后保持长久频繁的交往。而王恕年长沈周 11 岁，沈周在其 70 岁大寿时赠送大幅《松寿图》，他们之间的往来也是保持到沈周的中后期。1461 年以前，沈周的画流入社会甚少，也不见他以画会友送客的记载。但到了 1463 年前后，即天顺朝后期，沈周的绘画作品则予以赠人或出现在社会活动中。从艺术赞助的角度讨论沈周艺术风格的变化，给我们一些新的启发。当然，沈周后期绘画风格"粗沈"的形成，原因是多方面的，频繁交游、游历于权贵之间的消耗只是他风格变化的原因之一。

（二）沈周艺术赞助对书画市场的影响

唐代以后，临摹书画成为牟利的手段。书画市场真伪错杂，收藏家本应具备一定的"眼力"鉴别真伪，交易遵循自愿原则，商人并没有强迫收藏家购买伪作。而因为眼力不济上当被骗，只

---

① 叶康宁:《风雅之好——明代嘉万年间的书画消费》，商务印书馆 2018 年版，第 65 页。

有自认活该倒霉，因为书画作为一种特殊商品，市场的监管制度还不够完善。

清代毛祥麟在《墨余录》中记载：荆州人王华宇擅长临摹古画，作《湘中八景图》出售，称为沈周真迹，被一个名为朱章的人以200两银子的高价购得，后来张清之见到这幅作品，识别其为赝品，朱章痛心不已、后悔莫及，逼迫王华宇归还银两，而王华宇坚决不还，朱章一怒之下告上官府。而当时的县令不但没有惩罚王华宇，反倒指责朱章："收藏书画，雅事也，因之涉讼，俗甚矣。汝不知前人笔墨，伪者居多。古今赏鉴家受人欺者过半，然必多方掩饰，自矜目力胜人。彼以为假，我独识其真，盖自愚即可。愚人，此千古收藏家之秘诀也。汝欲效颦，而未得其法，岂不贻笑大方？况细观此图，不让石田笔意，湘中得此，恰为真山写一好景，又何必论其真伪耶？试以余言作一跋，此画亦足珍重否？"[1]县令断案不辨真伪而论雅俗，可见当时社会对绘画伪作放任自流。

不光朝廷对伪作管制松散，艺术家自身也放任这种行为。随着沈周名声的崛起和苏州书画市场的发展繁荣，购买沈周书画的人络绎不绝，真迹供不应求，导致大量伪作出现。有记载说沈周

---

①（清）毛祥麟:《墨余录》卷4,《笔记小说大观》第21册，江苏广陵古籍刻印社1983年版，第400页。

在当时"名噪寰宇，徵求过多而日不暇给。"①这表明文徵明代笔为沈周作画。祝允明在《记石田先生画》中说道："沈周之片缣朝出，午已见副本，有不十日到处有之，凡十余本者。"沈周早上作画，中午已有赝品出售，虽然有些夸张，却能从中看出模仿沈周的伪作现象十分常见。沈周为人宽厚，有人拿伪作让他题诗，他也乐然应之，使得画作半真半假，真假难辨。王鏊撰《石田先生墓志铭》中就有记载："贩夫牧竖持纸来索，不见难色，或为赝作求题以售，亦欣然应之。"②据说沈周晚年购回一些自己较早时期的绘画作品，其中便夹杂了许多赝品，他自己都无法分辨自己作品的真伪。

六、沈周的艺术收藏

沈周作为"吴门画派"之首，是明代中期最著名的画家，也是一位杰出的收藏家。因其祖辈积累的深厚的文化底蕴、丰厚的经济基础和广阔的社会关系资本，沈周自身天资聪颖、专心治画，在收藏领域也有突出成就。

---

① （明）顾复:《平生壮观》卷十，《中国书画全书》第四册，上海书画出版社 1996年版，第 1010 页。
② （明）王鏊:《石田先生墓志铭》，见钱谷《吴都文萃续集》卷 40，第 14 页。

（一）沈周艺术收藏的基本状况

沈周艺术收藏的经济状况。一是沈周祖上积累了雄厚的经济资本，前文已经叙述。二是沈周作为著名的书画家的收入。在商品经济蓬勃发展的苏州地区，书画家的收入十分可观。但由于沈周自身不善理财，购买能力十分有限，不如比他晚一个世纪出生的项元汴、王世贞家族。沈周艺术收藏的目的也不是像项元汴、王世贞一样从中获取巨大的经济利益，他更注重的是艺术品的怡情养性的功能。

沈周的收藏眼力。据《寓意编》记载：裱褙孙生家有人寄卖三官像三幅，每下轴有大方印曰"姑苏曹迪"，孙尝求鉴于田翁，翁云："此李嵩笔，曹氏盖收藏者。"仅靠看画风格，不用借助款识就可以判定作者，足见沈周鉴赏能力之强。吴宽记录下的沈周鉴定其自藏《李龙眠女孝经图》的事例，再次证明了沈周过人之处，"初不知作于何人，独其上有乔氏半印可辨，启南得之，定以为李龙眠笔，及观元周公谨，《志雅堂杂钞》云，已丑六月二十一日，同伯机（鲜于枢）访乔仲山运判观画，而列其目有伯时《女孝经》，且曰，伯时自书不全，则知为龙眠无疑，启南真知画者哉！"[1]吴宽称沈周是"真知画者"，对沈周的鉴赏能力十分钦佩。

---

① 吴宽:《家藏集》卷四十八，第8页。

作为鉴赏家和收藏家，沈周具备足够多的书画和历史知识，但他不轻易在藏品里题跋，甚至请友人吴宽等题识，如他的藏品郭忠恕的《雪霁江行图》就是一个例子，请程敏政题字，而自己不着一字。沈周十分重视旧画的修复和装潢，前引程敏政题沈周所藏的郭忠恕《雪霁江行图》中写道："石田沈君最博雅，重购所得人皆惊，装潢完好无璺裂，入手坐见增光荣。"① 这也是当时藏家十分讲究的事情。另据史料记载，沈周花重金从他人处购得一藏品，后来有人见到该画作，认出是其失盗的宝物，沈周奉还画作，并且拒绝说出卖画给他的人。

沈周家的藏品十分丰富。据都穆的《如意编》记载，沈周家的藏品有：胡瓌《番骑图》；郭忠恕《雪霁江行图》，上有宋徽宗御书雪霁江行图郭忠恕真迹十字；谢康乐半身像碧玉冠氅衣；苏苍浪、蔡端明、苏文忠、文定、山谷、海岳诸贤遗墨共一册；宋人摹周文矩《宫中图》一卷；王文正、秦淮海、米海岳、楼攻媿、杨慈湖诸贤手帖一卷；苏文忠《前后赤壁赋》，李龙眠作图，隶字书旁注，云是海岳笔，共八节，惟前赋不完；李龙眠画《女孝经》四章，每章亦龙眠书；林和靖与僧二帖；蔡端明自书绝句诗；米海岳自书词一卷；蔡苏米黄真迹一卷；李文定、张忠献、赵忠简、吕忠穆、李庄简五贤手札一卷；张忠献父子与虞丞相札

---

① 钱谷：《吴都文萃续集》卷二十六，程敏政《郭忠恕雪霁江行图为沈启南题》附跋，第 81 页。

子；黄山谷书《马伏波庙诗》一卷，大字，谷自有跋；赵孟頫临《伏生授书图》。另据《寓意编》记载：僧巨然《赤壁》《雪屋会琴》二图，高克明山水一卷，宋代黄岩叟、李乐庵、梁克家、赵令、范石湖、李泰发诸贤手帖共一册，原为刘珏所藏，其死后，归沈周所有。沈周作为明中期苏州地区第一大收藏家，远不止以上所列举之物，这里不一一详尽。

（二）沈周艺术收藏的影响

沈周作为明代成就最高的书画家、收藏家，他的身边聚集了各色人群。有像吴宽、王鏊、李东阳、李应祯、史鉴这样志趣相投、互通有无的朋友，也有像文林、朱礼存、都穆、文徵明、祝允明这样的后辈鉴藏家，还有一些古董商、裱褙匠和好事者。沈周杰出的鉴藏才能和显赫的声名，对当时整个苏州地区的收藏圈都产生了重要影响。

首先，沈周的鉴藏活动影响了当时身边的收藏家。沈周学养深厚、诗书俱工、精于绘画，对诗书画的创作发展和规律烂熟于心，其鉴赏水平高出同时代的收藏家。王鏊这样描述沈周在当年书画圈的影响："每黎明，门未辟，舟已塞乎其港矣，先生固喜客，至则相与燕笑咏歌，出古图书、器物，摩抚品题，酬对终日不厌，间以事入城必择地之僻奥者潜焉，好事者已物色之。"[1]沈

---

① 钱谷：《吴都文萃续集》卷四十，王鏊《石田先生墓志铭》，第14页。

周对周围的人十分谦和宽容。吴宽、王鏊、李东阳、史鉴、朱存理、文徵明、祝允明等都是有史可鉴的收藏鉴赏家，他们与沈周交往密切、经常雅集，他们通过借观、传观、雅集等方式接触沈周的藏品，使其有机会揣摩、临习所藏书画，提升他们的书画创作水平和鉴赏能力。

其次，沈周的收藏活动为当时收藏家树立了典范。沈周以画坛首屈一指的画家进行艺术收藏，实际上具有了艺术家和赞助人的双重身份。沈周在书画风格与鉴藏需求之间建立了一种异于普通人的链接，这就树立了一个典型的收藏范本。沈周博览群画，有大量临摹古人的画作，就是从藏品中获得滋养。如《仿黄公望富春大岭图》《仿富春山居图》《临大痴笔意图》《仿倪瓒山水轴》《仿吴镇云泉得意长卷》等等，其中尤以用王蒙手法作的《庐山高图》与《崇山修竹图》堪称精品。因其丰富的书画知识，在艺术品收藏的选择上，他们有自己的审美标准和个人喜好，不会追随潮流。

最后，沈周的书画鉴藏推动了书画艺术收藏市场的发展。各种古董商、裱褙匠、好事者，他们求沈周题跋，以辨别真伪，或者为其藏品增高画价，这表明沈周的鉴赏对当时艺术品市场产生了影响。沈周作为"吴门"画派的中心人物，后辈都穆、文徵明等都从其学艺，沈周的杰出鉴赏水平也将影响到其后辈的收藏家。

七、小结

　　沈周的家学渊源不管是在经济上，还是在文化上都为其奠定了非常高的起点。沈周从小就拥有庞大的熟人网络关系网、丰富的诗书画印等文艺藏品，又因其天赋异禀，为人宽厚谦和、乐善好施，能书擅画，精于鉴赏、博古，成了杰出的画家、收藏家，甚至是在当时成为声名显赫的文化符号。沈周绘画声名远扬，主要得益于交友圈的推广和自身道德品行的影响，又因当时苏州书画市场开始繁荣，沈周不可避免地融入了书画交易之中。作为文人画家沈周，在整个艺术赞助过程中，他遵循着中国古代文人传统，"重义轻利"，艺术赞助与沈周而言更多的是一种精神赞助，画作的交易更多的是一种人情往来，利益的获取间接而隐蔽。作为鉴藏家的沈周，继承了家业传统，表现了怡情养性的文人情怀，也表现出一种超功利性和创造性。沈周既是诗人、画家，又是书法家、鉴赏家、收藏家，多重身份赋予其艺术品多重价值。

"浙派"绘画研究

  今天所谓的"浙派",指的是以杭州人戴进（1389—1462）为代表的一批南方画家,其影响持续到明末清初。"浙派"画家作为民间画家的代表,大都是职业画家,沿袭的是南宋宫廷画院画风。以湖北江夏人（今武汉）吴伟为代表的"江夏派",以及以明末清初的武林人（杭州）蓝瑛为代表的"武林派",因为都承袭了南宋宫廷画风以及深受戴进的影响,所以都被视为"浙派"支流。因为南京聚集了一批明代的王公贵族,与北京的风尚有互动关系,艺术市场繁盛,所以"浙派"主要活动的区域除了浙江和北京,也大都活跃在南京。[①]本书从"浙派"的源流与界定、"浙派"的发展分期、"浙派"的先驱、"浙派"的代表画家,以及"浙派"绘画评价和影响这五个方面来梳理"浙派"绘画的历史概况。

---

① 尹吉男主编：《中国美术史》,高等教育出版社 2020 年版,第 306 页。

一、"浙派"的源流与界定

"浙派"作为明代兴起的一个画派，是中国绘画史上第一个被正式命名的画派，最早提出并为其冠名的是明代晚期的书画大家董其昌。他在《容台别集》中论道：

> 胜国时，画道独盛于越中。若凡吴兴、黄鹤山樵、吴仲圭、黄子久，其尤卓然者，至于今，乃有浙画之目，钝滞山川不少。迩来又复矫而事吴装，亦文、沈之剩馥耳。①

这里董其昌明确提出"浙画"一词，认为浙江地区的绘画有着优秀的传统，出现了赵孟頫、王蒙、吴镇、黄公望这样名震四海的艺术家，传承至今，于是有"浙画之目"。近来盛行的吴装，不过是仅得文（徵明）、沈（周）的皮毛而已。

后来董其昌又在他的《画禅室随笔》中论述道：

> 元季四大家，浙人居其三。王叔明湖州人，黄子久衢州人，吴仲圭钱塘人，惟倪元镇无锡人耳。江山灵气盛衰固有时，国朝名士仅仅戴进为武林人，已有浙派之

---

① （明）董其昌《容台别集》卷四。

目，不知赵吴兴亦浙人。若浙派日就渐灭，不当以甜邪俗赖者系之彼中也。①

董其昌再一次强调自古以来浙江地区人杰地灵、名家辈出，浙江人戴进是当时最有名望的画家，以戴进为首的画家群被称为"浙派"，其起因主要是由于地区的关系，从此"浙派"就此得名。

明代有评论家称戴进为"行家"（何良俊《四友斋丛说摘抄》），称他的画为"院体"，也有评论家称其为"行家"兼"利家"（王世贞《艺苑卮言》）。董其昌提出所谓的"南北宗"论，尚南贬北，颂扬吴门画派的文人画，贬低以戴进等为代表专业画家，称与戴进画风相近的"院体"一派的"利家"画为"北宗"。明代沈朝焕在《顾氏画谱》②中题戴进的一幅钟馗画像云："吴中以诗字装点画品，务以清丽媚人。而不臻古妙，至姗笑戴文进诸君为浙气。不知，文进于古无所不临幕，而于趣无所不涵蓄，其手笔高出吴人远甚。"所谓"浙气"，即"浙派"的"风气"，或"习气"，为贬抑之辞，这里意指的是浙江地区的南宋院体画风。因此，我们可以推测这一论调就是"浙派"之说形成的根源。

从以上可见，所谓"浙派"，从地域区分来说，以钱塘画家为

① （明）董其昌《画禅室随笔》卷二。
② （明）顾炳（万历时宫廷画家）曾绘《顾氏画谱》，系顾氏模仿历代名画家的绘画作品而成。

主，从画风上说，也就是南宋"院体"一派。这里所谓"院体"，是指南宋画院中以李、刘、马、夏为代表的山水画风。明代中期以前，宫廷内外受"院体"画风影响很大。以戴进为首的"浙派"，主要是代表宫廷以外在民间流行一时的"院体"一派。

"浙派"是因为画法技巧和艺术风格的继承而自然形成的一个绘画流派，它们之间并无严格的地域界限和严密的组织结构。虽然后世评论家对"浙派"的评价多有贬斥，但"浙派"作为一个绘画流派成为历史事实是没有争议的。后世学者和评论家对"浙派"有不少的争议和研究。这正如詹景凤在其《跋饶自然山水家法》中所说："大都学画者，江南派宗董源、巨然；江北派则宗李成、郭熙；浙中乃宗李唐、马远、夏圭。此风气之所习，千古不变也。"清初人张庚进一步明确阐发这一论点，说："画分南北，始于唐世，然未有以地别为派者，至明季，方有'浙派'之目。是派也，始于戴进，成于蓝瑛。其失盖有四焉，曰硬、曰板、曰秃、曰拙。"[1] 可知以蓝瑛为"浙派"季军，原来出自张庚，实标上蓝瑛的画风面貌不尽相同。不过，李开先对"浙派"的画家倒有一个较为客观而完整的梳理与评价。李开先[2] 在《中麓画品》中论述道：

---

[1]（清）张庚《图画精意识》。

[2] 李开先（1501—1568），字伯华，号中麓，别号中麓山人，山东章丘人，善诗文，尤工词曲，明代著名书画收藏家，尤喜"浙派"绘画，著有《闲居集》《词谑》《中麓山人拙对》《中麓画品》等。

戴文进之画如玉斗，精理佳妙，复为巨器。

吴小仙如楚人之战钜鹿，孟气横发，加乎一时。

吕纪如五色玻璃。或者则以为和氏之璧，不知何以取之过也。

蒋子成如天竺之僧，一身服饰皆是珍贵之物，但又腥膻之气。

李在如白手穷径，不偶于世之士。寒滞寒陋，进退皆拙。

林良如樵背荆薪，涧底枯木，匠氏不顾。

边景昭如粪土之墙，杇以粉墨，麻查剥落，略无光莹坚实之处。

谢廷询如千人之石，碓埄之材则是，珪璋之璞则非。

郭清狂如儒翁学稼，筋力既劣于同侪，良莠比多余嘉谷。

商喜如神庙塑像，四体矩度一一肖似。然颜色既乏生气，胚胎复是瑾泥。

石锐比之商喜，益出其下。

钟钦礼如僧道斋榜，字太墨浓，惟见黑蠢。

王谨、王谔如五代之官，帽则乌纱，身则屠贩。①

---

① （明）李开先：《中麓画品·画品一》。

后来，李开先还论道：

文进、小仙、云湖、古狂为一等。

蒋子成、金润夫、夏仲昭、周臣、吕纪为一等。

胡大年、唐寅、李在、石田、林良、景昭、若水为一等。

商喜、石锐为一等。

张世禄、李福智神鬼，刘俊、郭清狂、袁林、奚祐人物，戈廷璋松，陈宪章树，金湜竹，詹仲和竹，吕高水，楼钥花鸟，李鳌猫犬，周全马，刘节鱼，林广、史痴、任道逊、许尚友、金文鼎、马式、王恭、陈季昭、陈启阳、夏芷、丁玉川、谢廷询、王舜耕、倪端、钟钦礼、张辉、汪质、汪海云、王谨、王谔、王世昌山水，以上诸家，才力不甚相远，亦不须核论，总为一等。①

此后，他在《中麓画品》又论道：

文进其源出于马远、夏圭、李唐、董源、范宽、米元章、关仝、赵千里、刘松年、盛子昭、赵子昂、黄子久、高房山。高过元人，不及宋人。

---

① （明）李开先：《中麓画品·画品四》。

　　小仙其源出于文进，笔法更逸，重峦叠嶂，非其所长。片石一书，粗且简者，在文进之上。

　　吕纪其源出于毛益、罗智川，过于益，不及智川。

　　林良其源出于文与可。

　　李在其源出于郭熙。石锐其源出于谢廷询。

　　边景昭其源出于李安忠。钟钦礼其源出于刘耀卿。

　　谢廷询其源出于李唐、范宽。刘俊、袁林其源出于李福智。

　　商喜其源出于陈居中、李迪。夏芷出于文进。郭清狂其源出于小仙。倪端出于石锐。[①]

　　最后，他在《中麓画品》中总结道：

　　文进画笔，宋之入院高手或不能及，自元迄今，惧非其比。宣庙喜绘事，一时待诏如谢廷询、倪端、石锐、李在等，则又文进之仆隶舆台耳。[②]

　　从以上论述分析，李开先对戴进、吴伟的评价非常高，对"浙派"绘画也尤为喜欢。李开先对"浙派"的认定及划分可谓

---

① （明）李开先：《中麓画品·画品五》。
② （明）李开先：《中麓画品·后序》。

用心良苦，其中也不乏客观正确的一面。

综上可以看出，对"浙派"的划分与界定，有几个特定的条件：一是艺术主张和绘画风格上，应大致与戴进相近；二是绘画方法和绘画技巧上，主要师承戴进；三是绘画创作上，都以师法南宋院体为主，呈现出一种以粗犷豪放见长的绘画风格；四是地域划分和活动范围上，"浙派"是以戴进的籍贯而命名的，故当以杭州地区的画家群体为主，但"浙派"的归属及划分不以地域划分为主，而是以相同或相近的笔墨风格为界，以承袭戴进、吴伟简逸豪放的画风或主要师承戴进、吴伟的画家都归于"浙派"。

依据以上基本原则，"浙派"画家的划分和界定大致可分为三类：以戴进为主的嫡系传派；以吴伟为首的江夏画派；以蓝瑛为首的武林画派。现根据众家之说，"浙派"画家群体的具体分类大致如下：

1. 戴进的嫡系传派。始祖为戴进。戴进为钱塘人，"浙派"以戴进的籍贯而命名。直接师承者有：其家传有子戴泉、女戴氏、婿王世祥；其弟子有夏芷、夏葵兄弟，方钺、仲昂、陈景初、陈玑、吴瑶、宋臣、汪质、谢宾举、叶澄、何适、华朴和吴伟等人。

2. 吴伟的江夏派。创始人为吴伟。吴伟为江夏（今湖北武汉）人，故画史称之为江夏派。江夏派实为"浙派"的一支分流。直接师承者有：张路、彭舜卿、施雨、郑文林、罗素、朱邦、蒋嵩、史文、李菁、汪肇、陈子和、张恒、张似山、薛仁、蒋贵、王仪、邢国贤、宋登春、姚一川、李约佶、墨庄、万邦治、万邦正、浯滨、石泉等。

3. 蓝瑛的武林派。首创者谓蓝瑛。蓝瑛为钱塘人，因钱塘旧称武林，故画史将这一派系称为武林派。直接师承者有：其家传的有其子蓝孟，其孙蓝深、蓝涛等；其弟子有刘度、陈璇、王奂、顾星、田赋、冯湜、洪都、吴讷、吴球，以及陈洪绶、禹之鼎、苏谊、周世沛、蓝涧、何世凤等人。

二、"浙派"的传承、发展和衰退

"浙派"由明早期戴进始创，至明末的蓝瑛结束，这期间经过了漫长的250余年。"浙派"从兴起到衰退大约经历了四个历史阶段。这个过程除了与艺术自身的传承和演绎相关之外，也与当时皇权统治者的艺术审美观念和执政政策相关。明朝270余年，历经16代皇帝，在绘画艺术发展的过程中，画风转变，画派更迭，显现了艺术与政治有着必然而深刻的关系。

"浙派"的创始期（约1403—1464年）。"浙派"的兴起以戴进的艺术创作影响为主导，大约从1403年到1464年，即明永乐至天顺皇帝时期，时长60余年。明代初期的画坛，依然沿袭元代文人画的风格，追求潇洒俊逸、清韵简朴的笔墨神韵。然而这一画风完全与明代初期统治者的喜好和强权政治格格不入。明朝建立前期，百废待兴，广建土木，明太祖朱元璋设立学校、开科取士，广揽画家入宫任职，主要是为了建设新建的王朝宫殿、巩固自己的政治统治。这在一定程度上推动了绘画艺术的发展，但朱元璋并非文人，他不懂艺术，并非是从艺术审美的角度来发展艺术。再加上他武将出身，性格暴躁，因此那些不合皇帝审美意向的画家，稍有不慎，就会惹来杀身之祸。被朱元璋杀害的画家就有赵原、周位、徐贲、张羽、周砥、杨基等。在这种业态氛围下，无论宫廷画家还是自由画家，无不诚惶诚恐、揣摩圣意、迎合统治者的审美趣味。由于明初统治者喜好刚健雄伟、粗犷豪放的风格，而元代以后那种不被人们重视的李唐、刘松年、马远、夏圭的院体风格，正好迎合了明初统治者的审美趣味，因此这种风格的绘画得到了较好的发展。

经洪武、永乐两朝之后，明朝逐渐由安定走向富庶。玄宗皇帝"雅好丹青，极善书画"，加之当时的政治禁锢逐渐宽松，以李在、周文靖为主的宫廷画家所承袭的以马、夏为主的刚健雄豪的画风得到了发展。戴进正是此时进入画坛，并被招进宫廷，成为宫廷画家。戴进进宫初期颇受宫廷重视，后虽被迫离开宫廷，但也一直与宫廷画家保持联系。戴进出宫之后广泛地与文人雅士结交来往，自身的艺术技法和人文素养都有了全面的提高和发展，在当时画坛声名显赫，技法画品影响深远。师承戴进的画家众多，如其子戴泉、女戴氏、婿王世祥，还有门徒如夏芷、夏葵等等，更有同乡人方钺、仲昂以及吴珏、谢宾举、叶澄、何适等人。如此众多的画家师承一人，可以说这在当时画坛造成了重大影响，也在事实上已经形成了一个画派——"浙派"。

"浙派"的兴盛时期（约1465—1512年）。将"浙派"推向高峰时期的是画家吴伟。以吴伟为首的江夏派的崛起大力推动了"浙派"的兴盛和繁荣，这期间大约是明宪宗至明正德皇帝时期，约1462年至1512年，经历了40余年。明宪宗统治时人文环境更加宽松，为明中期以后的绘画发展提供了有利条件。吴伟当时得到明宪宗（1447—1487）的赏识，并"召授锦衣卫镇抚，待诏仁智殿"。据《画史会要》记载："伟有时大醉被召，蓬头垢面，曳破皂履踉跄行。中官扶腋以见，上大笑，命作《松风图》。伟跪翻墨汁，信手涂抹，而风云惨惨生屏幛间，左右动色。上叹曰：'真仙人笔也。'"① 皇帝不但没有计较吴伟放浪形骸的行为，反而对其作画时的狂放形态赞赏有加，可以说这种宽松的政治氛围促进了"浙派"的绘画风格的兴盛和发展。继明宪宗之后的弘治皇帝（1470—1505）更为宠信吴伟，据何乔远（1558—1631）《名山藏》记载："孝宗登极，复召见便殿，命画称旨，授锦衣百

---

① （明）朱谋垔：《画史会要》卷四，文渊阁四库全书子部第816册，台湾商务印书馆，第534页。

户，赐印章曰：画状元。"[1]皇帝多次召吴伟入宫并予以厚待，足见吴伟笔墨酣畅的画风受到皇室的推崇和喜爱。因此可以说，吴伟的绘画风格代表了统治者的艺术品位。

李开先在《中麓画品》中评价道："小仙其源出于文进，笔法更逸，重峦叠嶂，非其所长，片石一树粗且简者，在文进之上。"[2]吴伟的绘画风格在继承戴进的基础上更为雄强狂放、豪放不羁。吴伟的画作在笔墨上更加粗放，形态上更加动感，他将戴进豪放飘逸的风格推向了极端，在画坛产生更广泛的影响。

据《金陵琐事》记载："吴小仙春日同诸王孙游杏花村，酒后渴甚，从竹林中一老妪索茶饮之。次年，复与诸王孙游之，老妪已下世数月。小仙目想心存，遂援笔写其像，与生时无异。老妪之子得之，大哭不休。"[3]吴伟与皇亲国戚、贵族子弟一同出游杏花村，说明在南京上层社会中，吴伟这种狂放不羁的性格和雄浑豪放的画风也得到了赞助与支持。由此可见，在相对宽松的政治环境和发达的经济土壤下，以吴伟的艺术为代表的"浙派"绘画在这一时期达到了鼎盛。这一时期，吴伟的追随者蒋嵩、汪肇、李著、薛仁、蒋贵等人，各自的绘画创作在当时都产生了比较重要的影响，画史上称其为以南京为主体的"浙派"支流——

---

[1]《明人传记资料索引》，中华书局1987年版。
[2]（明）李开先：《中麓画品·画品五》。
[3]（明）周晖：《金陵琐事·续金陵琐事·二续金陵琐事》，南京出版社2007年版。

江夏派。

"浙派"的衰退期（约1522—1572年）。"浙派"的衰退原因是多方面的。明代中期以后，政治统治腐败无能，经济实力衰退，与之相应的"浙派"走向没落也在情理之中了。明代中期，社会经济、文化发生了重大变化，以江南地区为主的商品经济快速发展，与之相应的文化发展也十分迅速。据《吴邑志》载："绫锦丝纱罗绸绢，皆出郡城机房，产兼两邑，而东城为盛，比屋皆工织作，转贸四方，吴之大资也。"[①]因为工商业的发展，产生了新兴的市民阶层，与之相适应的本土文化也随之发展兴盛起来。在绘画领域的表现是以沈周为代表的吴门画派开始崭露头角。与此同时，在"浙派"的大本营金陵地区，文人士大夫的力量也日益壮大，代表权贵阶层审美趣味的"浙派"就不能满足他们的审美需求。嘉靖以后，文人士大夫们对满足贵族品位的"浙派"画风极端不满，风流文雅、秀润纤细的审美趣味在画坛占据了主导地位。

吴伟去世（1508年）后，虽然"浙派"还有一定的影响，出现了如蒋嵩、汪肇、张路等有声望的画家。但此时，吴门画派已经崛起，沈周、文徵明、唐寅等已经在画坛如日中天，他们的理论与实践都已经成熟和完善。吴门画派代表文人画家的审美品位，强调诗、书、画三种艺术形式相互融合，对艺术能力和素养

---

① 《江苏文物综录》编辑委员会编，《江苏文物综录》，1988年，第176页。

有更多综合的要求。文人画在理论上更加强调画家的人品、强调作品的气韵，在审美理想上远接宋人郭若虚"人品既高矣，气韵不得不高"的观点。而此时"浙派"后期的画家，陈陈相袭，过于草率，甚至一味强调霸悍刻露的程式化画风，最终不得不走向了末路。

"浙派"的衰退，除了上述原因之外，还与当时文化界、批评界的价值取向密切相关。弘治至嘉靖年间，不少苏州籍文人士大夫在北京和南京做大官，他们皆与沈周交好，如王鏊、吴宽、徐有贞、郑文林等人，他们自己就是书画家，不喜欢"浙派"画风，并且竭力赞助吴门画家，纷纷抑浙扬吴。文艺界批评的介入对于"浙派"的发展是创伤性的。南京文坛的代表何良俊（1506—1573），也是文徵明的好友，他在《四友斋画论》中谈及文徵明和戴进时讲："若行家当以戴文进为第一，而吴小仙、杜古狂、周东村其次也。利家则以沈石田为第一，而唐六如、文衡山、陈白阳其次也……衡山本利家，观其学赵集贤设色与李唐山水小幅皆臻妙，盖利而未尝不行者也。戴文进则单是行耳，终不能兼利，此则限于人品也。"[1]鲜明的褒吴贬浙的价值取向，在当时画坛极具影响力，对"浙派"的发展起到压制的效果。沈周好友吴宽（1435—1504）在《跋石田画册》中盛赞："沈周能山

---

[1]（明）何良俊：《四友斋画论》，见潘运告编、云告译《明代画论》，湖南美术出版社2002年版，第29-30页。

水、竹木、花果、虫鸟，惟明初戴进可及。然若论呧墨之际，缀以短句，则翁当独步于今。"①在吴宽看来，戴进只是一个职业画家，而诗书画修养全面的文人画家沈周则远在其上。综上可见，吴、浙两派的风格追求和审美意识差异较大，明代中后期"浙派"所面临的绘画环境已发生了重大改变，"浙派"艺术风格已经不适应社会发展的需求了。吴伟之后的"浙派"第三代代表性画家张路（1490—1563），笔墨奔放洒脱，风格恣肆雄强。《詹氏性理小辨》评张路说："写人物师吴士英，结构停妥，衣褶操插入妙，用笔矫健，而行笔迅捷，亦自雄伟，足当名家。"②但何良俊却说："如南京至蒋三松、汪孟文、江西之郭清狂、北方张平山，此等虽用以揩抹，忧惧辱吾之几塌也。"③很明显，他对晚期"浙派"的狂放画风持侮辱与讥讽的态度，表明了吴人对"浙派"的偏见。明代中后期，随着以吴门画派为代表的文人画成为画坛主流，这类对"浙派"的偏见与批判成为常态。《无声诗史》载："张路画法吴小仙，虽草草而就，笔绝遒劲，然秀逸处远逊于小仙。北人于平山画视若拱璧，鉴家以其不入雅玩，近亦声价渐减矣。"④万历（1573—1620年）以后，对"浙派"的批判更是愈加

---

① （明）沈周：《沈周集·下》，浙江人民美术出版社 2013 年版，第 1715 页。
② 穆益勤：《明代院体浙派史料》，上海人民美术出版社 1985 年版，第 77 页。
③ （明）何良俊：《四友斋丛说摘抄五》，见穆益勤《明代院体浙派史料》，上海人民美术出版社 1985 年版，第 93 页。
④ 吴孟复：《中国画论》卷 2，安徽美术出版社 1995 年版，第 597–598 页。

热烈，如徐沁曰："有明吴次翁一派，取法道元，平山滥觞，渐沦恶道。"[1] 沈颢（1586—1661）进一步说："以至戴文进、吴小仙、张平山辈，日就狐禅，衣钵尘土。"[2] 王原祁（1642—1715）则在《雨窗漫笔》中彻底否定"浙派""明末画中有习气，恶派以浙派为最"[3]。

三、"浙派"的先驱

浙江地区的书画艺术可谓源远流长、人才辈出，晋代有王羲之，唐代有褚遂良、孙过庭，宋代有刘松年、李唐、马远、夏珪、赵构（宋高宗），元代有赵孟頫、黄公望、王蒙，明代有戴进、蓝瑛、徐渭，近代有赵之谦、任氏三杰（任熊、任薰和任颐）、吴昌硕、黄宾虹、潘天寿等，真可谓名家汇聚、群星璀璨。

从艺术风格的传承来看，历史上真正被称为"浙派"绘画先驱的是以南宋"院体"为主的画家群体，除了北宋的郭熙之外，还有李唐、刘松年、马远、夏圭这南宋四大家。他们的绘画创作，注重写真，重视法度，讲究形式，以水墨苍劲、雄健简略的风格著称画坛，对后世画家和绘画产生深远影响。

---

① 潘运告：《明代画论》，湖南美术出版社 2002 年版，第 364 页。
② 卢辅圣：《中国书画全书》第 4 册，上海书画出版社 1993 年版，第 814-816 页。
③ 潘运告：《中国历代画论选·下》，湖南美术出版社 2007 年版，第 168 页。

（一）郭熙

郭熙（1023—1100），字淳夫，河阳温县（今河南孟县）人。神宗时为御画院艺学、待诏、翰林待诏直长。郭熙以山水画闻名天下，宋神宗尤爱郭熙的山水画，宫廷收藏了许多他的作品。郭熙传世名作《林泉高致》是他毕生创作思想与经验的总结，提出了很多关于山水画创作的独特见解。尤其值得一提的是，他所提出的著名的"三远"法的构图法则，即"山有三远，自山下而仰山巅，谓之高远；自山前而窥山后，谓之深远；自近山而望远山，谓之平远"，被认为是中国画构图不同于西方透视构图的经典名言。郭熙还提出四季山水须达"春山澹冶而如笑，夏山苍翠而如滴，秋山明净而如状，冬山惨淡而如睡"的高见，是山水画意境理论的重要论述。郭熙的这些观点为后世创作山水画提供了极具参照价值的理论依据，影响深远。

郭熙的山水画创作，注重自然写生，以自然为范本，汲取自然的精神秀韵，技法上师学李成，但不偏于一家，而是广征博取，自成一家。晚年山水画运笔非凡，直抒胸臆，宛若天成，尽显大自然神奇壮阔、变幻莫测之美景。郭熙传世的画作不多，较为可靠的有《早春图》《窠石平远图》《幽谷图》等。郭熙对"浙派"的影响，主要体现在戴进身上。戴进创作的一些山水画，其用笔、构图受郭熙的影响不小。他的《雪岩栈道图》，线条稳重，勾皴严谨，且用全景构图，一反马远、夏圭构图法，做到了郭熙所谓的山水画要"可观、可望、可居、可游"的境地。戴进传世的《早春图》《溪桥策蹇图》《春酣图》《雪归图》等画作中不少山石树木的画法，多受郭熙的影响。所以《明画录》说："其山水源出郭熙、李唐、马远、夏圭，而妙处多自发之，俗所谓行家兼利家也。"[①]

（二）李唐

李唐（约 1066—1150），河阳三城（今河南孟县）人。字晞古，工诗书，善绘画。人物、花鸟、禽兽无所不工，尤长于山水。李唐在北宋徽宗赵佶当政年间入北宋画院，任翰林图画院待诏。北宋灭亡后，他冒死逃出，不远万里，来到南宋都城临安，被太尉邵宏渊推荐给宋高宗，又重新进入南宋画院，得宋高宗赏识，授忠郎，画院待诏，并赐金带。北宋刘道醇所作的《圣朝名画评》中所述："宋有天下，为山水者，惟中立与李成称绝，至今无及之者。"在宋代绘画史上，李唐承前启后，上承北宋画院之余脉，下开南宋院体之风气；既继承了北宋主张的"复古"传统画法，又推陈出新，开创了南宋山水画的崭新时代。后世画家学习山水画，纷纷对李唐画作研究临摹。

郭若虚在《图画见闻志》中也有论述："画山水唯营丘李成、

---

①（明）徐沁：《明画录》，商务印书馆中华民国二十五年（1936）版，第 19 页。

长安关仝、华原范宽。"后世习山水者，皆临摹这三家，李唐也不例外。李唐山水初师李思训，后师其他众家，尤得范宽山水之神韵，堪称南宗院体第一人。李唐的山水，构图奇古宏大，多作大幅巨幛山水，笔致清雅，遒劲有力，用笔奇崛，墨韵纯净，极好地表现了山之端庄伟岸、气魄雄奇的景象，形成了自成一体的独家风貌。李唐存世的作品不多，主要有《万壑松风图》《江山小景》《长夏江寺图》《清溪渔隐图》等，人物画有《采薇图》《晋文公复国图》等。

《万壑松风图》是北宋后期最具有代表性的一件艺术作品，整幅画面雄浑厚重，构图完整，气势宏大。画面所绘山体分明，山峰高耸矗立，宛如壁立千仞，山麓间松林郁郁葱葱，山脚下碎石堆积，溪水潺潺。画面技法上集马牙、解索、刮铁诸种皴法为一体，表现出大、小斧劈皴的雏形，展示出其非凡的创造力和卓越的艺术才华。李唐是被誉为"南宋四大家"之首的领袖人物。当时的刘松年、马远、夏圭皆受其影响，甚至是直承衣钵。李唐的山水，对后世影响极大。"浙派"的戴进、吴伟更是从他那里汲取营养，继承其画风。

（三）刘松年

刘松年，生卒年不详，根据历史文献记载可以推测出他主要生活在宋孝宗、宋光宗、宋宁宗时期（大约在1174—1224年间），前后共五十年左右。钱塘（今浙江杭州）人。人物、山水均工。画史上对刘松年的记载为："刘松年，钱塘人，居清波门，俗呼为暗门刘，淳熙画院学生，绍熙年待诏。师张敦礼，工画人物山水，神气精妙，名过于师。"[1]南宋孝宗淳熙时为画院学生，光宗绍熙时为画院待诏，宁宗时曾进呈《耕织图》，赐金带。刘松年的山水画师学张训礼。张训礼的山水则师学李唐，其画"山水、人物，恬洁滋润，时辈不及"[2]。所以刘松年是李唐学生的学生，画风相传，一脉相承。刘松年的山水，与张训礼相比，更为滋润细谨；与李唐相比，又更显稳健和谐；被称为"院人中绝品也"。[3]

刘松年的传世作品中最著名的是《四景山水图》。画卷分为几段，分别描绘了南宋中期西湖周边贵族园林春、夏、秋、冬的美好景色，画法精美，构图平稳，格调清丽，笔墨苍劲有力。刘松年对四季变化观察入微，并将这些变化与水墨设色相结合，季节渲染十分得体，将南宋江南一带的文人园林特质展现得淋漓尽致。整个画卷兼众工之所长，显现了刘松年非凡的创造才能。除此之外，刘松年还绘制了大量的西湖主题绘画，如《西湖春晓

① （元）夏文彦：《图绘宝鉴》卷四，见卢辅圣主编《中国书画全书》第二册，上海书画出版社1993年版，第874页。。
② （元）庄肃：《画继补遗》卷四，见卢辅圣主编《中国书画全书》第二册，上海书画出版社1993年版，第916页。
③ （元）夏文彦：《图绘宝鉴》卷四，见卢辅圣主编《中国书画全书》第二册，上海书画出版社1993年版，第879页。

图》《风雨归庄图》《春山仙隐图》等，都是表现西湖曼妙风光的重要绘画作品。张丑《铭心集》有诗曰："西湖风景松年写，秀色于今尚可餐。不似浣花图醉叟，数峰眉黛落齐纨。"[①] 以此赞叹刘松年在西湖主题山水绘画上的独特眼光和艺术成就。

刘松年的山水对马远、夏圭确有较大的影响，尤其是其构图，这点可从《四景山水图》中窥见端倪。刘松年对戴进、吴伟等"浙派"画家的影响，如同李唐对他的影响一样，是间接的，但又是直接的，尤其对戴进的影响很大。[②]

（四）马远

马远（约1140—1230），字遥父，号钦山，出生钱塘（今浙江杭州），祖籍河中（今山西永济县）。为宋光宗、宋宁宗两朝（约1190—1224年）画院待诏。人物、山水、花鸟均精。马远出身于绘画世家，曾祖父马贲、祖父马兴祖、伯父马公显、父亲马世荣、兄弟马逵、儿子马麟一连五代均善画，且都是画院画家，艺术成就亦都不凡。虽然家族画师颇多，但艺术成就最高、最得当时皇家恩宠的还是马远。

从画史上的记载和他所呈现的画风上可看出，马远的山水画以师法李唐为主，笔力劲健阔略，皴法硬朗，楼阁勾画精工，景

---

① 厉鹗：《南宋院画录校释图笺》，浙江人民美术出版社2015年版，第126页。
② 《詹氏性理小辨》："家贫励志于宋元诸迹，靡所不学，亦靡所不精。而于马夏刘松年、米元章四家山水为特擅。"

145

物之间相互衬染，人物描摹自然，情意相交。与李唐相比，马远的风格又更为刚毅简洁、遒劲挺括。马远创造的构图形式多样而全面。尤其值得一提的是他的边角构图之景。受南宋理学的影响，遵循以小观大的原则，马远常常选取一角半边的构图方式，峭峰直上不见其顶，绝壁直下而不见其脚，近山参天而远山则低，孤舟泛日而一人独坐，在有限的画面内，用简洁、概括的笔墨表达了无限的意境，这种独特的风格被称为"马一角"，形成了南宋山水画独有的"剩水残山"。这一时期的山水画特别追求意境，画家用山水画来直抒胸臆、表达思想，在创作实践上开始摒弃现实主义风格，走向抒情和诗意的探索之路。

马远传世的作品有《踏歌图》《雪景图》《梅石溪凫图》等，另有十二段以不同手法描绘的《水图》，各图均画法精妙，品貌各异。马远的山水对后世影响颇大。不但南宋画家直接师承马远，元代画家孙君泽、张观、张远、丁野夫等名家也直接师承马远。到了明代，"浙派"中的戴进、吴伟等大多画家也师从马远，明代宫廷院体内的画家也有不少师学于他。马远以高超的技艺和深邃的美学思想对后世山水产生了重大影响。

（五）夏圭

夏圭（生卒年不详），字禹玉，临安（今浙江杭州）人。工山水、人物，早年画人物，后来以山水著称。为宁宗、理宗朝画院待诏，受到皇帝赐金带的荣誉。其父和其子均为画家。夏圭的艺术创作时期与马远同时，而且两人师承与风格大致相似，成就和影响也大致相同，故画史常将其与马远并称为"马夏"。夏圭的山水画，也是师法李唐，又吸取范宽、米芾、米友仁等前辈的长处，形成自己的个人风格。夏圭多用秃笔，下笔较重，笔法简约精练，所用斧劈皴，善于控制水墨，苍劲雄浑，淋漓滋润，其风格较马远更显率直简朴。受地域环境影响，在构图上，夏圭与马远一样，多采用局部构图法，善于利用画面上的留白体现江南山水辽阔浩荡的氛围，营造清净旷远的景象，史称"夏半边"。马远和夏圭的山水画采用边角构图形式，对景色适当取舍，对画面作留白安排，用水和天空营造出一种浩渺辽阔的意境，给人留下无限遐想。

夏圭存世作品代表作有《松崖客话图》《西湖柳艇图》《烟岫林居图》等。《松崖客话图》描绘两位贤者在崖坡畅谈的画面，画面采用远景构图，着重在左半边着墨，古松苍翠雄壮，树下两位贤者观景畅谈；右边大面积的留白，留白之处，波纹轻漾，青山隐约，画面意境烟波浩荡、悠远辽阔。《烟岫林居图》采用半边式构图，重点在下半边的近景，近景树石着重墨，中景以淡墨勾染，远景则以极浅淡的水墨渲染出一片雾色。画面轻松简洁，上疏下密，左实右虚，疏密有致，虚实相间，虚实结合、意境幽深。夏圭的山水对后世的影响大致与马远相似。明代"浙派"和

"院体"画家群中学夏圭者甚众。除戴进、吴伟外，李在、周文靖、王谔，以及夏芷、夏葵、方钺、张路、汪质、蒋嵩、汪肇等均直接师法夏圭、马远。

四、"浙派"的艺术大师

"浙派"最著名的画家是戴进和吴伟。因为从艺术特色的继承上来看，"武林派"属于"浙派"的分支，那么其首领蓝瑛也是"浙派"重要画家。

（一）戴进

戴进，字文进，号静庵，又号玉泉山人，浙江钱塘（今杭州）人。戴进的生卒，据《七修类稿续稿》载："卒时七十五，天顺六年秋也。"[①] 生于明洪武二十一年（1388），卒于明天顺六年（1462），享年75岁。戴进一生醉心绘事，学精业著，声名远播，集诸家之大成。山水、人物、花鸟无不精妙，卓然成家，为"浙派"之开山鼻祖。代表作有《三顾茅庐图》《达摩六祖图卷》《春酣图》《钟馗夜游图》《雪归图》《南屏雅集图卷》等。

戴进出身贫寒，自小受家庭熏陶，喜爱艺术。少年时他学做锻工，后在别人劝示下，改攻绘画。由于功力非浅，造型能力极

---

① 郎瑛：《七修类稿续稿》卷六，上海书店出版社 2009 年版，第 606 页。

强，画艺大进。戴进一度进入宫廷画院，后遭谗言被贬斥出宫。据《中麓画品》记载："宣庙喜绘事，一时待诏如谢廷循、倪端、石锐、李在等，则又文进之仆隶舆台耳。一曰在仁智殿呈画，进以得意者为首，乃《秋江独钓图》，画红袍人垂钓于江边。画家唯红色最难著，进独得古法。廷循从旁奏云：画虽好，但恨鄙野。宣庙诘之，乃曰：大红是朝官品服，钓鱼人安得有此。遂挥其余幅，不经御览。"①戴进画艺超群，在画院遭到同行嫉妒，被谗言所害非常有可能。但是被逐出宫廷这样的遭遇，在当时政治氛围下，更有可能是因为创作的内容触犯了圣意。戴进被逐出画院之后，寓居在京城较长时间。这期间，他淡泊明志，潜心创作，并结识了不少知名的画家和达官贵人。与之交往的画家有谢环、孙隆、石锐、夏昶、朱孔旸、黄希谷等，其中以夏昶关系最为密切。戴进与当时的达官贵人亦多有交往，如扬士奇、杨荣以及张益、徐有贞、刘溥等，其中又与王直交往最深。戴进在京期间，除了常与画家、达官贵人交往之外，大多时间仍潜心于艺术创作，尤其是刘、李、马、夏及南宗诸家技法技巧的精髓，为其晚年的山水创作打下了坚实的基础。晚年的戴进画风亦渐集大成，并已形成自己的独特风格。他借画艺与当地的名士相酬往，画名和影响日渐兴盛。天顺六年（1462）秋，时年75岁的戴进因病逝世，后葬于杭州西湖洪春桥的九里松。

---

① （明）李开先：《中麓画品·后序》。

　　戴进的艺术创作与他的生平遭遇密切相关。他早年居住家乡随父学画；中年被征召入宫，然因画艺超众而受谗言不受恩宠而被迫离开宫廷，后无奈羁绊京城近十年之久；晚年离开京城返杭，在家以授徒卖画为生。曲折坎坷的生活经历，加上职业画家的艺术生涯，造就了他与众不同、独树一帜的艺术个性。其画风在承袭南宋院体的同时，兼收唐宋元诸家之长，形成了简劲纵逸、苍润奇丽的画风，被誉为"院体第一手""行家第一人""一代良画家""画中之圣"，开明一代新画风，成"浙派"之开山鼻祖，成为一代宗师。戴进的艺术创作大致可分为三个时期：早期、中期和晚期。下面分这三个时期分别叙述他的创作风格。

　　戴进早期创作时间约从 1403 年起至 1429 年进宫止。受浙籍绘画传统熏陶，主要以南宋院体马夏一路为宗，画风工丽清新、简约严谨。戴进的出生地钱塘，在南宋时期称作临安，为南宋的京城，也是南宋"院体"绘画的发源地。戴进早年学画自然与家乡的艺术传统和艺术氛围有关。有史料记载，戴进早年以画南宋院体山水和工笔设色人物为主，并且擅长精工细谨的画法。如顾复在《平生壮观》中所言："戴静庵专攻南宋院中人法，而得李唐为多。所见大轴，重山茂林，布景传染非不佳，然望其骨韵不能古雅，致举世有浙气之嫌。揆厥所由，静庵钱塘人，皆因南渡诸帝立画院于临安，而以刘、李、马、夏诸俗笔为院中之冠，致

三百年来，其留风尤渐染于人未艾也。"①詹景凤在评述戴进的绘
画时说："家贫励志于宋元诸家之迹，靡所不学，亦靡所不精。而
于马、夏、刘松年、米元章四家山水为特擅。"②《增补图绘宝鉴》
有言："山水得诸家之妙，大率摹拟李唐、马远居多。神像、人
物、走兽、花果、翎毛，俱极精致……而神像之威仪，鬼怪之勇
猛，衣纹设色，重轻纯熟，亦不下唐宋先贤也。至于临仿旧人而
无款者，法眼观之，莫辨真伪，此能品也。"可见，戴进早年的
绘画，不但临摹逼真，笔法精到，而且以南宋院体为发家。戴进
此时的绘画虽然还没有形成自己独特的风格特色，然而呈现出工
丽清新、简约严谨的风格特征，技法相当高了。此时戴进的绘画
题材除了宗教佛像以外，还包括历史人物故事、文人官宦交游酬
唱、四时山水风景等。当时杭州流行的道释人物画，主要是学习
唐代吴道子和宋代李公麟的画法，工整流畅、劲健飞动，自然戴
进也不离其宗。戴进传世的作品虽不多，但从留存的画作分析，
《三顾茅庐图》和《达摩六祖图卷》应是其早期山水和人物的代
表作。

中期时间约从 1430 年起至 1441 年止。戴进中期是在承学
马、夏、刘、李四家的基础上，遍学宋元诸家，尤其是吸收了文
人水墨写意的画法，画风奇诡多变、沉郁隽丽。戴进中年寄居北

---

① （清）顾复：《平生壮观》卷十，上海古籍出版社 2011 年版，第 358 页。
② （明）詹景凤：《詹氏性理小辨》。

京，这时他广学诸家，兼容并蓄，勤于探索，然而画风尚未定型。据《遵生八笺·燕闲清赏》记载："我朝名家……如戴文进，工山水人物神像，雅得宋人三昧。其临摹仿效宋人名画，种种逼真。其生纸着色，开染草草，效黄子久、王叔明等画，较胜二家。如商喜、李在、周东村、仇十洲，山水人物之妙，上轶宋人刘、范诸辈，又如边景昭、吕廷振、林以善……周少谷辈，花鸟竹石，亦得宋之徐黄家法。他如谢廷循、上官伯达……夏葵、夏芷、石锐、倪端诸辈，皆我明一代妙品，士夫画家，各得其趣。"从中可见，戴进进入中年以后，绘画已从师法南宋院体转向师学元四家中的黄子久、王蒙以及燕文贵、盛懋等人，并受到宫廷画家商喜、李在以及宫廷外诸多画家的影响。从他留存的画作分析，他还临习了二米、高克恭的米点画法。此时戴进的画法是以马、夏的画法为基调，掺入了李、郭之法，并融入了宋元文人水墨画法。笔墨的运用上，既有马夏的大小斧劈皴，又有李郭的勾斫细笔皴法。此时戴进所绘作品，构图严谨完整，笔法繁密细劲，墨色清丽雅致，在刚健清丽的笔墨法中绽放出潇洒隽奇、绚丽多变的神韵。

戴进晚期创作时间约从 1442 年回归故乡杭州至 1462 年去世，这一时期他集诸家之大成，成一家之风范。画风呈洒脱纵放、简逸自如的神韵，创作集南北二宗为一体，汇"利家"与"行家"于一身，创造出别具一格的新画风。戴进晚年的创作，一是进一步发展了马远、夏圭水墨苍劲的院体山水，以更为简逸飞动、淋漓尽致的笔墨，创造出极富动感和潇洒纵逸的新画法；一是集诸家之长，融南北二宗为一体，既技艺精湛，又反映文人情愫。形成了融"利家"兼"行家"为意趣的集大成风格。这正如《明画录》中所论："（戴进）其山水源出郭熙、李唐、马远、夏圭。而妙处多自发之，俗所谓行家兼利家者也，神像人物杂画无不佳。"《两浙名贤录》也有记载："（戴进）画集诸家之大成，山水、人物、花草、翎毛无不精妙。盖其笔力精熟，气韵天成，凡一落笔，俱称神品。晚年尤纵逸出畦径，自成一家，真皇明画家第一人，足以照映古今者也。"更如王世贞所评："（戴进）死后人始重之，至以国朝第一。文进源出郭熙、李唐、马远、夏圭，而妙处多自发之，俗所谓行家兼利家者也。"①戴进晚年存世的作品相对较多，既有主宗马远、夏圭南宋院体风格的绘画，此类作品画风简劲雄健；也有兼融"南北"二宗为一体的绘画，多呈潇洒逸致的风韵；还有集院体画和文人画为一体的简逸灵动的作品。其中《雪归图》和《南屏雅集图卷》是其晚期山水人物的代表杰作。

戴进的绘画创作，山水、人物、花鸟各科皆精。山水、人物更是尤为精湛。二者相比，其山水成就更高。为进一步研究他的艺术创作，真实展现他的艺术风貌，现拟将他的绘画分为若干品

---

① （明）王世贞：《艺苑卮言》。

貌加以论述。

一是师法刘、李、马、夏南宋院体一路的山水。这类山水，以仿马远、夏圭的画法较多，其他也有师法刘松年、李唐的画法。仿马、夏一路的早、中、晚期都有，并贯穿其整个山水画创作中。戴进早年的画法，皴笔较为工整，运笔较为稚拙，较少自己运笔的特点。晚年的画法，笔法老辣，运笔流畅，皴笔极其简练，展现出自己那种随意挥洒皆成妙趣的意念。在创作题材上，并不局限于表现杭州的风光特征，而是大江南北，高山峻岭，苍松翠柏，庭榭宇阁的自然奇景皆有。尤其是构图上，早年的作品，均以临摹师学为主，故构图多取山之一角或半边。然中年以后，尤其是晚年，他仿马、夏这一路技法，已大大有别于马、夏不完整的构图法则，而以主峰、高山为全幅的主貌，突出了自然景物的巨大空间，以对比的构图法来营造大自然的气氛，大大改变了马、夏的构图法则。戴进所创的这种山水技法，在某种程度上改变了南宋院体的画法，而形成了他所独有的山水画风。这也与《图绘宝鉴续编》中"山水得诸家之妙，大率摹拟李唐、马远居多"的评价大体相似。戴进其他较多保留南宋"院体"风貌的作品还有《三顾茅庐图》《聘贤图》《雪景山水图》等。

二是师学郭熙一路的山水。师学郭熙画法的山水，较多地运用线条勾勒山体，并适当地采用些许小斧劈皴或刮铁皴，画面显得清丽雅逸、空灵圆润。戴进学郭熙，体貌看似相同，用笔构成却似更随意。郭熙的用笔较为秀润，而戴进的用笔却显得轻捷灵动，给人一种清润健雅、灵动旷远之感。《踏雪寻梅图》，此作采用全景构图法，山体由上、中、下三段式构成。画幅近景绘有五棵枯树，松树画法精到，穿插自如。树边绘有一山坡，坡上画有一老翁，一书童携琴相伴。全图用线条勾出山体轮廓，以小斧劈皴笔，间以少许铁头、刮铁皴笔，以显隆冬萧寒之景。石的画法更为简练清丽，加以枯枝直干，交叉曲卷，显现出天穹寒气凛然的冬意。全图岩岫寺壁，峰峦迭起，呈现出郭熙那种"可望、可行、可游、可居"的艺术境界。

三是仿宋元文人画的山水。戴进自中年之后，出现了一些与以往截然不同的仿宋元文人画的山水。这些山水，多仿米芾、燕文贵、黄公望、高克恭等人，从用笔墨到形式，从技法到构图，都具文人画的情韵，简逸雅拙，意境悠远。这部分作品，是其在临学宋元文人画技法及与诸多文人士大夫交往过程中所受的影响而创作的，与其生活轨迹和状态密不可分。现藏于上海博物馆的《仿燕文贵山水图》是这类绘画的代表作品。图中署有"钱塘戴进写奉用言老师清供"的字样，并有董其昌跋"国朝画史以戴进为大家，此学燕文贵，淡荡清空不作平日本色，更为奇绝"。此作以三段构图法绘成，山体不作明显的勾线，整幅画面以水墨晕染而成。树木也不作勾勒，纯以浓淡不同的墨点点染而成。全图主要是仿燕家山水，然而又有米芾、高克恭的云山墨戏之作的风韵，但又比墨戏之作更为严谨萧逸，画面烟树云山，云遮雾罩，薄气缭绕，显现出空灵奇幻的境界。这诚如董其昌所言："此学燕文贵淡荡清空不作平日本色，更为奇绝。"更难怪董氏要称戴进为"国朝画史以戴进为大家"了。

综上所述，戴进山水、人物、花鸟俱精，尤其是山水，在继承了刘、李、马、夏、郭熙、李唐的优良传统基础上，广收博取，广泛吸收了宋元文人画的笔法特征，尤其是黄公望、王蒙二家。他的山水，画法精妙，构图多样，情深意切，运笔用墨汲取诸家之长为己所用，集诸家画法为一体，融会贯通，行利兼具，展现出浓郁的时代气息和真挚的思想感情。"为本朝画流第一"，成"真画流第一人"，"真乃浙画第一流也"，实乃"明画手以戴进为第一"，这些评价所言不虚。

（二）吴伟

吴伟，字士英，又字次翁、鲁夫，号小仙，江夏（今湖北武昌）人。生于明天顺三年（1459），卒于明正德三年（1508），享年50岁。吴伟一生醉心绘事，以其鲜明独特的个性和精湛非凡的绘画创作，承继"浙派"的画风，成为继戴进之后的第二代主将。又因吴伟绘画风格独特，在画坛影响深重，以他为中心，形成了江夏派，这也是"浙派"绘画重要的组成部分。

吴伟年幼时父亲去世，家境贫寒，孤苦无依，流落他乡。

《无声诗史·卷二》称吴伟:"少孤贫,善绘事,无师而能。山水人物俱入神品。"可见吴伟自幼聪慧,有绘画天分,并且勤学苦练,无师自通,年少时便显露出过人才华。湖广左布政使钱昕爱惜吴伟之才,将他收养在家,让其习画。长大后的吴伟志向远大,渴望功名,17岁时便到南京去自谋前程。因其潇洒的风度和非凡的绘画才能,很快便得到当时南京最有权势的贵族之一——太傅成国公朱仪赏识,并称吴伟为"小仙"。少年吴伟抱负远大,很喜欢这个名号,于是将其作为自己号名。后来吴伟还得到平江伯陈锐、南京兵部尚书王恕、太子太保兵部尚书王翱、太保新宁伯谭佑等人的厚待和提拔。受到这么多官僚贵族的赏识和器重,为他日后在画坛享有盛名奠定了重要基础。因其在南京已经初负盛名,吴伟在20岁后游历到北京,很快受到太师英国张公,驸马都尉周公等人的热情款待。宪宗皇帝听闻吴伟画名,便召之入宫,"授锦衣卫镇抚,待诏仁智殿"。由于吴伟生性桀骜不驯,不习惯宫廷生活的约束和规矩,对上层社会阿谀奉承、趋炎附势的作风更是不适应,于是他辞去画院之职,离开北京,重归南京。看透上层官僚阶级腐朽生活的吴伟,性情变得更为桀骜不驯,在南京浪迹江湖,挟妓豪饮,纵情享乐,作画更加粗犷草率。弘治十一年(约1498年),吴伟又被征召入宫,获得的职位和待遇比之前更高,但吴伟还是不为功名利禄所困,又一次选择离开宫廷。最终在他大约50岁的时候,因饮酒过度而身亡。

　　吴伟与戴进一样，做过宫廷职业画家，又从宫廷回归市井，他们的艺术创作与生平遭遇密切相关。吴伟比戴进更恃才傲物、狂放不羁，绘画风格上也更为遒劲放逸、粗简草率。吴伟被誉为"画状元""国朝画者之冠"，画风粗简率意，洒脱俊逸，绘画才能卓越超群，在"浙派"画家中别具一格。

　　吴伟的艺术创作可分为三个时期：早期、中期和晚期。早期时间约从 1469 年至 1479 年，这时期以师学戴进画法为主。中期时间约从 1479 年至 1491 年，是指 20 余岁游历京师，后应召入宫这一阶段。这一时期是在承学戴进的基础上，师法马、夏南宋院体一路画法，同时兼学李公麟、梁楷、吴道子、刘松年等诸家技法。晚期时间约从 1491 年至 1508 年，是在孝宗登位后被复召入京，至重回南京之间。这一阶段吴伟集众家之长，创造性地发展了"浙派"的画法，形成了自己简率放逸、狂放灵动、独树一帜的风格。

　　据《尧山堂外记》称："吴伟韶年收养湖南省布政钱昕家，侍其子于书斋中，便取笔画地，作人物山水之状。弱冠居金陵，其画遂入神品。"《名山藏》中也称："伟后学画，专十二科，山水人物，苍劲入神品。"《无声诗史·卷二》称其："少孤贫，善绘事，无师而能。山水人物俱入神品。"由此可见吴伟早期的创作情况，他有无师自通的天赋，同时也得贵人相助，画技日益精进。《灞桥风雪图》和《铁笛图》就是其早期山水和人物的代表作。

　　吴伟中期的创作一改早期工整精丽的风格，向粗率简洁的方向发展，纵横自如，意气风发。到了宫廷画院之后，吴伟除了学习戴进的技法，还师承南宋院体画家马远、夏圭粗简豪放的画风，作品多呈粗简豪放、水墨淋漓、简率逞强之韵味。然而较之马、夏画法，吴伟更加恣肆放逸，骄横四溢。这正如詹景凤所评述的："南京灵谷寺吴伟画廊四堵，首白乐天参禅，次东坡参禅，次达摩折芦渡江，次孔、老、释三人。壁阔二丈余，高四丈余。人物、山石、树木，真是道天道地，莫可逆测，即令马、夏见之，亦心摄。马、夏笔笔注精凝神，伟则任意纵心，直拖横抹，然靡不神飞精透。"①中期的山水、人物代表作当推《雪江捕鱼图》和《北海真人像》。

　　吴伟晚期的创作，在承继戴进、马夏诸家画法的基础上，融合元人写意的创造，集众家之长，呈现粗犷率达、恣意放逸的写意风韵，形成集行家与利家特色于一体的自家特色，画史上称之为"江夏派"，这是"浙派"艺术的又一高峰。《踏雪寻梅图》和《酒醉图》则是这一时期山水和人物的代表杰作。《踏雪寻梅图》，现藏于安徽省博物馆。此图描绘的是一隐士踏雪寻梅归来的情景。全幅崇山峻岭，茂林丛生，飞瀑直下：山间林木危耸，一古刹掩映在丛林间，远山峰峦叠翠，高峰如壁，极显奇境；近景乱石横生，枯树林立，盘根错节；一架木桥连通两岸，一位老者在漫天

①（明）詹景凤：《东图玄览编》卷四。

白雪中蹒跚而归，一名侍童抱琴紧随其后，二人踏雪向林间草屋走去。整幅画面构图奇巧，布局完整，景物看似杂乱无章，实则错落有致，展现出画家非凡的技巧与功力。画面不事雕琢，笔法率意奔放，表现出雪天荒野的自然景象，映照出画家超凡脱俗、隐逸尘世的个性心态。此图是吴伟晚年不可多得的传世妙迹。

在此创作背景下，下面我们再来分析一下吴伟的艺术品貌与艺术成就。吴伟在其并不算长的艺术生涯中创作了不少优秀的作品。其存世作品中以人物画居多，山水次之，花鸟比较罕见，成就亦以人物画为最高。人物画中，既有仿学顾恺之、李公麟一脉的白描人物作品，也有师学马远、夏圭、梁楷一路的写意人物画。白描画法深得顾恺之、李公麟画法之精髓，展现出吴伟放纵浪漫、随心所欲的情韵，凝重稳健、劲利雅致，呈现出快捷爽利、豪放自如的风姿。现藏于故宫博物院的《歌舞图》是这类绘画的代表作品。此图描绘的是秦淮青楼女子李奴奴为狎客表演歌舞的场景。全图构思巧妙，情景生动。人物情态描绘细腻，线条流利劲健，墨色浓淡变化恰当。尤其是每一个人物脸部神情的刻画，精细灵动，非常准确，极妙地表现了不同人物的神态和心情。水墨写意人物画代表作有现藏于美国马萨诸塞州美术馆的《东方朔偷桃图》。此作描绘了东方朔偷桃的故事，全幅画法夸张，线条粗犷放逸，神态逼真传神，衣纹用笔逸草直率，迅疾劲健，线条显得粗细跌宕，抑扬顿挫，极富动感。此作不但成功地反映出吴伟驾驭笔墨的高超技能，而且展现出他独具个性特征、与众不同的审美心态。

山水画中有宗法马远、夏圭一脉的写意山水画，也有师承戴进并融各家宗法的山水画。虽师学马远、夏圭，然与马远、夏圭相比，吴伟的山水显得更为简洁明快，水墨淋漓，恢宏放逸，呈现出豪情自得，荒率纵情的自家山水特色，例如现藏于台北故宫博物院的《寒山积雪图》。学习戴进的山水则构图较为完整统一，笔法较为工致灵动，气韵显得雅致生动，呈现出一种比戴进更为粗简放逸、比文人画更为遒劲多变的风姿，如现藏于故宫博物院的《渔乐图》，构图饱满，笔法灵动，气势开阔，展现出吴伟兼取现众家之长而达自家灵活多变的笔墨特性，不但成功地表现出山村渔民淳朴自然的生活场景，而且体现出吴伟对山野渔夫自由生活的向往和追求。

戴进作为"浙派"第一代代表人物，吴伟作为"浙派"第二代代表人物，他们之间有什么关系呢？实际上他们之间并没有交集。戴进去世前一年吴伟才出生，且戴进是浙江杭州人，吴伟是湖北武汉人。两个人的画风特色也不尽相同，甚至可以说各具特色。但吴伟和戴进又有相似之处。二者画法均源于南宋马、夏院体。戴进师承广泛，研习诸家；吴伟在学习前人的同时，还吸收了戴进的画法和特长，同时加以变化。李开先曾说："小仙其源出于文进，笔法更逸，重峦叠嶂，非其所长。片石一树，粗且简者，在文进之上"①。詹景凤称吴伟"画学戴文进，而自变为法"。画风上，吴伟和戴进都属于"院体"画，这也是"浙派"绘画的重要特色。戴进作为吴伟之前在南京影响盛大的画家，吴伟以其为师。《詹氏性理小辨》说得更为明白："吴伟画学戴进，而自变为法，譬诸公孙大娘舞剑器浑脱浏漓，顿挫独出，虽不可范以驰驱，要自不妨痛快。昔尝见灵谷等画壁四堵，可谓气吞宇宙，至夫赫蹄片楮，则又精入毫芒，国朝豪纵，士英一人而已。第纵心太过，间亦有潦草失步者。"因吴伟性格狷介不羁，画风更加粗放简率、潇洒自在。但是从其早期作品来看，相比其后期风格，吴伟早期的创作显得较为拘谨工致，画风劲健精简。

（三）蓝瑛

蓝瑛，生于 1585 年（明万历十三年），约卒于 1664 年（清康熙三年）。钱塘（今浙江杭州）人。字田叔，号东郭老衣、东皋婕叟等等，晚号石头陀。蓝瑛的绘画，山水、花鸟、人物皆精，尤善山水。蓝瑛出身寒微，自幼就喜涂鸦。据《康熙钱塘县志》载，在他八岁时，"尝从人厅事，醮灰画地作山川云物，林麓峰峦，咫尺有万里之势。"②可见他自小就具有绘画天赋。

蓝瑛生活的年代，以董其昌为首的"华亭画派"统领整个画

---

① （明）李开先：《中麓画品·画品五》。
② 转引自叶子《薪火相传——浙派及明代院体绘画研究》，上海人民美术出版社 2010 年版，第 97—98 页。

坛，文人画风的影响日趋见盛。蓝瑛仰慕文人画的传统，欲想摆脱"浙地"画风和职业画家低贱的地位，便追摹文人画的画法。蓝瑛先后在孙克弘（1533—1611）、周敏仲等画家和收藏家家里临摹学习绘画。同时他还积极与文人来往，以提高自己的地位和影响。他与著名人物画家陈洪绶交往甚密，互赠诗作，并与赵左合作过山水画卷。对蓝瑛受益最大的是董其昌，他不但直接受教于董其昌，而且观摩了大量的董家藏画。这些诚如蓝瑛自己坦言："绘学必须从古人笔墨留意一番，始可言画家也……后学未能多见真迹，属可尊师范日夕之参也。"[①]蓝瑛除了向名家学习之外，还注重实景写生，不但访遍钱塘地区的风景名胜，他的足迹还遍布全国各地。蓝瑛向古人学习，读万卷书；向自然学习，行万里路；可谓眼界开阔，阅历丰富。蓝瑛60岁左右时已经在画坛享有极高的声誉，与当时的王公贵族应酬往来频繁。士大夫们以得到蓝瑛的画作为荣。明朝灭亡后，蓝瑛年事已高，他回到钱塘老家，潜心作画，收徒授业，创作了不少优秀的作品。蓝瑛一生坚持揣摩研习古代名迹，对绘画艺术追求不止，在吸取诸家精华的基础上，蜕变出自身精雅古拙、活脱多姿的画风，最终成为"武林画派"开宗立派的一代宗师。

蓝瑛的山水画风可分为三个时期。主要师承黄公望以及南宗诸家，蓝瑛早期绘画，师从一画工并从院体写实入手，受当时风

---

① 见蓝瑛《真迹》。

行一时的院体、"浙派"影响，擅长工细的人物和界画。从 30 岁至 60 岁左右的中期绘画，以山水为主。他的山水，先师学孙克弘、董其昌，并研摹宋元的黄公望、倪云林等名家，严格按照文人画的艺术创作标准要求自己；后又主攻李唐、马远、夏圭的斧劈皴法。故他的山水创作融合南北二宗法，画风多变，别具一格，模仿之作也充分体现个人特色。60 岁以后的创作，主要研习南宗法门，汲取马、夏之精髓，画风疏雅劲丽、朴茂雄浑。晚年的画作尤以粗笔乱服的笔法为主，豪迈自得，从容不迫。

作为职业画家，蓝瑛一生兢兢业业，勤奋不止，为后世留下了大量的作品，多以山水为主。蓝瑛的山水，概括起来有两种不同的画法：浅绛水墨山水和没骨设色山水。其浅绛水墨山水，以水墨绘成，设色淡雅，线条以笔取胜，墨法精到。此类作品主要是前期较早的作品，主要师法华亭派和"元四家"，如《仿黄鹤山水图》；后期师法李唐、荆浩、关仝，以及承袭马远、夏圭的作品也有水墨山水，如《仿李唐山水图》。没骨设色山水，以青绿设色为主，也有用纯没骨重彩法绘制而成的，具有极高的艺术价值。此类作品，受董其昌青绿山水画法影响较深，笔墨苍劲雄健，设色鲜艳夺目，格调明丽工整，如《白云红树图》。蓝瑛的山水在吸收了黄公望、倪云林、王蒙的笔法的基础上，经过消化融合，演变成了他自家的特色。尤其是没骨设色山水，呈现出一种艳而不俗、亮丽新奇、光彩夺目的艺术美感。

从蓝瑛留传下来的画作来分析，不难看出其创造的山水画风，在整个中国山水发展史上都有独特的魅力。蓝瑛的山水画创作，有别于南宗、北宗各家各派的画法，融南北二宗于一体，雄浑开阔、劲健刚朴，风格多变，独创新格。蓝瑛的山水画在明代画坛独树一帜，终被载入中国山水画史的"武林画派"，这是独领风骚的艺术成就，可以毫不夸张地说，蓝瑛堪称晚明山水画坛一代大师。如陈继儒在为蓝瑛所作《仿黄公望山水卷》上所题赞的"江上浑厚，草木华滋，此张伯两题子久画。若见田叔先生此卷，略展尺许，便觉大痴翻身出世作怪，珍藏之初勿会穿府飞去"。[1] 可见其在画史上的地位是极高的。

五、"浙派"的地位与影响

"浙派"在中国绘画史上的地位当从创始人戴进说起。戴进晚年在画史上产生重大影响，画史记载戴进"晚学纵逸出畦径，卓然一家"。[2] 戴进"身后名愈重，而画愈贵，全堂非百金不可得"，[3]"生死醉梦于绘事，故学精而业著，业著而名远，似可与天地相终始矣。"[4] 董其昌将戴进列为"浙派之祖"，并且说："若浙

---

① 叶子：《薪火相传——浙派及明代院体绘画研究》，上海人民美术出版社 2010 年版，第 107 页。
② （明）田汝成：《西湖游览志余》卷一七，浙江人民出版社 1980 年版。
③ 《中麓画品》后序、《七修类稿续稿》卷六。
④ （明）郎瑛：《七修类稿续稿》卷六，上海书店出版社 2009 年版，第 606 页。

派日就澌灭，不当以甜邪俗赖者系之彼中也。"虽然董其昌是以文人画的视角来审视画史的，但他对戴进还是多有褒奖，并将戴进与倪瓒、吴镇、黄公望、王蒙这"元四家"并列。并在《仿燕文贵山水》一画中题赞："国朝画史以戴文进为大家。此学燕文贵，淡荡清空，不作平日本色，更为奇绝。"

如果说戴进是"浙派"的第一代代表人物，那么吴伟则是"浙派"第二代代表人物。与戴进相比，吴伟的地位与影响在某种程度上似乎超过了戴进，尤其是在他的老家江夏一带，毕竟他是"江夏派"的创始人。但从整个画史来看，戴进的地位比吴伟是要高得多的。吴伟承袭戴进衣钵，进一步发展了戴进俊逸精简的风格，奠定了"浙派"绘画的创作基调，使之进入了一个更为壮大的发展阶段。吴伟的弟子张路、蒋嵩、汪肇在当时有一定的影响，但是在整个画史评价并不高。"浙派"后期呈衰落之势。《绘事微言》将蒋嵩、汪肇、张路等人归之"皆画中邪学，尤非所尚。"①当时的文坛领袖何良俊评价说"南京之蒋三松、汪孟文，江西之郭清狂，北方之张平山，此等虽用以楷抹，犹惧辱吾之几榻也。"②非常明显地表达了对"浙派"后期画家的轻视与讥讽之情。在张路这一代之后的"浙派"画家更是意气挥发、霸悍外

---

① （明）唐志契：《绘事微言》，江苏凤凰美术出版社 2020 年版，第 178 页。
② （明）何良俊：《四友斋丛说》卷 29《画二》，中华书局刊明清史料笔记丛刊本，第 269 页。

露，在画史的地位更是不足挂齿。随着吴门画派的兴起以及董其昌"南北宗"论的推行，"浙派"从此进入衰退阶段，并逐渐退出了历史舞台。

"浙派"作为一个绘画流派，前期在当时影响如日中天，沈周及其弟子都师法戴进、吴伟之作。画史记载"浙派"对日本绘画有着重大影响。日本著名画家雪舟于1467年间来到中国学习绘画，并与"浙派"画家有所接触，他简洁率意、酣畅淋漓的画风与"浙派"有相似之处。日本画坛将"浙派"绘画看作宋代院体绘画的发展与延续，对"浙派"的评价多有褒奖。

而受"浙派"影响最大的当属蓝瑛。蓝瑛早年学画受家乡绘画氛围的影响，戴进作为钱塘盛名远扬的前辈画家，蓝瑛向其学习是自然之事。画史上不少史论家将蓝瑛归之"浙派"，就是因为蓝瑛学习戴进，并且承袭了戴进的绘画风格。尽管蓝瑛主攻文人画，然晚年仍呈现出南宋院体画的余韵。受"浙派"（主要是武林画派）影响的还有明末大画家陈洪绶。陈洪绶少年学画，其启蒙老师便是蓝瑛。他拜蓝瑛为师，所作山水，早年及壮年酷似蓝瑛。另外，从流传的作品来看，清代金陵八家，"扬州八怪"中的黄慎、高凤翰，岭南画家苏六朋都从"浙派"中吸取了不少技法技巧。

后世受"浙派"影响最大的是海派画家，其中影响最大的是大画家任伯年。任伯年早年师从任熊、任薰兄弟。而任熊、任薰师学陈洪绶，故而任伯年自然受陈洪绶影响。陈洪绶师从蓝瑛，而蓝瑛则完全是从戴进、吴伟那里演变而来。"浙派"的基因在画家们代代相传中延续。"海派"另一代表画家吴昌硕，其线条的运用也极显"浙派"之余韵。这也与吴昌硕学画起于任伯年相关。因为隔代相传，以任伯年为中心的"海派"延续和承袭了"浙派"画法。明代何良俊所说的"戴文进画尊老用铁线描，间亦用兰叶描，其人物描法则蚕头鼠尾，行笔有顿跌，盖用兰叶描稍变其法者，自是绝技"。[①] 可以说，这一绝技400余年之后被"海派"继承了下来。作为中国绘画史上一个重要流派的"浙派"早已完成了它的历史使命，退出了历史舞台。但它对后世的作用和影响不会停止，而且将产生源远流长的影响。

"浙派"绘画的底色是宋画，以写实为根基的，在细节上具有很强的表现力。"浙派"画家通过绘画传达出对自然的细微视觉感受和心理感受，这与西方现代绘画所强调的"表现性"有不谋而合之处。"浙派"画家淋漓尽致的笔墨用笔，从某种角度上来讲，也是自我感性经验的释放。这种精微、自由的笔墨更像是现代文明的产物。因此，在新的历史语境中，怎样评价"浙派"绘画，值得学界更多地思考和研究。

---

① （明）何良俊：《四友斋丛说》，见潘运稿编《明代画论》，湖南美术出版社2002年版，第29页。

形式与表现：克莱夫·贝尔《艺术》中的"两个审美假说"

　　克莱夫·贝尔被誉为英国形式主义美学的代表人物，他在《艺术》一书中提出了两个审美假说，即"艺术是有意味的形式"和"艺术是对终极现实感的表达"。目前，学界对"艺术是有意味的形式"这个结论关注较多，却往往忽略了第二个审美假说，由此导致的理论误读主要有：一是认为贝尔的理论是西方形式主义艺术的理论柱石，是在为现代主义艺术作辩护，二是认为"艺术是有意味的形式"将艺术批评引入色彩和线条组合的纯形式中，神秘而不切实际，三是认为贝尔用艺术的"形式"与"意味"相互解释，陷入了循环论证不能自拔。本文将返回文本，论述"两个审美假说"的理论内涵及其二者之间的关系，试图消除这些误读，还原贝尔真实而全面的艺术观，有助于我们准确把握传统视觉艺术精神内涵与现代视觉艺术形式表现的重要意义。

一、何为"有意味的形式"

贝尔认为，艺术品与非艺术品的区别在于，在各种视觉艺术中是否存在一种普遍存在的、能够唤起我们审美感情的特有性质，这种性质就是"有意味的形式"，它就是一切视觉艺术的共同性质。在贝尔看来，"在各个不同的作品中，线条、色彩以某种特殊方式组成某种形式或形式间的关系，激起我们的审美情感"，并将"这种线条、色彩的关系和组合，这些审美的感人的形式"称为"有意味的形式"。[①] "有意味的形式"包含"意味"和"形式"两个关键点。所谓的"意味"指的是审美感情，视觉艺术能唤起人的某种特殊的感情，即是审美感情；所谓"形式"，就是艺术品的色彩、线条的组合；"有意味的形式"就是从审美上令人感动的线条和色彩及其关系的组合。

对此，贝尔做了如下四个解释：一是"有意味的形式"不同于物质美。"一般地说，大多数人对鸟、花、蝴蝶翅膀的感情与对绘画、陶器、庙宇、塑像的感情是完全两样的。"[②] 这是因为艺术品的线条、色彩传达出艺术家的感受，而像蝴蝶、花朵这样

[①] ［英］克莱夫·贝尔:《艺术》，马钟元、周金环译，中国文联出版社 2015 年版，第 4 页。

[②] ［英］克莱夫·贝尔:《艺术》，马钟元、周金环译，中国文联出版社 2015 年版，第 7 页。

的物质美，虽然也是形式，但不传达任何东西。这实际上就是黑格尔所说的，艺术是心灵加工的产物，只有艺术家的审美渗透到自然对象中才可以称为艺术品。例如，一块古怪嶙峋的石头是美的，但是它不是艺术品；如果艺术家把它打造成雕塑，它则可以成为"有意味的形式"[①]。贝尔这里就是强调艺术品与自然美不同，把艺术美与自然美区别开来。二是审美感情不同于生活感情，也有异于动物性的生理本能反应，它是一种脱离了生活利害关系、类似于宗教迷狂的感情，含有观念和思想的成分。在贝尔看来，所有艺术内容，如社会背景、故事情节、人物形象等所激发的感情都不能称作审美感情；只有纯粹的形式欣赏，如观览和感受书法、雕塑、绘画等艺术线条和色彩的组合，才是真正的审美。审美感情是特定的观念、想象的积淀。三是"有意味的形式"不同于再现性因素。在贝尔看来，再现性艺术令我们感动的不是艺术的形式，而是形式所隐喻和明示的思想及信息。造型艺术中的再现会激发欣赏者的联想，把欣赏者的注意力引导到日常生活情景中去，这样不仅不能唤起欣赏者的审美感情，反而会干扰审美感情的产生。而"有意味的形式"充满着一种能唤起欣赏者审美感情的力量，艺术形式本身会使人们从人类实践活动领域进入审美的高级领域。四是"有意味的形式"意味着情感与形式实质上的

---

① 彭锋：《艺术与美的纠葛》，《云南大学学报》（社会科学版），2021 年第 7 期，第 97 页。

同一。"一切艺术问题都必然涉及某种特殊的感情，而且这种感情一般要通过形式而被知觉到。"① 艺术品是人类情感和智慧的结晶，高尚的精神意味需要通过完美的形式来表达，艺术家应该不遗余力地追求艺术品的形式美。艺术形式中并没有一个表现审美感情的明显标记，在博物馆里我们只能找到"有意味的形式"，却找不到审美感情。

为什么有一些色彩、线条的组合有意味，而另一些却没有意味？贝尔的回答是赋予形式意味的感情的本质和目的不同。例如，大部分儿童绘画都是一些线条和色彩的组合，但它们称不上"有意味的形式"，因为儿童在绘画的过程中，他们的脑海中并没有想要传递的观念和情感。另外，为什么复制品不能称为"有意味的形式"？按照本雅明的说法是原作的"灵韵"消失了②；贝尔的说法是，"艺术品的线条、色彩及空白都是艺术家大脑思维的产物，它并不再现于仿制者的大脑中。"③ 支配艺术品创作的情感不再支配复制品制作，仿制品并不传递什么"意味"（观念、情感、想象等），只是一般的形式美。因为重复和仿制，复制品失去了"意味"，形式变成了规范化的一般形式美，所以复制品可

① [英]克莱夫·贝尔:《艺术》，马钟元、周金环译，中国文联出版社2015年版，第39页。
② [德]瓦尔特·本雅明:《机械复制时代的艺术品》，王才勇译，中国城市出版社2001年版，第13页。
③ [英]克莱夫·贝尔:《艺术》，马钟元、周金环译，中国文联出版社2015年版，第35页。

以成为一般的装饰品，但不是传世珍宝，不具有永恒的意义。

"艺术是有意味的形式"这个论断自诞生以来就受到不少激烈的批判。将再现性绘画完全排斥在"有意味的形式"之外，这不符合艺术史一般规律；将艺术的"意味"完全与人类现实生活隔绝开来，没有真正揭示出"形式"与"意味"之间的关系。尼采说，"任何哲学都是某个阶段生活的哲学"[1]。纵观艺术史，我们可以加一句，"任何艺术理论都是某个社会发展阶段的艺术理论"，"有意味的形式"的诞生有其具体的背景和渊源。

西方绘画在19世纪以前都强调模仿和再现，强调艺术的公众需求和社会责任，主张从艺术与社会、历史、文化、自然等外部世界的关系来剖析艺术。而19世纪中期以来，摄影技术和电影艺术的兴起，使得写实性再现功能唾手可得，纯粹反映现实原貌的绘画可以由摄影技术来代替。有才华的艺术家发挥创造性，致力于发掘本体特质的审美张力，调动审美情感，创造以艺术本体为价值导向的真正艺术品。后印象派画家、"现代艺术之父"塞尚认为，再现现实不是绘画的目的，画家应该在绘画中表达内在的感受。"艺术是有意味的形式"是贝尔体悟了后印象派画家塞尚绘画之后提出的，突出强调的是艺术的形式变化。塞尚说："我迄今设想色彩是伟大的本质的东西，是诸观念的肉身化，理性里的各本质，我画画的时候，不想到任何东西，我看见

---

①［美］尼尔·波兹曼：《娱乐至死》，章艳译，中信出版社2015年版，第27-28页。

各种色彩，它们整理着自己，按照它们的意愿，一切在组织着自己，树木、田园、房屋，通过色块。那里只有色彩，而在这里面是明晰，是存在，如它们所思维的。……色彩是那个场所，我们的头脑和宇宙在那里会晤。"①在塞尚看来，一幅画首先是表现色彩的；所谓历史的、心理的等都隐藏在色彩里，绘画是眼睛思维的产物，按照自然来画画并不是模写出客体，而是表现色彩的印象，通过造型的色彩来与自然"等值"。色彩可以重现一切、翻译一切。塞尚还说，"线描和形象的塑造的秘密就在于色调的对比和协调"②。也就是说，在塞尚这里，色彩和线条就是形式，一切艺术的精神意味都包含在形式中，"形式"就是画家表现的全部。后印象派艺术倡导不要注重再现和技巧，而是要创造"有意味的形式"，注重色彩、线条、笔触等绘画语言的张力，用色彩的对比关系来表现阴影，用色彩的变化来体现物体的边界，绘画的线条和色彩成为绘画审美的主体。雷诺阿、德嘉、莫奈等人的作品，画一些暗淡的五颜六色的图标和色块，不追求反映普通的生活情趣，却给人以强烈而深刻的艺术情感。马蒂斯也说："描绘历史事件，不是绘画分内之事，这点我们可以在书上读到"，"我们对于绘画有着更崇高的概念。它是画家体现他的内在感觉的工

①［德］瓦尔特·赫斯：《欧洲现代画派画论》，宗白华译，广西师范大学出版社2002年版，第23-24页。
②［德］瓦尔特·赫斯：《欧洲现代画派画论》，宗白华译，广西师范大学出版社2002年版，第20页。

具。"① 贝尔认为"旧艺术传统强迫画家成为照相师、杂技演员、考古学家及文学家，而后印象派则强调画家应该从技巧迷宫中解放出来，为艺术找到本体的内核，确立起自为真正的艺术家"。② 贝尔提出"艺术是有意味的形式"，就是要创造以形式为主导，而不是揭示神秘内容的艺术审美理想；就是要把艺术从历史反映、社会图像、个性表现中解放出来，确立艺术形式自身的主体地位。

综上所述，贝尔"有意味的形式"是把艺术品的魅力从考古学、历史学和偶像传记等知识中独立出来，凸显艺术品自身的形式意味。所以贝尔认为，艺术家应该集中所有精力创造有意味的形式，而不是追求"酷似"以及精美的技巧，否则就不是艺术家而是手艺人和幻觉家。换句话说，贝尔认为决定艺术家创造的是他感受的，而不是他所见到的，着力强调艺术家的创造力。

二、如何理解"艺术是对某种终极现实感的表达"

在提出"艺术是有意味的形式"这个审美假说之后，贝尔还提出第二个审美假说——"有意味的形式是对某种特殊现实之感

---

① ［法］亨利·马蒂斯：《画家笔记：马蒂斯论创作》，钱琮平译，广西师范大学出版社 2002 年版，第 53 页。
② ［英］克莱夫·贝尔：《艺术》，马钟元、周金环译，中国文联出版社 2015 年版，第 20 页。

情的表现"①。贝尔说："这种现实感情会使人们更看重宇宙的精神意义而不是它的物质意义，它让人们把事物当作目的去感受，而不仅仅把它们当作手段。事实上，现实感情正是健全的精神之本质。"② 也就是说，艺术是人类某种精神之本质的表现，这就赋予"有意味的形式"社会内容，这种社会内容就是溶化在形式中的特定的社会情感。

　　艺术是人的精神的表现形式，也就是说，精神是艺术的源头，艺术是精神的外在显现。这里主要有两个意思：一是艺术与世俗生活不同，艺术表达的是摆脱了现实功利、解放了身心束缚的审美感情，艺术注重的是事物的精神意义而不是物质意义。贝尔认为，艺术家不关注事物的标签，只关注事物本身；只有把某物当作知觉目的时，它们才有可能成为唤起感情的手段；只有把事物的各个部分看作它们各自的目的时，它才会唤起特殊的审美心理。正如罗杰·弗莱所言："好奇的视觉凝视物体时是无利害的；假定物体对现实生活是非功利的，只是一件玩物和凭空想象出来的东西，我们的视觉会更认真和仔细地停留在上面。……创造的冲动不是为了取悦别人，而是表现他自己的感情。"③ 艺术家

---

① ［英］克莱夫·贝尔：《艺术》，马钟元、周金环译，中国文联出版社 2015 年版，第 58 页。
② ［英］克莱夫·贝尔：《艺术》，马钟元、周金环译，中国文联出版社 2015 年版，第 58-59 页。
③ ［英］罗杰·弗莱：《视觉与设计》，易英译，江苏教育出版社 2005 年版，第 31 页。

在审美过程中注重的是事物的独特的美感而不是关注它的实用功能。只有把事物本身作为目的，我们才能摆脱形式与人类生活的关系。审美情感不同于生活情感，审美经验也不同于日常经验，不能把审美对象看作与现实世俗生活中的思想情感、精神意识、利益得失等相关的任何再现反映。也就是说，在审美意义上强调艺术形式的独立自主性，强调艺术的形式中凝结着人类的精神和思想。

二是强调艺术中蕴含着一种永恒不变的价值，艺术的形式意味超越时间地点永恒存在。贝尔认为艺术应该表现永恒性真理，而不是仅仅表现美。经过艺术与宗教的比较，贝尔认为二者均是"宗教精神"的宣言，与人类精神发展紧密相关。

艺术与宗教一样，都是对某种"终极实在"的关注。"所谓'有意味的形式'就是我们可以得到某种对'终极实在'之感受的形式。"艺术品对"终极实在"的关注，表达着对人及生命的终极思考。在艺术欣赏中，这看似神秘的"终极实在"，其实就是对某一种情感的终极呈现和表达，它超越一个民族、一个地域的人所能理解，但凡能够领悟审美情感的人都可以从中找到共鸣。伟大的艺术品身上传达的人类情感和人类智慧能够被所有人类领略和承认，能够在所有人类中流传，被所有人类接受、欣赏和喜爱。艺术是对人类精神生活的表达，探寻和揭示人的内心世界，是对人类终极意义和价值的展示。视觉艺术是靠造型和色彩来表达的，它呈现的全部形式也是它呈现的全部精神意义。因此艺术的形式意味超越时间、地点，永恒存在。

宗教精神在西方艺术作品中表现为强大而永恒的上帝价值，艺术与宗教一样，应该表现永恒不变的价值，以表现永恒的真理作为艺术品评价的核心指标。贝尔高度赞扬原始艺术的价值，认为原始艺术没有再现因素，炽热的情感融化在线条和形状的组合中，此时的艺术是社会活动、宗教活动和艺术活动的统一，显示了人独有的智性力量，是具有永恒的生命意义的"有意味的形式"。贝尔肯定6世纪以拜占庭艺术为首的宗教艺术，圣索菲亚大教堂、6世纪的教堂和拉文纳的镶嵌画等的出现，认为这类艺术的精神意义大于物质意义。而对于一般传统艺术史中高度肯定的文艺复兴时期艺术，贝尔的评价并不高，他认为它们是在赞助人的资助下生产的世俗艺术，它们的物质意义大于精神意义，绘画所激起的不是审美感情而是生活感情，艺术家的创作更多的是模仿和迎合世俗的品位，缺乏创造力。贝尔认为，在现代社会，人们相信科学与理性，不再相信上帝，没有一个主流核心价值信仰，艺术家在技法上不断变化求新，但是很难表达出永恒、绝对的价值，现代艺术品表现出的形式意味复杂而混乱。当人类认识世界有了更多的工具和方法，更多地借用符号去认识世界，就会导致人越来越多地把事物当作"手段"而不是"目的"，人的感受能力下降，人的精神世界也就沉寂，与之相对应的艺术不可逃避地走向衰败。艺术家感知世界的方式是直观体验，在人类对精神世界的追求超过对物质世界的追求的时代，艺术相对繁荣；反之，则艺术就枯萎。通过各个时期的艺术作品可以窥探出人类精神发展的状况，不同时期人们的精神世界千差万别，艺术的表现形式也各不相同，因此贝尔说"艺术是人的精神表现形式"。

在提出第二个审美假说之后，贝尔说："事实上，任何一个肯全部接受我的第二假说及其一切可能的含义的人，不仅能在艺术史中了解到人类的精神史，而且，在他想到其中一个时必然会想到另一个，即使在我不情愿时也必然会这样的。"[1]确实如此，贝尔的两个审美假说相互关联，第二审美假说是建立在第一审美假说的基础之上的，是对第一个审美假说的补充和深入，如果说前者突出强调的是艺术的"形式"价值，那么，第二个审美假说重点强调的就是艺术的"精神性"内涵，艺术的"形式"是融化了社会精神内涵的形式，艺术的"形式"与"精神"相互融合、不可分离。

贝尔说，在接受第二个审美假说及其一切可能含义的人，能够在艺术中了解到人类的精神史，也就是说，贝尔主张通过艺术去了解历史，而不是通过历史了解艺术。当然，这里的"通过艺术去了解历史"，是指了解历史精神状况，而不是具体的历史事

---

[1] ［英］克莱夫·贝尔：《艺术》，马钟元、周金环译，中国文联出版社2015年版，第60页。

件，不能根据历史记录去做任何审美判断，而要根据审美判断去研究历史。贝尔认为，从艺术产生的时间、背景和原因等因素去了解艺术品，那是把艺术品当作一个手段，而不是把它当作目的，这是客观历史判断，而不是审美判断。而艺术欣赏和研究要做的是审美判断。他说"对那些艺术感受力强的人来说，艺术本身就能告诉他一切（而史实和日期却不能）"[①]，一件艺术品的审美意义就是它对观赏者产生的情感意味。也就是说，在艺术形式中获得的"意味"也即"审美情感"，是包含了一定的社会历史观念和思想。

第一个审美假说"艺术是有意味的形式"，在具体的论述中，有学者指出贝尔用"形式"和"意味"相互解释，"审美感情"来自"有意味的形式"，而"形式"的"意味"又是来自这种"审美感情"，"陷入循环论证中而不能自拔"。[②]但是如果具体了解贝尔的第二个审美假说的话，应该不会下此判断。艺术的"形式"既是线条、色彩及其关系的组合，同时也是特定社会历史内容的积淀，它凝结着人类精神和思想，艺术的"形式"传递着审美感情。"审美情感"也是特定观念和想象的积淀，在艺术欣赏中，它对应着艺术的精神属性。"人的审美感情之所以不同于

---

① ［英］克莱夫·贝尔：《艺术》，马钟元、周金环译，中国文联出版社2015年版，第68页。

②③ 李泽厚：《美的历程》，生活·读书·新知三联书店2009年版，第27页。

动物性的感官愉快，正在与其中包含有观念、想象的成分在内。美之所以不是一般的形式，而是所谓'有意味的形式'，正在于它是积淀了社会内容的自然形式。"① 这个说法与贝尔的思想完全吻合。

贝尔的艺术史观建立在第二个审美假说基础之上，也是对其第二个审美假说的内涵阐释。贝尔反对艺术进化论，"世上再没有比假充内行的骗子杜撰出的艺术进化论更糟糕的理论了。"② 他既反对黑格尔的艺术史观，即艺术经过象征时期、古典时期、浪漫时期三个阶段，然后走向终结；也反对温克尔曼所持的生物学艺术进化论，即艺术经历了一个萌芽、生长、成熟、衰败的过程，并且前后相承。贝尔说："假如我们以为一位艺术家的艺术品导致了另一位艺术家作品的产生，就说明我们误解了它。"③ 作为精神表现的艺术，作为"目的"而不是"手段"的存在，与其他任何物质形态或者文字记载相比，一个国家的艺术可以向人们更可靠地揭示该民族在特定时刻的真实面貌。布克哈特认为："只有通过艺术这一媒介，一个时代最秘密的信仰和观念才能传递给后人，而只有这种传递方式才是最值得信赖的。"④ 正如李泽厚在

---

② ［英］克莱夫·贝尔：《艺术》，马钟元、周金环译，中国文联出版社 2015 年版，第 59 页。

③ ［英］克莱夫·贝尔：《艺术》，马钟元、周金环译，中国文联出版社 2015 年版，第 65 页。

④ 曹意强：《艺术与历史》，商务印书馆 2020 年版，第 62 页。

《美的历程》中认为的，不了解中国历史的人，只要参观一下中国历史博物馆，看一看那里陈列的图像遗物，便能懂中国历史，而且还试图从一个时代的艺术里发现形式与心灵之间的联系。如果关注艺术品背后的政治、社会、文学等原因，就使得艺术品在后世的收藏中不在乎它的形式意味，而在乎它出自谁之手，这样关注的不是艺术品的历史，而是艺术家的历史。换句话说，贝尔主张从艺术的"形式"语言中去了解历史，从审美判断去探索历史的结构形式，这种结构形式反映了人与特定时刻的环境的相互作用，并且决定了他内部和外部生活的客观本性，而"历史的本质"便是存在于这种"结构形式"所经历的变化之中。

总之，贝尔的第二个审美假说"艺术是对终极现实感的表达"，突出强调艺术是精神生活的表现，"有意味的形式"具有永恒不变的精神价值。艺术研究应该是审美判断，应该从艺术的形式中去了解历史，而不应该根据历史记录去解读艺术，即艺术形式包含有社会内容，审美情感凝结着人类某一特定时期的观念和想象。

三、如何创造艺术的"形式"与"精神"

贝尔的审美假说认为，"艺术是有意味的形式"及"艺术是对终极现实的表现"，其中，一个强调艺术的"形式"，另一个强调艺术的"精神"。正如贝尔在 1913 年版《艺术》的序言中说的"在这本小书中，我试图阐述一套关于视觉艺术的完整的理论"，"采用这个假说，从上古至今的艺术史方能得以解释。采用这个假说，我们就能为一种几乎是普遍的而又无法追溯其源的传统观念提供理论上的依据。"① 也就是说，贝尔自认为他的审美假说找到了艺术的本质，能够为所有艺术与非艺术做出区分，而不仅仅是"一种地地道道的现代主义艺术理论"②。

艺术形式传递的感情是非功利、非物质的，是对终极实在的感情。这就导致一个问题：纯粹的审美问题和如何准确地再现的问题。换句话说，艺术的精神意义和价值如何凝结成形式？贝尔认为，艺术家的特质表现在他们具有随时随地准确地捕捉住现实感和总是以纯形式来表达现实感这两种能力，"因为艺术家能够用线条、色彩的各种组合来表达自己对这一'现实'的感受，而这种现实恰恰是通过线、色揭示出来的。"③ 贝尔认为，艺术不是致力于描绘具体的形象或者形体，而是创造色彩、线条的和谐组合，它有自己的表现方式，这个方式就是简化和构图。

在贝尔看来，"只有简化才能把有意味的东西从大量无意味

---

① ［英］克莱夫·贝尔:《艺术》，马钟元、周金环译，中国文联出版社 2015 年版，第 24 页。

② ［英］克莱夫·贝尔:《艺术》，马钟元、周金环译，中国文联出版社 2015 年版，第 24 页。

③ ［英］克莱夫·贝尔:《艺术》，马钟元、周金环译，中国文联出版社 2015 年版，第 31 页。

的东西中提取出来"①，简化就是剔除艺术中功利性因素。贝尔认为，要把所有被画家引入画卷中专用来陈述事实的细节简化掉，还要把那些无关紧要的以及专门为了卖弄技术而存在的东西去掉。以塞尚为代表的后印象派艺术，摒弃了写实艺术细致入微、面面俱到的刻画，具有简化的特质，使艺术的"形式"和"意味"完美地融合在一起。构图就是把各种形式组织成一个"有意味的整体"，"只有将有意味的形式组织成一个有意味的整体，才能唤起深刻的审美情感。"②构图不排斥再现，但是再现因素不等于艺术。在艺术品中，再现成分不是传递信息的形式，而是传递审美感情的形式。贝尔认为只要再现的成分能够创造审美感情，具有形式的意味，就应该在艺术创作中保留下来，可以毫无痕迹地融合在构图中。不损伤构图的再现是帮助人们知觉形式关系的手段，能够激发审美感情，应该成为构图的一部分。

很多人批评贝尔对再现的态度是矛盾的，认为他既否定再现又肯定再现，或者认为贝尔的艺术理论强调的是架空了的哲学上的形式，将形式主义推向了一个极端，这实际上也是对贝尔的误读。贝尔否定的是将再现因素等同于艺术，强调艺术不应该是对客观世界的模仿，而是要表达创作者的情感，意思是将艺术与

---

① [英]克莱夫·贝尔:《艺术》，马钟元、周金环译，中国文联出版社2015年版，第131页。
② [英]克莱夫·贝尔:《艺术》，马钟元、周金环译，中国文联出版社2015年版，第137页。

客观世界的关系转变到突出强调艺术与创作者的关系。贝尔生活的年代是浪漫主义思潮的后半期，当时社会强调巨匠和天才对艺术的影响力，艺术的主动权在艺术家手里。贝尔极力推崇的后印象派绘画，实际上以塞尚为代表的后印象派画家的作品并非没有再现因素，塞尚从未发明过纯抽象的形式，他总是画他见过的东西，他画水果、花瓶、山丘、房屋等等，这些形象观赏者一眼就能识别。贝尔肯定的原始艺术、拜占庭时期的艺术，也都是具有再现因素的艺术，只是在他看来这些艺术的线条和色彩已充分变换，遏制了人们对现实生活情感的好奇心，足以促使人们关注它们的形式意味，找到了通向人们审美感情的捷径。所以，贝尔并不是要将艺术从现实生活中剥离出去，不是要将艺术推向形式主义的极端，不是认为艺术就应该像后来的蒙德里安、马列维奇、波洛克等的绘画那样抽象而神秘，他是在强调艺术的表现性质。贝尔也反对象征主义的作品，认为这些作品关注的不是情感的表达而是玄理的揭示。构图中的再现成分与象征主义绘画中的符号不同，构图中的再现因素是为审美感情服务的，而象征主义绘画中的符号是用理智做的缩略，与审美感情无关。艺术必须揭示审美对象的审美本质和价值，分毫不差的再现绘画限制了审美想象的发挥；而依靠概念来解读的象征性绘画又是智力的游戏，贝尔认为这都与艺术的本质相去甚远。

　　简化和构图，并不是一种能教会人们成为艺术家的实操指南，而是对审美假说的一个补充。构图依据的是情感意象，情感意象的出现就是灵感到来的时刻，换句话说，情感意象就是灵感转化成的外部形式。"好的绘画必定是由灵感完成，必定是伴随着对形式的情感把握而产生的内心兴奋的自然表露。"简化和构图就是要去掉那些容易引起日常感情联想的和使人动脑筋思索和认识的东西，加以选择和保留的是那些与贝尔的"终极现实"有关的东西。决定艺术家创作的不是他所见到的，而是他所感受的。艺术家需要以一个确定的问题为中心，将他们广阔的感情和没有明确显示出的能力集中起来，简化和构图的过程就是艺术家思考和表达的过程。艺术家应该无条件地、集中精力、全神贯注地把创造有意味的形式作为唯一确定的任务，而不是把自己的精力全部集中在比创造审美上的"正确"形式更急切、更狂热的问题上。人和世界的本质是不变的，但人和世界的表面在不断变化，艺术家选择表现它的形式也在永恒不断地变化着，正是这种不断变化促使艺术家不断地发挥创造力。艺术家表现自己的方式是无限多样的，世间的形式和色彩及其关系也是五彩缤纷的，任何一个时代的艺术感情都是通过一种与之相一致的形式表现出来。

滕守尧对贝尔的"简化"理论提出两点质疑[①]：一是简化按照

---

① ［英］克莱夫·贝尔：《艺术》，马钟元、周金环译，中国文联出版社 2015 年版，前言第 15—17 页。

何种原则？是完全无意识的还是有着思想和理智的参与？是本能的还是社会的？ ① 实际上，贝尔的审美假说并不是对其做了一个二选一的回答。简化和构图依据的是无意识的情感意象，这是艺术创作论上表述；而实际上在艺术创造的实例中，选择何种形式是艺术家根据时代背景而做出的褒贬选择，并不是无意识的，这是从艺术是一种智性活动的层面来论述的，这二者并不矛盾。贝尔认为构图是依据艺术家灵感产生的，但并不是说艺术创作是无意识的，恰恰相反，艺术形式中凝结了艺术家的审美情感，融化进了特定社会内容，表达了人类的精神内涵。在第二个审美假说中，贝尔认为要从艺术中去了解历史，而不是从历史中去理解艺术，正说明了不同时期的艺术有不同的表现形式。立体派那种原始、僵直、呆板的绘画形式正透露出资本主义社会的压迫和绝望，艺术形式表现了历史意蕴。二是历史上的艺术形式，由复杂向简化、由写实到写意、由具象到抽象的过程，难道仅仅用"无意识"或者"内在情感的外化"就能解释得了的吗？滕守尧认为，简化具有社会和历史的意义，也就是艺术具有社会和历史的维度。这其实是说人类审美趣味的历史变化，与贝尔的简化理论不是同一个问题。贝尔并不反对艺术的社会历史维度，他只是重点强调了艺术形式的独立审美价值以及艺术精神的永恒性。在艺

---

① ［英］克莱夫·贝尔:《艺术》，马钟元、周金环译，中国文联出版社 2015 年版，前言第 15 页。

术创造中的简化是反对艺术家细致入微的刻画，提倡艺术创作应该给人想象的空间，无论形式的繁或简，只要是适合传达某种精神性内涵，那就是有意味的形式。

可见，艺术的形式是为审美情感和艺术的精神本质服务的，有利于表现审美情感和精神本质的色彩和线条，哪怕是再现因素，都是有"意味"的，都应该保留。简化和构图依据艺术家灵感带来的情感意象，这种情感意象就是艺术家的创造力。艺术的审美情感和精神本质可以有多种表现形式，艺术家应该专注于表现审美情感，也即创造有意味的形式，而不是别的什么东西或形式。

四、结语

"艺术是有意味的形式"，强调艺术的审美情感和审美体验，把艺术与日常生活隔绝开来，反对叙述性绘画，强调艺术形式的独立审美意义。"艺术是对某种终极现实的表现"，主张把事物的形式作为目的而不是作为手段，我们才能获得艺术最本质的意义，艺术是精神生活的表现，具有永恒不变的精神价值。在此基础上，贝尔反对艺术进化论的艺术史观，主张在艺术审美判断中去做历史研究；认为追求"酷似"的再现绘画限制了艺术家的审美情感和聪明才智，在创作中，艺术家应该发挥创造力，通过简化和构图表现情感意象，而不是面面俱到地刻画现实；对"终极现实"的表现形式不是唯一的，不同时期有不同的艺术形式。

贝尔的艺术理论最突出的特点是，使非审美的标准服从于审美的标准，所以通常被归结为"形式主义艺术理论"。贝尔的形式主义主要着眼于对人的内在心灵和情感的表现而不是对现实世界的再现，强调艺术品的"精神"意味，在艺术创作上强调艺术家的创造力，在看似极端的形式理论中，抓住了艺术独立存在的意义和价值，是适用于一切视觉艺术的理论。然而贝尔对于审美情感、艺术形式、艺术创作等问题的见解，使艺术成为少数人才能把握、普通人对其不可理解、模糊不清的东西。

"艺术是有意味的形式"从诞生开始就成为脍炙人口的口号，同时也受到不少批评。作为艺术的定义，它确实顾此失彼。因为艺术是一个历史概念，不同的历史阶段会出现不同的艺术形式，艺术的概念内涵也不一样，所以，从艺术的本质或者功能给艺术下定义，注定会失败。托尔斯泰的"艺术即情感交流"，约翰·杜威的"艺术即经验"，西奥多·阿多诺"艺术即自由"，等等，无一不是如此。正如阿多诺所说，"并不存在任何能完全实用于所有那些艺术作品的一般艺术概念"[1]，尽管艺术大师们对艺术的本质做了许多精彩的探讨，但要想找到艺术品某种普遍的特

---

① [德] 特奥尔多·W. 阿多诺：《艺术、社会、美学》，艾寇译，《中国美术学院学报》2021 年第 4 期。

征，面对种类如此繁多的艺术品，这一努力就像西西弗斯神话一样永远无法达成。或许放弃对艺术理论关于艺术本质的求全责备，看见每一个理论家思想的洞见和光芒，更有利于艺术理论的建构、艺术批评和艺术创作的实践。

"作者"理论的流变与巴特的
"作者之死"理论

一、"作者"理论的流变

艾布拉姆斯在《镜与灯》中提出文学批评的四大要素——作品、宇宙、作家和读者——被文学批评界广为使用。艾布拉姆斯在权威的《文学术语辞典》中给出的作者的定义是，一般指那些根据自己的生活经历和思想感情创作出作品的人。关于文学的作者，通常使用的称谓有诗人、作家和作者。可以说，对于文学作者的不同解释不仅关系到文学活动的发展和文学理论的更新，而且还在一定程度上左右了文学批评活动的价值和意义。作者理论可以说是西方思想中最丰富、最复杂的话题之一。为了理解作者主体性问题，首先我们简单梳理一下这一观念的起源、发展和演变的过程。

因为诗歌是人类最早的文学表达形式，所以最早的作者被称为"诗人"。在中西方文学理论中，诗人往往都是和神灵以及创造者联系在一起。有学者指出，汉语中的"诗"由"言"和"寺"两部分组成，"'诗'即寺庙中的语言或与寺庙有关的语言，显而易见，这个词和神灵、神谕有关。英文的'诗'（poetry）来源于古希腊 poisis，即'神性支配的艺术'。"① 在西方文论中，诗人创作出了伟大的作品，是因为神灵附体，诗人是神的代言人。柏拉图将精神理式作为世界的本源，认为诗人和艺术家只是对事物的外形及其影像进行模仿，并不能抓住世界的真理，所以诗人和艺术家的地位并不高。柏拉图用"灵感神授"说明诗人创作的源泉，用"迷狂说"解释诗人创作的状态。普罗提诺（lotions）是新柏拉图主义创始人，他阐释了神性、心灵与现实之间的内在关系，提出了"太一流溢说"。他说诗人是人不是神，诗人宛若神明，具有神性。这时期的作者与作品的联系没有在特殊话语体系中建立起来，作者对于作品的意义无关紧要，作为作品意义的解释者作者并不存在。与柏拉图一样，认为文艺是对现实的模仿的亚里士多德，虽然认为文学艺术可以表现世界的本质和规律，"诗比历史更真实"，文艺可能比历史更富哲理，诗人将道德标准与艺术标准区别开来，具有更多的自主性，寻求一种"可信但不可能"的"真实"，这就赋予诗人更多的创造性。但因为将艺术视为对现实的模仿，诗人的一切活动都逃不过现实世界的行为范式，并不具有完全的独立创造力，作品的意义来自现实世界，而

---

① 刁克利：《西方文论关键词：作者》，《外国文学》2010 年第 2 期。

不是作者，因此此时的作者即诗人地位并不高。

经过文艺复兴和启蒙运动之后，大陆理性主义和英国经验主义两大哲学派别在相互斗争中各自丰富起来，人的力量被凸显出来。康德指出，艺术活动犹如游戏，是人在现实世界中通过想象力虚构的，艺术作品是人有意识地建筑于理性之上的自由创造的结果。康德强调了人对于艺术作品形成的必要性，肯定了作者对于作品意义生成的美学价值，从此以后，作者逐渐成了艺术作品的创造者和意义阐释的标准。从 18 世纪 90 年代到 19 世纪 30 年代至 40 年代，随着浪漫主义思潮的开始盛行，作者的荣耀时代随之到来。强调作家的个人才华及其特质，赋予诗人和作家神圣地位，是浪漫主义的突出特征。诗人在作品中高度张扬自己的个性和特质，文学创作强调作家的个人灵感，而不是柏拉图所认为的"诗灵神授"了。19 世纪 30 年代至 40 年代，批判现实主义文学思潮在社会盛行，这要求作家直面现实社会，要求作者成为人们观察社会、批判社会的替身。此时，形成了以作者为中心的艺术话语体系，作为理性主体的人，作者为时代立法，也为自身立法，作者的荣耀时代继续辉煌。

20 世纪初期，作为理性主体的自我逐渐被抛弃，文学艺术不再被认为是对客观世界和社会历史的反映，而是作为对自我的理解。伯格森的哲学将文学艺术理解为以直觉为基础的，认为艺术直觉是超功利和非理性的。世俗生活中的功利心让人只关注事物的实际功用和利益，而艺术直觉是脱离了功利心直抵事物本质的把握。因此艺术家是不同于普通人的，是具有艺术才华和天分的人，这种才华和天分是神圣的，也是个人化的。弗洛伊德的精神分析学理论将人的心理结构划分为意识、潜意识和无潜意识，认为人的行为受潜意识的支配，人的一切活动都受性本能的驱使。艺术家通过艺术创作获得补偿和替代性满足，同时得到社会的认同和尊重。弗洛伊德的精神分析理论将文学作品视为作家在性本能驱使下满足个人私欲而产生的私人物品。伯格森与弗洛伊德的理论都在一定程度上消解了理性主体的身份，但对作者个人身份的肯定更加深入了。此时，作者理性主体的自我逐渐向感性自我转移，作者对阐释文学作品意义的权威地位更加巩固了。

与此同时（20世纪初），在索绪尔的结构主义语言学研究方法论的影响下，俄国形式主义抛弃了文学与外部世界的关系的研究，把文学作为一个独立封闭的系统进行考察，一味地强调文学内部固有的秩序和结构，提出"文学性"和"陌生化"的理论，旨在研究文学的形式因素。这样就抛弃了浪漫主义强调的"想象""情感""天才"和现实主义强调的"真实性""典型性"，沉重地打击了传统的作者权威。后来的新批评、结构主义和符号学派都是把文学作品作为独立的系统进行研究，文学研究从外部世界研究转向了内部结构研究。从英美新批评开始，文本的作者开始消亡。艾略特在《传统与个人才能》一文中反对浪漫主义诗歌放纵个性和情感的理论倾向，认为诗人的头脑是一个捕捉和储存无数感受、短语和意象的容器，诗歌的产生实际是一个非个性化的过程，诗歌不是个人的，而是伟大传统的组成部分。威姆赛特的"意图谬误"和比厄兹列的"情感谬误"更加充分地突出了新批评的本体论。威姆赛特和比厄兹列都认为，作者的创作意图和读者的阅读心理是文学批评产生主观判断的两个因素，文学批评要想获得科学的地位，就应去除作者意图和读者心理这类主观经验，制定出客观的批评标准。

20 世纪 60 年代，以罗兰·巴特、福柯和拉康为代表的结构主义理论盛行，他们把作品分为表层结构和深层结构，力图通过表层结构分析深层结构。结构主义把文学研究的中心从"作者中心"转移到"文本中心"的模式发展到了极致，将文本与社会实践割裂开来，完全沉醉于文学内部研究中，作者在文本中的主体性作用就完全被他们遗忘和抛弃。

在 19 世纪末 20 世纪初的语言学转向下，引发作者概念发生转换的主要是 20 世纪五六十年代的法国的三位理论家：巴特、福柯和拉康。巴特认为作者是一种语言的建构。巴特继承和发展了结构主义语言学的理论主张，认为人类文化所有的领域起决定作用的是代表着社会历史传统和法则的语言。他在他的成名作《零度写作》中提出，"任何个性创作只能在语言系统中进行"，文本意图由模式决定，而不是作者决定。作者主体受语言的塑造与控制，应该把语言作为研究的中心。

福柯把作者定义为一种话语功能。福柯在《作者是什么？》一文中提出，作者的存在是不可忽略的，但作者的存在只是话语实践的一种功能性存在，而不是作者主体在文本生产和文本意义上的存在。福柯在分析了作品内部结构和参照了心理学与传记重新鉴定文本之后，对主体的绝对性和创造作用产生了怀疑。但是福柯不否定作者主体的存在，而是认为应该在话语的介入中重新考虑它，在它的从属系统中抓住它的功能，并不是要恢复它作为创始主体的地位。

拉康巧妙地将结构主义语言学理论运用到精神分析理论当中，从精神分析的角度解构了精神层面的作者主体性。拉康认为主体在语言中是意识和无意识分裂的主体，主体是能指链中的一环，主体实际上就是他者。那么，作为作者的主体通过语言去表达自身的欠缺，所以作者也就是他者，在作为他者的作者的文学活动中，文本就是作者意识和无意识共同作用的结果。

通过简单的梳理回顾，我们发现，虽然新批评以前的理论家对作者问题的论述都非常精彩，但是结构主义理论家巴特、福柯和拉康使作者问题具备了空前的理论深度。在语言学和哲学的背景下，结构主义和后结构主义否定将作者意图作为作品意义的最终来源。"作者"成为一个交织着各种文化符号与社会关系网络的"空间"，对作者问题的研究演变成了对文化现象的研究。巴特把作者理解成文本的产物而不是文本的生产者，福柯把作者描述成为一种在权力话语作用下的"结果"或者"功能"，拉康把作者的写作看作是主体无意识行为，作者就是他者。

那么理论家们一致抹掉作者主体性的理论依据是什么？他们根据什么样的语言学、哲学和心理学理论将作者概念推演到这样一个极端？他们对作者主体问题的研究提出了哪些独特的理论和见解？他们的理论是否真正解决了作者主体性问题？在他们之后我们是否还有重新理解作者概念的空间？本文试图从语言学转向的背景下阐释和论述巴特的"作者死亡论"内涵，从而给这些问题一个比较有说服力的解释。

二、罗兰·巴特"作者之死"理论的背景

罗兰·巴特（1915—1980），法国当代著名的符号学家、理论家和文学思想家。他的一生都致力于用传统和科学的结构分析文本，反对在文学阐释中关注作者意图，强调"作者之死""零度写作""文本游戏"等，解构了传统的作者、作品和读者概念，以其鲜明的挑战姿态，打碎结构、颠覆中心、消解主体。虽然巴特提出过"虚无主义""空洞的能指""话语游戏"等理论，但是巴特的结构主义思想目的不是消解意义，而是以学术的方式对社

会问题进行思考、以自由平等的目标重构社会关系。在政治民主化、文化多元化、理论多样化的后现代时期，对之进行语境化梳理与挖掘，显得尤为重要。但是作为一种文学理论，巴特的"作者之死"主张作者、文本和读者之间完全独立，认为文本的意义与作者毫无关系，这有悖于文学发展的本质。

20 世纪 60 年代，巴特的"作者之死"理论横空出世，当时法国结构主义正在盛行。1962 年，法国作家、哲学家、人类学家列维 - 施特劳斯出版了《野性的思维》一书，拉开了法国结构主义运动的序幕。所谓结构主义，指的是通过索绪尔、施特劳斯、巴特、乔姆斯基、福柯和德里达等这一批人文学者，将语言学视为一种分析的典范，进而将它推广到社会文化的各个领域并且尝试建立系统的知识体系。结构主义是用来分析语言、文化和社会的研究方法，它探索和考察不可理解或难以理解的各种现象和活动以及一个整体结构内部各部分之间是通过什么样的相互关系产生和表达出来的，找出一个文化意义是如何被制造的深层结构。结构的功能来自关系的总和。20 世纪六七十年代，结构主义本身的矛盾日益凸显，一批理论家走向后结构主义的道路，他们开始反抗中心、反抗传统。在《作者之死》发表之前的一年，德里达已经出版了《书写与差异》《言说与现象》和《文字学》三部著作，这被认为是后结构主义即解构主义确立的标志。1968 年，法国爆发了"五月风暴"运动，虽然没有取得任何实际性成果，但在理论界引发了对"结构"本身（作为社会秩序的结构）的怀疑与反省，这就是结构主义向后结构主义转向的历史节点。同年，巴特发表了《作者之死》，这可以被看作是文学领域反中心主义的实践。可以说，《作者之死》对于巴特本人是意义复杂的，因为它处于巴特本人的结构主义与后结构主义的过渡时期。[①]"作者之死"的出现有着特殊的语境和深刻的理论背景，其中，语言学、哲学的理论基础是巴特"作者之死"理论的理论来源。

一是索绪尔语言学对巴特的影响。索绪尔的语言学理论并不直接研究主体问题。但是其他结构主义学家经过发挥了索绪尔关于词与物、能指与所指的关系的洞见，改变了人们把自我当作实体的看法。作为新型人文科学理论的奠基人，索绪尔对语言学的理论和方法进行了根本上的改造。索绪尔认为语言是一个符号系统，分为能指和所指两部分，能指代表语言的声音和形象部分，所指代表语言的意义和概念部分。传统语言学坚持语言工具论，认为语言是一种工具性的存在，它的作用就是被主体用来认识现实和反映现实。但索绪尔认为语言符号链接的不是具体的实物和名称，而是概念和音响形象。他排除了语言与现实相参照的属性，突出强调语言的符号概念，也就是说语言是能指与所指的结合，主张完全从语言结构内部来研究语言问题。

在索绪尔看来，语言是一个自足的封闭系统，语言的意义不

---

① 徐兆正：《重审〈作者之死〉》，《长江文艺评论》2020 年 4 月，第 59 页。

是由讲话者的主观意图决定，讲话者无法直接赋予他的言语以意义，语言的意义是由整个语言系统自身产生的。这一点在文学中的应用和体现就是：语言结构和语言因素的含义决定了作品的意义。作品就像主体交流的一个能指，它的意义不是由作家的主观意图决定的，而是整个语言符号系统的能指和所指之间的关系决定的，所以作品的意义在整个语言的宏大结构中。

索绪尔还严格区分了语言和言语。语言是系统的、确定的，有一套完整的规则体系存在；言语是个人的、不确定的，是语言的具体表现。语言学研究对象是语言，它在科学的体系和规则内运行，言语、主体和心理学这些主观的个人的因素必须被完全清除和摒弃。在索绪尔的语言学理论中，个人与形式主义是对立的，客观科学的研究视野中没有他的立足之地。

"作者之死"理论正是在这种语言学的基础上发展起来的。巴特的"作者之死"宣判几乎是照搬了索绪尔的语言学模型，他也明确地表示自己是"从索绪尔走出来的"[①]。巴特明确表示以现代语言学为解构作者提供了珍贵的分析工具，因为言语活动认识"主语"，而不认识"个人"。在此基础上，巴特认为语言结构系统以及语言构形体系是作家赖以创作的根本，他甚至认为作家的心灵不过是一部万能的字典。因此，在巴特看来，写作只是一种纯粹的誊写行为或者是对各种语言符码的"编织"

---

① 高宣扬:《当代法国思想五十年》，上海三联书店 2001 年版，第 222 页。

过程，写作不是一种记录或确认的过程，也没有"再现"或"描绘"的意义。如此一来，传统意义上的作家就显得无足轻重了。巴特认为"继作者之后，抄写者身上便不再有激情、性格、情感、印象，而只有他赖以获得一种永不停歇的写作的一大套词汇"①。由此可见，索绪尔的结构语言学是巴特谋杀作者的基础。

二是胡塞尔的现象学对巴特的影响。传统观念认为主观世界与客观世界是相互割裂的，流传着主客对立的二元理论。20世纪现象学理论家胡塞尔等人突破了这一观念，他们认为，客观实在物与人的主观精神世界不可分离，在人类语言世界中，人的主观意识从一出生就被语符化了，现实事物所呈现的性质、状态也与人的主观世界密不可分，个人意识依靠各类语符模态来显现。现实世界和人的意识领域与符号形态有着相同的结构，语言几乎塑造与控制了主体。存在主义学家海德格尔说过，人活在自己的语言中，语言是人"存在的家"，人在说话，话在说人，从而现象学家普遍认为"语言是存在的家园"，语言是世界存在的中心和根本。

作为文学理论家的巴特，深受语言学、现象学和结构主义的影响，认为不是人在说语言，而是语言在说人，人是被语言言说

_____

① ［法］罗兰·巴特:《罗兰·巴特随笔选》，怀宇译，百花文艺出版社2005年版，第304页。

的对象。巴特把整个人类文化都看作是一种语言现象，认为在文学活动领域中是语言在起决定性的作用，而不是个人主体行为的言语，所代表着社会历史传统和法则的语言应该成为关注的焦点和中心。在创造和改变社会的过程中，起决定作用的不是个人，也不是作为文学主体的作者，而是在人类漫长历史中逐渐形成的文学语言、文学传统和各种文学创造物。作者和个人表面上受到各种社会历史现实意识形态的影响和制约，而实际上对他们发生作用的是一个语言的大辞典，作家写作是在语言系统中自由嬉戏，最终使语言系统连贯起来。不是作者在控制语言，而是语言制约了作者。因此，文学本质上是语言的乌托邦，所有的文本和表达都离不开有序的语言结构，任何一个文本在形式上，都是语言大辞典中的字词组合。

三、"作者之死"的意义

罗兰·巴特在其著作中大力宣扬"作者之死"理论。《写作的零度》通过区分作家和作者的概念，来否定文本意义是由作者主体决定的；《符号学原理》通过继承索绪尔"语言与言语""能指与所指"等概念，来探寻文本生成的内在规律；《作者之死》通过"离间"作家与作品的关系，通过宣判作者主体的死亡让文本获得了再生。巴特的目的就是要以语言为核心的深层结构来取代作者主体在文本中的地位。巴特的"作者之死"理论在文学理论领域有其开创性的社会历史意义。

首先，"作者之死"意在宣扬作品的诞生来自语言结构自身的规律。作品是语言结构规律的产物，是语言结构而不是作者决定文本的生产。"写作"是一种言语活动的具体表现，因为言语活动只认识"主语"，而不认识"个人"。巴特认为"语言结构是语言的社会性部分，个别人绝不可能单独地创造它或者改变它。它基本上是一种集体性的契约，只要人们想进行语言交流，就必须完全受其支配"，而"言语在本质上是一种个别性的选择行为和实现行为，它首先是由组合作用形成的"。① 也就是说，巴特认为语言系统的构成中包含语言结构和言语行为两部分，文学文本是语言结构的外部显现。巴特宣布"作者之死"，排除作者在文本中的作用，就是把社会历史和个体主观思想等各种非科学的因素从文学文本中清除干净，试图在语言结构系统的内部封闭和静止地考察文本诞生的规律，从而改变文学研究的焦点。在语言结构内部，由于语言结构为其活动场所的字词之运用，语言结构可能被转移正轨。巴特认为，语言的结构中存在着一系列使文本得以生成的规律，而作为实体的作者无法控制言语活动的规律，他只是通过编织文字符码创造出各种变化的、偶然的语言表象。这

---

① ［法］罗兰·巴特:《符号学原理》，李幼蒸译，中国人民大学出版社 2008 年版，第 4–5 页。

样的作者是清除了其社会历史性的，他的使命和意义随着文本的完成而终结了。也就是说，文学创作中的作者主体性在言语活动内部消失了。

其次，"作者之死"使作家在语言结构框架中的地位下降了。前面已经论述，文本得以生产是因为语言结构在起着作用，也就是说，在文学活动中，执行言语活动的语言结构的地位至高无上，决定一切。巴特说"赋予文本一位作者，便是强加给文本一种卡槽，这是上一个所指的能力，这是在关闭写作"，[①]因为巴特消解作者的主体性从而让作者死去，目的是使作者的署名虚化，作品变成神话，是要人们更多地去关注文本本身。消解了主体性的写作者才能在语言结构的框架中完成文字的重组与文本的呈现的任务。在语言学影响下，结构主义排斥作者，关心的是文本的生产机制，而不是文本的意义。结构主义文学的研究在于研究文学文本，而不是作家主体性所赋予的文学的附加。由此可见，在语言结构的框架中，作为具有主体性的作家在文学活动中的地位不可避免地下降了。

最后，"作者之死"彻底颠覆了"作者权威"的话语体系。正如前面所说，20世纪以前的文学批评是以作者为中心的，作者对作品拥有绝对的阐释权，要对作品的意义完全负责。而在

---

① [法]罗兰·巴特：《罗兰·巴特随笔选》，怀宇译，百花文艺出版社2005年版，第300页。

"作者之死"理论中，作品的诞生意味着作者的死亡。在古希腊时期，文学理论认为主体是一种媒介，文学的本质是"再现论"，文学创作论中流传"模仿说"；在浪漫主义文学理论中，主体是一种创造，文学的本质是"表现论"。浪漫主义之后，强调主体的独创性，诗人为世界立法。这些理论都强调"主体的权威"。此时文学批评领域通常是结合社会历史背景来研究作品，强调"知人论世"。而在后现代文化视野中，在语言学转向的背景下，作者主体性的中心地位完全被颠覆了，取而代之的是作品中心论，文学批评随之兴起的是精神分析批评、叙事批评、语义批评和读者生产批评等等，都是以研究文本本身为出发点的。巴特说："在人种志社会里，叙事从来都不是由哪个人来承担的，而是由一位中介者——萨满或讲述人来承担，因此，必要时，人们可以欣赏'成就'（即对叙述规则的掌握能力），而从来都不能欣赏'天才'。"① 也就是说，作为个人的作者对于叙述并不具有权威的意义，甚至意义并不重要，而是构成叙述的规则才是具有决定意义的。巴特否认作者与作品的"父子关系"，就是要将文本独立于作者之外，"作者之死"就是对"作者权威"的挑战和颠覆。

---

① ［法］罗兰·巴特：《罗兰·巴特随笔选》，怀宇译，百花文艺出版社 2005 年版，第 301 页。

四、作者与写作："零度写作"对作者主体性的消解

罗兰·巴特的"作者之死"与"零度写作"等理论，最为突出地解构了作者主体性。巴特否定作者和文本的联系、忽视文本中作者的意图，主张在语言结构框架下清除作者主体性。

写作是文本产生的前提。罗兰·巴特解构作者理论的第一步就是重新定位作者与写作的关系。在《零度写作》这部成名作中，巴特以萨特的《什么是文学》为蓝本，从什么是写作入手，梳理和描绘了"写作"的发展历史，从而考察出写作的历史实际上就是一种有关文学观念和制度的历史。巴特认为1848年以前的写作是资产阶级的写作，它与革命权力相联系，是服务集团利益的工具。这种写作包含着写作者的个人目的和意图，失去了本真，是一种内容和形式都已经僵化了的写作方式。另外，当时萨特主张哲学思想和人文主义关怀应该介入文学作品中去，在萨特看来，写作只是人生观和世界观的表现。巴特反对这样的写作，他提出了自己的写作观。巴特从加缪小说出发，提出一种中性的、不包含任何感情的全新写作方式——"零度写作"，这种写作方式是"不介入的"，"它一步步地追随着资产阶级意识的解

体"①。在《写作的零度》中，根据写作者与作品在时间和逻辑上的关系，巴特区分了作者和作家，提出作者就是现代抄写者。抄写者在时间上与文本是同时出现的，在逻辑上永远是第一人称的，与文本建立的是言语行为理论所说的"叙述关系"。与通常意义上与书籍构成"父子关系"的作家不同，抄写者不必事先筹划书籍，抄写者那里只有言说活动。

巴特认为，"写作是对任何声音、任何起因的破坏。写作是使我们的主体在销声匿迹中的黑白透视片。"紧接着巴特指出："作者是一位近现代人物，是由我们的社会所产物的，当时的情况是，我们的社会在于英格兰的经验主义、法国的理性主义和个人对改革的信仰一起脱离中世纪时，发现了个人的魅力，或者像有人更郑重地说的那样，发现了'人性的人'。"②，在巴特看来，作者是在历史及文学发展的变化中塑造出来的，不具有不可动摇的神圣地位。在传统的文学批评中，所有日常文化意象都集中在作者方面，人们总是从作家个人的历史、爱好和激情等方面去探究作品，把作品当作一个体现作者声音的"秘闻"。"一件事一经叙述——不再是为了直接对现实发生作用，而是为了一些无对象的目的，也就是说，最终除了象征活动的练习本身，而不具任

---

① [法]罗兰·巴特:《写作的零度》，载于《符号学原理》，李幼蒸译，生活·读书·新知三联书店 1988 年版，第 66 页。

② [法]罗兰·巴特:《罗兰·巴特随笔选》，怀宇译，百花文艺出版社 2005 年版，第 301 页。

何功用，那么，这种脱离就会产生，声音就会失去其起因，作者就会步入他自己的死亡，写作也就开始了。"① 巴特的"作者之死"的判决是对作者写作意图的驱逐，同时认为"作者之死"是一个一直在发生但还未查明的事件，巴特就是要把这一点揭示出来。

巴特主张一种特定意义上的写作理念，强调作者之死和抄写者的复兴。"文学（今天更好的说法是写作）恰恰是以这样一种方式拒绝赋予文本（以及作为文本的世界）以某种'秘密'，拒绝赋予一种终极的意义，由此解放了所谓的反神学活动，这种活动是真正革命性的，因为它拒绝了固定的意义，因而最终便拒绝了上帝及其替代物——理性、科学和法则。"② 巴特意在说明，首先，写作不可能赋予文本终极意义，因为它在提出意义的同时又不断地消解了意义。写作的重要功能是"解开"符码而非"破译"某种"秘密"。文本的意义是由语言结构的交替变化决定的。其次，写作是抄写者的叙述行为，而且这种叙述用的是第一人称现在时；这就如同编织，文本就是编织的产物，而且这种编织是无穷无尽无限循环的。当曾经占据着本源和中心地位的文学解释活动被抛弃后，现代写作观念就彻底颠覆了传统的文本意义理论。

① ［法］罗兰·巴特：《罗兰·巴特随笔选》，怀宇译，百花文艺出版社 2005 年版，第 300-301 页。
②Roland Barthes，"The death of the Author"，in William Irwin（ed.），The Death and Resurrection of the Author？，Westport：Greenwood pub Group，2002，p.6.

后来，巴特在表达他的写作观念时又说："唯有写作是可以不存在本源位置的有效运用；唯有写作可阻止修辞学规则、文类规则和体系的傲慢；写作是非主题的（atopic），在与那场并非支配而是取代的语言战争关联中，写作遇见了一种阅读和写作实践的状态，它渴望的不是支配而是传布流转。"[1] 巴特所提倡的写作超越经验主体，写作是一种编织活动，是抄写行为，它几乎是和上帝共存的。这种写作不是作家的写作，这种写作是以作者的死亡为起点的写作。巴特强调写作就是多种文化相互对话、戏仿和争执的过程，不存在谁支配着谁。作者和读者在这个文化大网中是弱小无力的，无法支配写作。

至此，巴特的观点就不那么突兀了——"作者之死"是使写作有其未来的必要条件。作为结构主义大师的罗兰·巴特，用"写作"这个概念既清除了作者的主体性又清除了读者的主体性，从而让文本诞生于机械般的语言结构中，让文本的终极意义无处可寻。

五、作者与文本：文本是一个多维的空间

在《作者之死》中，巴特追溯了作者权威的历史。在传统的

---

[1]Roland Barthes, The Rustle of Lauguage, trans.Richard Howard, Berkeley: University of California Press, 1989, p.110.

文学观念中，人们用关注作者的生活和个性的方式来关注文学、谈论文学，用弄清作者的历史、爱好、激情等因素来探究文本的意义。这样做得出的结论就是"波特莱尔的作品是波德莱尔这个人的失败记录，凡·高的作品是他的疯狂的记录，柴可夫斯基的作品是其堕落的记录：好作品的解释总是从生产作品的人一侧寻找"。①

巴特明确表示反对这种把谈论作者作为探究文本意义的阐释行为，认为它粗暴地限制和封闭了文本的意义，事实上文本的意义应该是开放多义的。对作者凌驾于作品之上的质疑在巴特之前就已经存在。马拉美和瓦莱里都曾怀疑作者的权威，最著名的是俄国形式主义的"文学性"和"陌生化"理论。文学性就是使一部既定作品成其为文学作品的特性，是作品本身所含有的鲜明生动、动人心魄等特征的语言艺术，"陌生化"是使作品具有极大的"文学性"的一种手段。批评家集中精力去解读文本本身，文本之外的作者、社会历史环境等都不需考虑。新批评所倡导的"细读法"，要求读者通过细致的研读，揣摩和把握文学作品的语言与结构，领悟文本的张力、悖论、反讽等诗性因素。法国的结构主义将文学批评的焦点定位在文学文本的结构上，认为文学内部的系统、结构和规则已经决定了文本的含义。语言有其成为语

---

① ［法］罗兰·巴特：《罗兰·巴特随笔选》，怀宇译，百花文艺出版社 2005 年版，第 301–302 页。

言的规律，文本也有其成为文本的客观规律。总而言之，这些理论一致认为文本的意义来自语言系统而不是来自作者，作者在文本诞生之后随之消失死亡了。

消解了作者，也就是消除了破译文本的密码。传统文学批评，就是在文本中发现作者（或者说社会、历史、心理、自由等等），换句话说作者的领域也是批评家的领域。当作者被清除之后，批评家也就被动摇了。在"作者之死"之后的写作和批评中，一切在于"分清"而不是"破译"，写作就是在结构中编织，写作的空间需要的是走偏，写作一边提出意思一边有步骤地排除意思。这样的写作，拒绝给文本一个"秘密"，因为拒绝中断意思，"最终便是拒绝上帝和它的替代用于，即理智、科学和规则"。①

巴特认为语言学为研究文学提供了分析手段，语言学介入文学就消灭了作者在写作过程中的主体性。"从语言学上讲，作者从来就只不过是写作的人，就像我仅仅是说我的人一样：语言活动认识'主语'，而不认识'个人'，而这个主语由于在确定它的陈述过程之外就是空的，便足以使语言活动'挺得住'，也就是说足以耗尽言语活动。"②在语言学理论中，"一个文本不是由从神

①［法］罗兰·巴特：《罗兰·巴特随笔选》，怀宇译，百花文艺出版社 2005 年版，第 306 页。
②［法］罗兰·巴特：《罗兰·巴特随笔选》，怀宇译，百花文艺出版社 2005 年版，第 303 页。

学角度上讲可以抽出单一意思的一行字组成的，而是由一个多维空间组成的，在这个空间中，多种写作相互结合，相互争执，但没有一种是原始写作：文本是由各种引证组成的编织物，它们来自文化的成千上万个源点。"①这个"多维的空间"与作者没有关系，并且与作者是彼此排斥的，它不是作者思想的物质符号。因为，只有彻底地把作者排除在文本之外，才能清除文本是一个固定所指的符号意义，才能使文本彻底独立于作者之外。文本与作者分离之后，它就不再是一个封闭的空间，而是呈现出多维的空间。在这个多维的空间里，文本不局限于一种固定的解读方式，文本的意义在不同的时代、不同的阶层和不同的读者那里不尽相同，它面向一切可能的、历史的和现实的语境，在不同的语境中，文本的意义也就不尽相同。因为在不同的语境中不同文化之间相互对话、戏仿、争执，文本呈现出文本间性，文本的意义也就永远处于延期的和不断被阐释的状态中。因此巴特认为，要想使文本的意义多元化，作者就必须从文本中消失。

六、作者与读者：读者是文本诞生的一个中转站

国内许多研究文章普遍认为，巴特在《作者之死》的结尾说

---

① ［法］罗兰·巴特：《罗兰·巴特随笔选》，怀宇译，百花文艺出版社 2005 年版，第 305 页。

"读者的诞生应作者的死亡为代价来换取",意在宣判,作者死了之后读者取代作者的位置成为文学活动的中心,读者从此获得自由,可以主观地阐释作品的意义。除此之外,巴特还说"读者是构成写作的所有引证部分得以驻足的空间"①。巴特区分了"作者"和"现代抄写者"。作者是在书籍诞生之前就存在的,他为书籍而思考,甚至是为书籍而活着,与书籍之间是一种"父子"关系。现代抄写者则是与文本同时存在的,他仅仅是让书籍作其谓语的一个主语。这样一来,任何文本都是此时和现在的写作,没有任何其他别的时态;写作也就不能是一种记录,也不是再现或者描述。"继作者之后,抄写者身上便不再有激情、性格、情感、印象,而只有他赖以获得一种永不停歇的写作的一大套词汇:生活从来就只是抄袭书本,而书本本身也仅仅是一种符号织物、是一种迷茫而又无限远隔的模仿。"②在《S／Z》中巴特将文本分为可读性文本与可写性文本,认为读者在可写性文本中的阅读和阐释是无限自由的。所以说,巴特最终给予读者足够的自由和空间,文本意义的权威在读者那里,从而建立起了以读者为中心的文学理论。事实真的如此吗?本文对此持否定态度,认为这是对巴特"作者之死"理论的误读。

①[法]罗兰·巴特:《罗兰·巴特随笔选》,怀宇译,百花文艺出版社2005年版,第301页。
②[法]罗兰·巴特:《罗兰·巴特随笔选》,怀宇译,百花文艺出版社2005年版,第305-306页。

　　20世纪60年代结构主义在强大的语言学理论基础上延伸到各个人文科学领域，语言学转向下的文学理论领域强调解构作者的主体性从而转向"文本中心论"。前面已经论述过，从20世纪初俄国形式主义直至20世纪60年代的解构主义，文学批评理论都一致认为语言是一个自足封闭的系统，因为任何一个能指最终都会有一个对应的所指，所以语言本身具备言说其自身的能为。因此，在语言的基础上产生的文本，也有一套成其为文本的客观规律，任何文本之外的因素都是对文本意义的干扰和曲解。所以，文学批评活动应从文学的研究对象文本入手，而不是从作者入手。文学研究要想回归到科学理性的分析中，就要避免主观阐释，因为任何排除了文本而进行的研究，都会曲解文本的意义，都是没有意义的思想阐释。

　　与作者相对应，巴特所强调的读者不是指具体社会历史中主体性明确的具体个人，而是广义上虚指的"某个人"。这里的读者有点类似于詹姆斯·费伦在《作为修辞的叙事》中提出的"隐含读者"的概念，是假想的理想的读者，能够完美地理解文本，是一种默认的非真实的存在。"作者之死"观念中的文本的研究不指向于文本生成的作者的主体观念，因为写作就是使任何身份消失的黑白透视片，作者主体性已经在写作中消失了。如果对文本的理解依靠的是阅读作品的人——读者，那注定是要落空的。因为这里的读者是一个想象物，并不是阅读作品的真实的个人，它只是一个无历史、无生平、无心理的存在；巴特说读者仅仅是在一定范围内把构成作品的所有痕迹和证据汇聚起来的某个人。只有清除了个人主体性与社会历史性的读者，才能做到对文本完全客观的解读。所以，读者是和作者一样，在文本都只是起着中转站的作用，文本的意义只能由语言结构来决定。因此，巴特在去作者主体化的过程中，并没有强调读者的主体作用，巴特认为文本的生产过程虽然离不开作为主体人的读者和作者，可文本的生产依靠的归根结底是语言结构模式，没有人的主体参与的文本，反而会具有更高的价值和意义。

"作品总是作者的作品，文本则注定是读者的文本"[1]，疏远作者既是一种历史事实，也是一种写作行为，现代文本在被构成和阅读的时候，每一个层次上作者都是缺席的。以阅读为中介，从作品到文本，从再现意义到生成意义。这就是巴特所言的"写作的未来"。"读者的诞生应以作者的死亡为代价来换取"[2]并不是如字面意义那般，作者的主体性转移到了读者身上。巴特消解了作者的主体性，作家成为"现代抄写员"，同样地，读者的主体性也被消解了，"读者是无历史、无生平、无心理的一个人"[3]，"读

---

[1] 徐兆正:《重审〈作者之死〉》,《长江文艺评论》, 2020 年 4 月, 第 58 页。

[2] ［法］罗兰·巴特:《罗兰·巴特随笔选》, 怀宇译, 百花文艺出版社 2005 年版, 第 307 页。

[3] ［法］罗兰·巴特:《罗兰·巴特随笔选》, 怀宇译, 百花文艺出版社 2005 年版, 第 307 页。

者的诞生"只是功能性的一个隐喻。巴特不关注文本的起因，而转向关注文本的目的的偏离，用巴特的话来说，"读者是构成写作的所有印证部分得以驻足的空间，无一例外一个文本的整体性不存在于它的起因之中，而存在于其目的性之中，但这种目的性却又不再是个人的：读者是无历史、无生平、无心理的一个人；它仅仅是在同一范围之内把构成作品的所有痕迹汇聚在一起的某个人。"[①] 换句话说，在巴特看来，读者在文本生成过程中发挥了与语言相同的作用。"作者之死"让位给"读者的诞生"，但文本的意义不是由读者生成的，而是由语言决定的，不同的读者又在文本的语言中生成和编织出不同的意义。

当巴特在文章最后将"读者的诞生"与"作者的死亡"以因果的关系衔接起来时，当他指认读者是"范围之内把构成作品的所有痕迹汇聚在一起的某个人"时，结构主义理论也就会因为一种对生产所指的形式结构的描述难以为继，从而在内部崩溃。

七、结语

罗兰·巴特的"作者之死"理论，从重新定义写作、赋予文本独立的空间和消解读者的社会历史维度这三个方面，完成了谋

[①] ［法］罗兰·巴特:《罗兰·巴特随笔选》，怀宇译，百花文艺出版社 2005 年版，第 307 页。

杀作者的预谋。在结构主义盛行的 20 世纪 60 年代的西方，巴特的主体理论也在呼唤人们关注新的主体的到来，呼吁人们关注自我意识，这是有其孕育和生长的现实环境的。按照巴特的理论，文本的意义不是来自作者和权威，而是来自语言和结构，那么在现实中，对文学艺术的理解就应该突破以往的单一化、教条化和封闭化的局面，从而达到理解的多元化、个性化和差异化，这有利于文学艺术的发展和传播。

被苏珊·桑塔格称为当代最具智慧的理论家之一的巴特，他天才的灵感和智慧的头脑带给我们惊喜的同时，也给我们带来了困惑。把主体的人的思想完全从文本中抹去，剩下语言的狂欢，将文本意义置于一个极端的地步，这无疑是荒谬的。"作者之死"也就是完全否定作者的意图，截断作者与读者的对话，让文本彻头彻尾地机械地运转。抛弃了作者的文本成为没有生命的游戏，这种游戏同文学艺术是如此的格格不入。巴特的"作者之死"理论，夸张地强调和运用了结构、符号、语言和互文性以及它们之间的关系，实际上对文学文本具体的批评和分析贡献就有限，对于一个理论来说，运用它来解决实际问题的可操作性就不强。虽然巴特致力于建立一种文学的科学的目的和宗旨，但是他的"作者之死"的论证并不科学和严密，它可以被看作一种冒险，但不能被视为一种科学的方法论。巴特把作者与文本、作者与读者完全地对立起来，这有悖于文学发展的本质，绝对不是文学理论的理想状态。文学是人学,文学具有审美的价值,这就需要主体的积极参与,更需要明确作者的主体性。但是在新的历史阶段,我们不是也不能要完全回归到传统,回到作者权威的理论当中,而是排除将作者、文本和读者相互割裂的观念,让他们相互融合,让作者、读者和文本平等和谐地对话。

在现实层面上,作者的意图是不可能被完全消除的,作为主体的人总是有目的地做一件事,完全否定主体人在文本中的意图,就是彻底地否定人的主体性。虽然在资本主义时代,人的主体性空前膨胀导致一系列危害,但是完全否定人的主体性也是没有道理的。另外,在文学理论中完全清除作者的主体性,就是完全否定文学创作中的作者的创造性,这对创作者的积极性无疑是一个沉重的打击,不利于文学创作的发展和繁荣。总而言之,作者不会退出历史舞台,虽然已经宣布了作者的死亡,但是在文学理论中,对作者的研究不仅没有终止,反而进入了越来越深入越来越理性的研究。未来的理论一定会让作者主体在其应有的位置上发挥其独特的功能。

福柯的作者理论探析

　　同为法国解构主义大师的米歇尔·福柯，和罗兰·巴特一样，认为文学研究应当关注作品的形式、结构及内部关系。但福柯认为虽然巴特宣布了作者死于语言结构之下，但作者仍然是一个"悬而未决"的问题，他在巴特的基础上重新审视作者消失所留下的新的空间。福柯从权力与话语的角度考察了"什么是作者"的问题，认为"作者"是话语实践的一种功能形式，作者是社会历史经验与知识的建构。"作者"之所以在话语中存在，是因为在话语的背后还有强大的权力使然。

一、福柯的"人之死"理论

　　1966 年福柯在《词与物》一书中提出了"人之死"口号，引起了极大的反响。从笛卡尔开始，理性的中心地位便开始建立。以笛卡儿为代表的大陆理性主义，否认知识依赖于感性经验，认为感性经验是不可靠的，强调只有依靠理性才能得到可靠的知识，"我思故我在"，认为一切有用、可靠的知识都来自心灵中的天赋观念。同样在相应的艺术领域，认为只有经过理性规则的衡量和检验，才能证明这样的艺术是否具有纯正永恒的价值。康德也认为只有建诸理性的行为的创造才算得上是艺术品①。随着笛卡儿、康德等人的思想广泛深入的传播，在艺术和美学理论领域中，理性法则越来越受到推崇，作者问题就是其最佳代表。

当人的主体性被提到至高无上的地位的时候，毫无疑问它的弊端随之显现。首先，理性主义过分强调人的理性作用，忽视非常重要的非理性因素地位和作用，在人类认识论中产生消极影响。其次，在人与自然的关系中，理性主义持人类中心论的立场。人类可以不断地发挥主观能动性，利用自然界一切可以为自己服务的东西，这样就最终导致了人类对自然的无限开发和掠夺，破坏了生态平衡，导致人与自然的关系日益恶化。

作为哲学家的福柯，开始对理性哲学的弊端进行反思。在《疯癫与非理性——古典时期的疯癫史》《词与物》等著作中，福柯对人类中心论进行了研究。福柯研究发现，在古希腊时期，所有的知识和语言都是关于表象和秩序的，人与自然交相呼应，语言并没有成为"人的科学"，人也没有成为知识的主体。直到古典时期以后，词与物发生分离，人在反思表象的情况下，作为知识主体的人就诞生了，从此人获得了思考世界与言说世界的权力。福柯说："在18世纪以前，人并不存在。生命力、劳动多产

---

① [德] 康德:《判断力批判》，白华、韦卓民译，商务印书馆1964年版，第148页。

或语言的历史深度也不存在。它是完全新近的创造物，知识造物主用自己的双手把它制造出来还不足 200 年。"① 福柯所谓的"人"的概念，是作为人类学科意义上的人，是被改造成主体的人，而不是生物学的人。可说人既是认知的主体，又是知识的客体，既是学科得以建立的基础，又是学科极力捕捉的对象。

在康德看来，知识是人的一种主观建构，人对世界的认识是建立在主观形式之上的，人所认识的世界并不是纯粹客观的存在。人为自己立法，也为自然立法。当作为知识的主体人出现的时候，人文科学也就出现了。换句话说，当人把自己构建成被思考和被认识的对象时，作为把人当作唯一研究对象的人文科学就诞生了。福柯的人的诞生的思想在一定程度上导致人的中心主义地位的确立。然而，到了 19 世纪末，人的这种中心主义地位在尼采的"上帝之死"理论中瓦解了。对于尼采来说，"人"是道德层面上的人，这种人需要承受各种压为和各种负担从而被束缚住了，人的能力和作用是有限的；而主宰世界需要的是摆脱了人的道德负担和道德压力、拥有绝对自由和无限权力的超人。所以尼采在解构基督教神学体系束缚时宣布为人类负责的"上帝死了"，作为统治世界的"超人哲学"诞生了。福柯认为，人与上帝同生共死。作为知识主体的人在不远的过去是不存在的，那么在上帝死了之后，人回归到不在或者消失的状态，这也是必然

————————

① ［法］福柯：《词与物》，莫伟民译，上海三联书店 2001 年版，第 402 页。

的。这样超人的诞生带来了主体人的死亡。"上帝之死不意味着
人的出现而意味着人的消失；人和上帝有着奇特的亲缘关系，他
们是双生兄弟同时又彼此互为父子；上帝死了，人不可能不消
亡，而只有丑陋的侏儒留在世上。"①上帝死了，人只能自己为自
己的有限性责任负责，福柯认为作为知识主体的人随着上帝的死
亡而在这种有限性中消失了。上帝和人死了之后，反人类中心主
义的超人统治着世界。从这个意义上讲，福柯是反主体的。

福柯的反主体主义与巴特的反对作者主体性理论重心不一
样。巴特是消解了作为意义生产的主体，失去主体性的作者对文
本不再有决定意义的作用。福柯这里的人不是生物学上的人，不
是社会实践和语言使用中建构的主体，而是作为知识对象被建构
起来的"人"。因此，福柯并没有否认作为主体的作者的存在，
而是否认主体性的作者身上的社会历史因素，认为"作者"应该
是话语实践的产物。

二、作者还是所有者?

在理性主义文学观中，作者是文学活动的主体，写作就是经
验主体以认识者、表象者、抒情者等身份，以世界表象为知识客
体，在理性的规矩下执行的语言游戏。"这样作者所书写的文本

①杜小真:《福柯集》,上海远东出版社 2002 年版,第 80 页。

便成了一大批按人头和时间汇集的详细档案。"① 传统意义上，作者和作品的关系就是，作品的所有权归作者所有、作品的内容是作者思想和意识的表现和概括，这种关系以作品的封面印有作者的名字为标志。

然而福柯否认这种关系。首先，福柯认为作者与作品的这种单一的归属方式探讨的更多的是在我们这样一种文化中，作者如何被个人化？是在社会历史语境中对个体的作者进行分析。而福柯探讨的不是作为主体的作者与作品的关系问题，而是关注一部作品在规则下如何由作者创作。前面论述过福柯所认为的"人"是作为知识型构的主体的人，他所探讨的作者也就是社会历史知识层面的作为主体存在的作者。福柯关注的是作者在生产文本的过程中与外部世界发生关系的作者。其次，福柯考察了作者在当代"写作"概念中的处境问题。前面已经论述过语言学转向下，作品与作者完全独立开来，作者的痕迹在作品中被完全抹去，这就要确保在写作的过程中作者的主体性并不参与。写作就是要消除作者的特质。作者与作品不一定有确定的对等关系，因为某些作者所写的东西不都是文学作品，有的作品并没有展现作者的个性。例如，保密信件的签收者并不是信件的作者；签订合同的双方，也不是该合同的作者；贴在墙上的告示，一定会有一个或若

---

① 刘鑫:《主体·作者·书写——论福柯的文学观念》,《求索》2012 年 5 月，第 126 页。

干个书写者，但他（们）不一定是作者。另外，"作者之死"理论消解了作者主体性的特权，但是出现了一些意图取代作者主体地位的观念，这些观念中最被广为接受的就是"作品"和"写作"。可见现代批评从探究作者和作品的关系、探究作者的思想和经验，转为研究作品的内在结构和形式了，完全忽视了作者的存在。然而福柯认为抛开作者只研究作品是不可行的。"如果有人觉得它适于绕开作者的个性或他作为作者的地位而集中于作品，那么他们对同样有争议的'作品'一词和它所表示的统一性的性质便不可能做出正确的评价。"[①] 这说明福柯认为罗兰·巴特重新定义的"写作"概念并不能够解决作者与作品的关系问题，因为它只是把作者在经验上的特点转变成一种隐匿的超验存在，并没有真正清除作者的主体性的作用。在这种只关注语言内部规律的"写作"方式中，作者事实上以一种微妙的方式继续保持作者的存在。

所以福柯所认为的作者死亡论，与巴特所认为作者主体性在文本结构中消失、作者不对文本的意义负责不同，而是说作者创作作品不是作者个人化的表现，作者创作作品是在话语实践的作用下完成的，作者就是话语实践的对象。作者并不能控制话语实践，反而是话语实践足够强大，强大到可以操控作者的创作

---

① ［法］米歇尔·福柯:《作者是什么？》，逢真译，选自童庆炳、曹卫东编《西方文论专题十讲》，高等教育出版社 2005 年版，第 158 页。

活动。

福柯反对文学批评采用这种把具体作品与单个的作家联系起来的方法，但是如果说单个的作者与文本没有必然的联系，那么印在作品封面的作者的名字又有什么意义呢？作者的名字与作品在什么情况下才能联系起来呢？福柯带着这些问题，把作者名字作为一个专有名称进行考察后指出，专有名称不仅有指称的作用，从某个角度来说，它还具有描写的功能。也就是说，作者名字与作者个人以及作品这三者之间的联系不是天然固定不变的。作者名字不是专门指称书写者的名词，作者的名字的作用并不一定只指代书写者真实个人的存在，作者名字还有可能指向某些话语系统的存在，是话语在社会和文化分类的一种依据。人们不是简单地把作者名字从话语的内部引向外部，把作者看作一个活生生的从事书写的肉身主体，人们还把作者与作品联系起来并作为作品分类的依据，根据作者来划定作品的区别和界限，并且以此判断出作品的存在方式和特征。

在福柯看来，作者的名字以功能性的存在使它名下的文本与其他文本区分开来。在消费时代，作者拥有署名权，作者从而拥有作品的使用权和绝对拥有权。在版权意义上，作者名字指称的不确定最终使"Author"变成了"Owner"，作者与作品的关系就是"Owner–Text"的关系。在福柯看来，作者是存在于话语内部从而使话语得以运转的人，作者的功能是表示一个社会中某些话语的存在、传播和运作的功能化特征。

三、作者是话语的功能性特征

在福柯看来，作者不是在创作过程中整合语言材料的主体，也不是必须对文本意义负责的主体，作者只是一种话语实践的功能性对象；文本的生成与意义的确定实际上只是话语功能的一种表现形式。因为作为主体的作者在使用话语的同时，话语的功能性作用被话语规则所控制。这么说，福柯的"话语"似乎决定一切，具有至高无上的地位。那么什么是话语呢？要理解福柯的作者理论，我们首先必须把握话语的功能性特点。

（一）话语的构成和特征

福柯的话语理论无疑也是在索绪尔的语言学基础上发展而来的。索绪尔将语言现象分为语言和言语两部分。语言是具体言语行为的规则系统，言语是个人说出的具体话语。话语不同于人发出声音从而使词语组合起来产生意义的言语，福柯的话语与索绪尔的语言和言语理论都不相同。福柯从概念和描述两个层面对话语进行了界定，认为话语的对象是在话语的功能中呈现出来的。

福柯首次提到"话语"这个概念是在《疯癫与文明》中。他认为"疯癫"就是一种"话语"，而且疯癫本身又是话语表述的对象。后来福柯在其著作《词与物》中集中解释了"话语"的概念与理论。在18世纪以前的符号世界里，是话语在表征和展现世界。18世纪以后，词与物分离，表象作为展现世界的方式，话语只是在表象中呈现。表象通过语言展现表象，表象在语言的展现中成为话语。因此语言和话语并不是对立的，前者是存在层面的，后者是功能层面的。"一旦语言的存在被排除，所剩的只有语言在表象中的功能了：语言作为话语的本性和功效。因为话语只是被词语符号所表象的表象本身。"[1]福柯所谓的"话语"是展现世界并且使这个世界更加有秩序的一种表象、是对外展示某种功能的符号系统。

话语的功能性作用还体现在话语内部话语与话语之间的关系上。在《知识考古学》与《话语的秩序》中，福柯探讨了在话语网络中，话语是如何在实践中展现其功能性作用的。在话语形成的过程中，话语作为话语对象同时又被话语实践着。话语不关涉主体，话语通过实践制造出新的话语，一旦脱离实践，话语就失去了意义。在福柯看来，话语制造不是人们随意而为之的行为，话语的制造是受到一定控制的，"话语的制造同时受一定数量程序的控制、选择、组织和重新分配的，这些程序的作用在于消除话语的力量和危险，控制其偶发事件，避开其

---

[1]［法］米歇尔·福柯:《词与物义文科学考古学》，莫伟民译，上海三联书店2001年版，第108页。

沉重而可怕的物质性。"① 因此，话语的诞生是受到系统机制控制的。在福柯看来，话语本身远没有控制话语系统的作用重要，话语研究的关键不是话语的本质是什么，而是话语的形成条件和话语的运行规则是什么，也就是说，话语本身远没有被控制话语的机制重要。

至此，我们说，话语最基本最重要的特征就是其功能性。话语的功能性特点体现在话语实践的过程中对外部世界的整理中。话语本身就诞生于与外部世界的联系上，因此话语的功能必须是在实践中凸显。话语的功能还体现在其对自身的控制中。话语在使世界呈现出秩序的同时，表明话语在这种秩序中控制着世界。话语在外部的特点就是控制世界，那么它的功能转向话语内部就是控制话语自身，话语在控制自身与自身发生作用的过程中体现出其价值。话语既是世界实物呈现的集合，又在各个领域以不同的方式呈现世界。简而言之，话语就像世界的根本性力量，整个世界都以它为基点而有序地运行着，而它又在各个领域中以实践的方式存在着。正是因为话语的功能属性，它才在各种关系中运转，所以，话语存在于世的价值就是其功能属性。

---

① ［法］米歇尔·福柯：《巧语的秩序》，肖涛译，选自许宝强、袁伟编的《语言与翻译的政治》，中央编译出版社 2000 年版，第 3 页。

（二）作者是话语实践的一种功能性特征

福柯认为，知识领域中的"作者"，不是普通意义上产生和运用话语从而取得社会历史地位的人，"作者的作用是表示一个社会中某些话语的存在、传播和运作的特征"[①]。也就是说，"作者"是话语实践的一种方式。福柯在探寻作者的构成，而不是作者的意义；福柯所强调的是"什么是作者"的问题，而不是"谁是作者"的问题。

关注作者，不再是对作者的个人创造性的关注，而是将研究转向了对作者话语体系的关注。理解"作者之死"必须依赖作者之外的作者话语。作者在话语内部并且受制于话语的控制。对于外部世界来说，世界上的所有事物都是作为构成话语的成分而存在，文本只是话语构成的一种体现。世界既是话语言说和描绘的对象，又是话语的构成的物质成分所在。对于话语内部而言，话语是"根本大法"，主宰的是话语实践，作者在话语实践中不是扮演创作文本的个人角色，而是成为话语的一种分类原则。在话语实践中的作者，必须居于话语内部并且承受话语实践活动规律的控制。话语不是人制造的，话语没有主体，但是它对人发生作用。人作为世界万物之一，既能运用语言制造话语，又要被话语

① Michel Foucault，What is an Author？，//Edited by Don-ald F.Bouchard.Language，Counter-memory，Practice，Trans.Don-ald F.Bouchard and Sherry Somon，New York：Cornell University Press，1977，p.138.

建构和控制。因为文本只是话语的一个表象，文本由作者创造，所以作者并不是话语的制造者。文本的诞生源于文本的创作者，文本以一个专有名词使创作者拥有文本的版权。但是创作者不是作者。福柯所谓的"作者"不指向单个的人，而是定义为一种话语实践的分类依据，所以作者在话语实践中发挥的不是主体性作用而是功能性作用。因此，福柯所谈论的作者不是拥有主体的作者，而是在话语实践中的一种功能性存在，福柯称之为"作者—功能"。

虽然说福柯研究作者是从"作用"的层面上来谈的，但是福柯并不否定作者主体性的存在。因为作者的功能性特征只有主体介入了话语才能实现。要想主体与世界、主体与主体的关系通过话语呈现出来，主体就不是发挥创造创造性的主体，而是必须通过介入的方式进入话语与话语发生联系。所谓"介入"的方式，就是一种非创造性的平等对话的方式。所以说，福柯关注的主体，是关注主体在话语中作用和位置，而不是谁是主体的问题。用福柯的理论分析文本，关注的不是作者对文本的创造作用，而是主体在话语中如何发挥其功能性作用。

福柯的作者理论是建立在他的话语理论基础上的，他关注的不是谁是作者，而是什么是作者，关注的是作者在其话语功能系统中处于怎样的位置。那么作者如何在话语功能层面上出现？怎样在话语实践中发挥作用呢？这里，福柯引入了"权力"概念。

四、权力话语下的作者主体

福柯曾经说过，他的全部研究集中到一点就是重新阐释了权力理论。福柯考察话语的历史发现，西方社会的话语受制于权力的运作，所以福柯把对话语的研究从语言学和符号学方面转移到了权力的层面上来。福柯在已有的权力基础上对权力做出了新的界定。他认为权力是针对一切社会关系的，而不是只维护特定的经济关系。福柯所研究的权力也不同于法律和国家机器所具有的统治力量，而是作为尝试理解社会实践的工作方式的一个概念而起作用的。对于福柯而言，他更注重权力的关系性，他把权力置于主体和话语的关系网络中来考察。

（一）权力与主体

福柯的权力研巧是为主体研巧服务的。"人类主体被置于生产关系与意义关系中的同时，他同样也被置于极为复杂的权力关系中。"[1] 人类主体一边在权力关系环境下生存，一边必须在权力规训的条件下接受权力的制约。福柯在《规训与惩罚》中指出，权力塑造主体，权力通过惩罚与规训使主体服从于权力的制

---

① ［美］L. 德赖弗斯，保罗·拉比诺:《超越结构主义与解释学》，张建超、张静译，光明日报出版社 1992 年版，第 272 页。

约。现代监狱技术不是一味地运用暴力，它还通过纪律约束和道德说教等方式来规范社会秩序。各个行业的技能培训、赋予所有公民受教育的权利、向社会宣传文明礼貌等等，这都是塑造主体的表现，是在权力渗透下的有序运转。作者主体就离不开"书写权力"的规训。所有书写者都在自我主体化、作者化的规训机制中，文学书写是在相应的知识体系的权力的要求和规范下进行的。

当然，权力的运行也离不开主体的参与。福柯认为"知识"的概念中揭示着权力的存在。一方面，如果知识本身不是权力的形式，那么它就无法与其他形式的权为相联系去记录、传播和置换，这样知识也就无法形成。所有的人文学科，比如教育学、心理学和社会学的知识都是一种权力的表现形式而且为权力系统服务。可以说，知识是权力的根本形式。另一方面，没有知识的分配和运用，那么权力的作用也就无从发挥。知识是主体通过社会实践的方式获得的，那么知识的运用必然是主体在话语实践中通过行使知识的权力来实现。换句话说，知识从主体那儿产生，并且受到主体的掌握与控制，也就是说，主体在获得知识的同时就具备了运用知识权力的合法性。

因此，权力和主体是辩证统一的，主体脱离不了权力，必须接受权力的制约和规训，权力的实施也离不开主体，主体通过获得知识也就获得了相应的权力的合法性。

（二）权力与话语

福柯在《规训与惩罚》中揭示出，在权力与主体的相互作用中形成了一种权力话语机制，这种话语机制本身就是在规训权力的条件下发挥自己的功能。

首先，福柯认为，权力与话语是互为条件而存在的共同体。一方面，权力是话语得以发生与运作的必要条件；另一方面，话语又是权力行为关系得以实现的主要途径。因为知识和权力在话语中发生关系，话语既生产着权力也传递着权力。可以说在一定条件下，权力与话语互为条件而存在，权力通过转换为话语的形式而发生作用，话语为实现其功能又转换成权力去实践。话语不是个人而是权力创造的，权力通过语言控制而产生了话语的权力。福柯在他的著作中向人们揭示出了控制语言的三个巨大系统，即禁止的语言、求真的意志、疯狂的区分。权力通过话语来体现力量。话语中正确与错误、真相与假象、理性与疯癫等等的区分都是权力在起作用，不符合权力规定的就是错误的、假象的、疯癫的，就必须受到规训和惩罚。因此，权力与话语是不可分离互为彼此而存在的。福柯以《规训与惩罚》为例，福柯通过监狱的产生和发展过程，指出惩罚制度是近代西方社会运用权力的一种典型代表。福柯还认为权力和知识是共生的，权力产生知识，惩罚制度就造就了普通人的日常形态。监督制度与一切权力形式一样，也是一种知识。心理学、教育学和犯罪学等一切关于人的科学都是权力创造出来的知识。

其次，福柯认为话语受制于权力机制。任何话语一旦产生，它就马上受到一定权力作用下的规则的控制、组织和删选，没有完全无功利的话语。比如法律和禁令就是一种权力，它通过限定语言的对象、语言的主体以及语言的环境，从而确定哪些话语可以谈论，哪些话语必须禁止。真理也是一种权力，它通过区别和歧视，让人对它产生敬重和畏惧，从而确立理性的霸权地位。在某种角度来讲，话语本身就是一种权力。权力不仅在外部控制着话语，话语的内部同样受到权力的控制。权力通过逻辑和秩序的表现形式对话语进行分类、排序和组合，从而保证话语作为事件的可接受性。作者功能就是通过话语权力对话语进行控制的科学原则。他说作者"不是指说出或写下文本的言语个人，而是指话语的分类原则，被认为是其意义的统一和来源是其连贯性的焦点。"[1]也就是说，这里的作者不是指具有主体性的个人，而是一种话语功能，这个功能就是使文本意义有机统一、相互关联的一个联结点，这个功能也是权力通过话语内部控制话语的一个程序。

最后，话语实践必须通过权力关系网来实现其功能性意义。

---

[1] ［法］米歇尔·福柯：《巧语的秩序》，见《语言与翻译的政治》，巧宝强、袁伟选编，中央编译出版社 2000 年版，第 10 页。

福柯在《话语的秩序》中指出，话语的生产总是受到权力的控制、挑选和分配，所以话语表面上是作为表意系统而存在，而实际上是权力对人产生作用的暴力。权力是作用于整个社会运行而形成的关系网，它渗透在关系网中的每一个机制中。话语作为权力网络中的一种机制类型，它的功能性的发挥必然在权力的范围之内。

由此我们可以得出结论，话语实践是在权力关系中发挥功能性作用的。一方面，话语的实践必须通过主体对话语的介入才能运转；另一方面，权力关系的产生和运作也离不开主体的参与，因此，主体通过介入话语实践，从而获得了表面上言说与创造话语的权力。但是实际上，权力和话语都没有主体，它们不是属于个人的，它们只指向它们自身。

五、小结：作者主体性的问题与出路

福柯通过知识考古学的方法，考察了人作为主体从诞生到主体因为膨胀而死亡的过程，不否认作为主体的作者的存在，但是福柯不关心谁是作者，而是关注作者在规则系统中是如何创作的，福柯关注的是什么是作者，关注的是作者的本质问题。福柯认为，作者是在权力话语的作用下的一种功能性存在，作为对话语的分类的作用。

回顾巴特和福柯的作者观，我们发现，"作者死亡论"是伴随着西方近代主体理论的批判而产生和发展的。正是人的主体地位的确立给主体性文学的作者带来了权威的地位，人的主体地位带来的缺陷和灾难在作者权威中同样有所反映。人的主体性的膨胀导致了作者主体批判的兴起和发展。"作者死亡论"是在作者权威化的背景中兴起和升温的，批判的是作为权威的作者。巴特和福柯的作者理论都是建立在这个哲学背景之上的。但是从巴特、福柯等理论家的作者理论来看，他们仍然在这种主体性作者观中徘徊。巴特把主体性作者从文本中完全清除，让文本成为语言的游戏；福柯致力于探究作者主体性的历史，把文学问题当作文化问题来批判。作者死亡论是对人的主体的膨胀的反叛，有着与传统彻底决裂的勇气和决心，但是他们只是对在策略上提出了不同见解，并没有真正地解决作者主体性的问题。

巴特宣布作者之死已经几十年了，但是对作者问题的关注从未停止过。作者死亡论不是一个结论，而是在启示我们要进一步地研究作者问题。作者死亡论的价值就在于他们揭示了作者主体性诞生的哲学背景。巴特和福柯都分析了作者主体的权威产生的哲学和现实背景，巴特说作者在文本中的权威地位是"资本主义意识形态的集中体现和顶点"，是"我们社会的产物"①。也就是

---

① ［法］罗兰·巴特：《作者之死》，超毅衡主编，《符号学文学论文集》，百花文艺出版社 2004 年版，第 507 页。

说，作者问题并不是自古就存在的，它的问题是在一定的时代背景和观念中出现的。因此我们不能给作者判"死刑"，不能把作者永久地打入罪恶的深渊，而是要把作者从主体性权威中解救出来，让他在合理的范围内发挥他应有的作用。那么如何在主体性哲学之外来发挥作者的应有功能呢？拉康的文学理论中——作为"他者"的作者给了我们一个启示，作者的功能应该在主体间性中发挥。关于拉康的作者理论本文将在下一章中论述。

作者在作品中不再是权威，并不是说作者死了，而是作者退居到了与文本和读者平等的地位，也就是说作者处在一个与别的主体平等对话的位置。换句话说，作者问题的关键不是作者的本质是什么，而是作者存在的方式是什么。虽然福柯否认用"作品"和"读者"去取代作者的主体地位，把研究的重点从"谁是作者"变成了"什么是作者"，但是他最终却还是用"话语主体"去取代了作者主体的位置，认为作者是在"话语"的指示下自动地写作的。在福柯的思维里，问题就变成了"像主体这样的实体在什么条件下通过什么形式在讲述的秩序中出现？它占有什么地位？它起什么作用？在每种讲述中它遵循什么规则？"① 文学创作中的作者主体并不是要委身于话语主体，而是与其平等对话。

人的理性主体地位的确立是合理的，也是必需的，但是人的

---

① ［法］米歇尔·福柯:《什么是作者？》，赵毅衡主编，《符号学文学论义集》，百花文艺出版社，第 523 页。

主体性的膨胀给生态平衡带来障碍，那就不合理不应该了。作为主体的人应该与其他主体保持对话从而确立自身的主体地位。在文学活动中的作者，同样应该以流动的、开放的姿态呈现，作者主体性应该走向主体间性。

语言学转向下拉康的"作者主体"观

    20 世纪 60 年代，以罗兰·巴特、福柯和拉康为代表的结构主义理论盛行，他们把作品分为表层结构和深层结构，力图通过表层结构分析深层结构。结构主义把文学研究的中心从"作者中心"转移到"文本中心"的模式发展到了极致，将文本与社会实践割裂开来，完全沉醉于文学内部研究中，作者在文本中的主体性作用就完全被他们遗忘和抛弃。

    如果说罗兰·巴特是从语言结构的角度解构了作者主体性的存在，福柯是站在权力话语的角度探究了作者是怎么构成的，那么精神分析学家雅克·拉康则是巧妙地将语言学理论运用到其精神分析理论当中，在语言的能指的断裂中把主体分解了。

    弗洛伊德将人的心理分为三个层次：意识、潜意识和无意识。意识是人直接感知到的并且能够被思维控制的心理。潜意识是不能被直接感知，但是经过刻意的注意能够在意识中呈现的经验，它介于意识与无意识之间。无意识无法被人感知，是人的本能，它潜在地控制着人类的所有行为。这三者之间的关系是："潜意识的材料会变成意识的材料；无意识的东西，经过我们的努力，会变成有意识。"①弗洛伊德认为，无意识在人的心理活动中占主导作用，决定着人的行为。弗洛伊德的无意识理论影响到文学理论领域。在精神分析派的文学批评中，理论家运用无意识理论探究作家创作的心理活动和作家在文本中的意图，他们着重关注的作家无意识层面的本能冲动。弗洛伊德的学生，也是伟大的精神分析学家荣格，在他老师的理论的基础上提出了"集体无意识"的理论。荣格认为，个体无意识并不是人的本质存在，因为在人类中有比个体无意识更加深厚宽广的集体无意识存在，它是一个种族共同的记忆，是个人无意识传承的结晶，表现了社会文化的共同心理，它制约和影响着个体无意识。荣格认为，作家传承着人类的精神文明，是集体无意识的代言人。

拉康作为一名伟大的精神分析学家，他在弗洛伊德和荣格的理论的基础上，运用索绪尔的语言学知识，对人的主体做出了新的解释，对作为主体的作家从精神分析学的角度进行分析，从而提出了独到的见解。

一、索绪尔的语言学基础

当代主体概念是结构主义的重要命题，它的理论基础是结构

---

① ［奥地利］西格蒙德·弗洛伊德：《关于意识的结构的分析》，转引自朱刚编著《二十世纪西方文论》，北京大学出版社 2006 年版，第 156 页。

主义语言学和结构主义心理学。"作者之死"和"主体之死"等革命性的口号都是从结构主义的逻辑中推论出来的。拉康的主体理论就是建立在索绪尔的语言学基础之上的。但是索绪尔的语言学并没有直接讨论主体问题，只是拉康在索绪尔语言学关于能指与所指的关系的理论基础上，发挥了自己的洞见，从而改变了人们把自我当作实体的看法。

在索绪尔看来，语言是一个由能指与所指两部分组成的符号系统，所指部分代表语言的概念和意义，能指部分代表语言的音响和形象。能指与所指的对应是随机的、没有规律的，只是在人的意识中达成共识后便不能更改了。索绪尔说："能指对它所表示的概念来说，看来是自由选择的，相反，对使用它的语言社会来说，却是不自由的，而是强制的。"① 在语言符号上，能指与所指是任意的，但是在人的意识上，能指与所指是一一对应的。拉康将精神分析的知识运用到索绪尔语言学中来，认为能指与所指的这种一一对应关系只是存在于人的意识层面，在人的无意识中一个能指与所指就可能是一对多或者多对一的关系了，而且人在意识上并没有发现无意识层面中的能指与所指这种混乱的关系。精神分析就是对主体无意识进行深层探究的学问，所以能指与所指在无意识中的对应关系成为精神分析的重要内容。

---

① [瑞士] 费尔迪南·德·索绪尔:《普通语言学教程》，石白冲译，商务印书馆 2010 年版，第 107 页。

在索绪尔看来，能指之所以能够区分不同的所指，是因为能指与另一个能指之间有区别。"语言中只有差别，此外，差别一般要有积极的要素才能在这些要素间建立，但是在语言里却只有没有积极要素的差别"①。一个语言符号的意义在于它与同一系统中其余的语言符号的差别存在。语言的产生就是生产出符号与符号之间的差异，能指与所指在语言的内部，必定遵循这种差异性。每一个能指独一无二，拉康谈论的语言就是以这种差异性为基础的。

在索绪尔看来，语言的能指与所指在地位上是平等的，它们就像硬币的正反面，没有轻重高下之分，语言是由能指与所指的结合构成的。拉康并不同意索绪尔的观点，他将索绪尔的表达式 s/s（能指／所指）改写为 S/s（能指／所指），将表示能指的小写的"s"用大写的"S"来代替，意思就是与所指相比，能指具有更高的地位。拉康解说，"它的意思是：能指在所指之上，'之上'由分开这两个步骤的横线来表示。"② 在拉康看来，能指具有绝对的优越性，在 S/s（能指／所指）体系中，意义不来自于所指，而是产生于能指与能指之间的差异关系；这道斜杠用来表示处于人类自我异化的中心的能指和所指是分裂的。索绪尔所认为的在符

---

① [瑞士] 费尔迪南·德·索绪尔：《普通语言学教程》，石白冲译，商务印书馆 2010 年版，第 167 页。
② [法] 雅克·拉康：《拉康选集》，褚孝泉译，上海三联书店 2001 年版，第 427 页。

号层面上能指与所指之间的对应关系是任意地就显示出了能指的无意识色彩。"语言的实践不需要深思熟虑，说话者在很大程度上并不意识到语言的规律。"①拉康认为，去除约定俗成的性质的能指就是无意义的，这种无意义的能指就是无意识。从能指到所指，或者从所指到能指，能指都不带什么意义，所指是能指游戏的结果。从精神层面上讲，主体的精神世界这就是由这个无意义的能指构成的。

能指只有与别的能指发生关系突出了自己的差异，能指才有意义，所以能指不是单独存在的。在能指与能指的关系中形成了能指链，能指链在时间上无限延伸，永远无法穷尽。所以拉康认为，文本作为一个能指，无论多么完整独立的作品，我们都能续写，无论多么完整严密的话语，我们都能找出破绽加以阐释。而主体诉说的欲望也是一个无穷无尽的过程，所以说主体的欲望就像能指链中的一环，永远是一个等待被象征的能指，永远无法抵达。人存在于欲望当中，所以拉康说"人为能指所掌握"②。因为能指的无限循环，能指在能指链上就是一个或缺，这样能指与所指就发生了断裂。

拉康认为，参与语言实践的主体在能指与所指的断裂中必

---

① [瑞士]费尔迪南·德·索绪尔：《普通语言学教程》，石白冲译，商务印书馆2010年版，第109页。

② [法]雅克·拉康：《拉康选集》，褚孝泉译，上海三联书店2001年版，第28页。

然发生分裂，而且主体的这种分裂是双重的。第一种分裂是"言说之我"（陈述行为主体）与"说出之我"（陈述主体）的分裂，它们之间是一种象征关系。这就是说，"言说之我"与"说出之我"是两个相互独立的概念，后者不能代表前者。"说出之我"是"言说之我"临时承载的一个社会角色；"言说之我"只有认同于这个角色才能说话。担当这个角色，人就成为主体。这两个"我"，是自我和角色的关系，在语言中处于分裂状态。可是我们说话时并没有意识到这种分裂的存在，相反，我们不断地回避这种分裂，努力维持自我是一个完整统一体的幻觉。从这个意义上说，我们一旦说话，我们就处于无意识之中。拉康把这种分裂符号学化。

第二种分裂是"言说之我"（陈述行为主体）与他要认同的"理想我"之间的分裂。这是主体在言语系统中进行语言实践所拥有的真实命运。主体使用"我"这个"替身"代替说话者，也就是说，实在的主体转换成了一个能指。所以拉康说"主体不是在说话而是被说"。①拉康看所谓的"理想我"不是实体的"我"，而是"他者"。也就是说，第二种分裂是"言说之我"与"他者"的分裂。要想理解拉康主体理论，我们首先必须理解什么是"他者"，我们在下一节对它进行详细分析。

---

① [法]雅克·拉康：《拉康选集》，褚孝泉译，上海三联书店2001年版，第291页。

二、主体等于"他者"

精神分析学研究的重点是主体问题，弗洛伊德就主体问题提出了"自我、本我、超我"理论，被广为传播和接受。受弗洛伊德"自我"理论的影响，有一种自我心理学在欧美流行开来。这种心理学把"自我"作为承担主体的一切存在。拉康对这种理论表示不屑。他认为"自我"并不是主体的全部，"自我"实际上是"他者"，让"他者"来承担主体的一切岂不是很荒谬？

那么拉康怎么理解主体呢？拉康认为主体并不是意识和无意识的主人，主体出现在意识和无意识分裂的地方。而"无意识是他者的话语"，"无意识的话语具有一种语言的结构"，主体是由他者的介入而形成的，主体是一个能指为另一个能指所表征的东西。因此，"他者"是拉康主体理论的重要概念。

拉康认为人的精神世界可分为三个维度：想象域、象征域和实在域。想象域是意象的世界，展示给我们的是幻想和形象；象征域是语言的世界，呈现的是能指的语言符号。排除了想象域和象征域之外剩下的领域就是实在域，这是一个既不能想象又不能象征的世界，它是不可能被对象化的，所以这个世界是人所无法理解的。拉康认为，主体不是"自我"，主体存在于"自我"之后；主体从非主体到主体必须经过两次分裂，一次是从非主体到想象域，一次是从想象域到象征域。拉康用小他者来对应想象域，用大他者来对应象征域。拉康从这两次分裂中，得出的结论是我不是我，而是他者。

（一）小他者：虚幻的镜像

拉康把自我意识看作具有历史性的，认为它并不是随着婴儿的出生就存在的。在拉康看来，刚出生的婴儿是一个"非主体"的无物无我的自然存在，他处在一片混浊之中，没有把自我独立于环境之外的观念，在心理上对自我和他人没有区分的能力。这时的婴儿对于自我与他人的认识是零碎的，没有任何整体感。

到了第 6 个月至第 18 个月，婴儿通过镜子看见自己是完整的统一体，这种形象还随着自己的动作而运动。在母亲的认同下，他把镜中的完整形象完全认同为是自己。而镜像中的形象是并不存在的，它与婴儿之间是一种想象的关系，对于婴儿来说它是一个意象的存在。对镜像的认同就意味着从外部世界来认识自我，"镜像阶段的功能是意象功能的特殊例子。这个功能在于建立机体与它的实在之间的关系，或者说建立内在世界和外在世界之间的关系。"① 镜像阶段的人的神经系统还没有完全发育，他无法控制自己的身体，像动物一样，对自身无法获得一个完整的认识。而镜像的出现，特别是婴儿看见随着自己的动作的变化而变

① ［法］雅克·拉康：《拉康选集》，褚孝泉译，上海三联书店 2001 年版，第 92 页。

化的镜像，他突然感觉到自己可以控制自己的身体。这样一来，婴儿对自身的把握是通过外在的形象来实现了。所以对镜像的认同，事实上是对他者的认同，因为镜像是虚幻的、不真实的。人只能通过自身之外的存在来认识自己。而当婴儿触摸镜中的自我时，却发现它并不存在，而是一个"假货"。这时，自我与镜像的自我发生了"自我异化"。自己认同的自我是一个幻想，自我是被他人制造并认同的"自我"，是他人的欲望的欲望。

然而，当一个视力有缺陷的婴儿看不见自己的镜像时，难道他自己的身体就真的不存在吗？他怎样去认识自我呢？就像动物，它有没有自我呢？这就涉及主体问题更深刻的层面了

（二）大他者；虚无的能指链

拉康在索绪尔语言学理论成果的基础上，对主体进入语言学系统进行了革命性的再认识。前文我们论述过，索绪尔的语言学认为：一个词的意义是在与其他词的差异中生成的，这个词所代表的客体并不能决定这个词的意义。那么，把这一原理应用到自我概念中就是说："我"这个词并不能代表具体的实在的我这个人。在索绪尔看来，语言是一个符号系统，它包含能指与所指两部分，所指包含语言符号的概念和意义，能指包含语言符号的音响形象。两者之间本没有确定的联系，只是在特定条件下，人们约定俗成而将两者之间的联系固定下来了，例如，"玫瑰"这个

声音和形象是能指，玫瑰所代表的"爱"的意义就是所指。可见所指是想象赋予它的，并不指向实在。

拉康在索绪尔语言学理论成果的基础上，对主体进入语言学系统进行了革命性的再认识。他将索绪尔的表达式 s/s（能指／所指）改写为 S/S（能指／所指），将表示能指的小写的"s"用大写的"S"来代替，意思就是能指在所指之上，强调与所指相比，能指具有更高的地位和功能。能指符号指向的是不在场的客体，也就是说，这种不在场的客体用语言符号来指称。这样，对所指的理解只能借助于其他的所指，也就是说，对一个所指的理解需要借助另一个能指的所指，这样无限循环下去。拉康把这种循环的能指叫作"能指链"。一个词语的意义需要借助其他词语来解释，这也就是哲学上的解释循环学。那么要理解一个所指，就必须去追寻无限的所指。可是对于人来讲，穷尽所有的所指基本上是不可能的，如果能指能够代替所指，人类就只需要记住能指就可顺利地交流了。在现实生活中，运行的其实就是能指，我们是听到声音之后才会思考这个声音代表的意义，我们在看见一个词语之后才会在脑海中去领悟它代表的意义。因此，能指不断地指向另一个能指，能指为另一个能指表征意义，而主体是能指表征的东西，所以主体也就是为另一个能指表征的东西。这样一来，主体就在能指链中被抹去了。

由此我们可以得出拉康的观点，主体在语言的能指链中变得虚无，主体在进入语言的时候已经发生了分裂。拉康借助"小他者"否定了弗洛伊德的"自我"，借助"大他者"否定的是整个人类主体。

（三）无意识和语言

拉康把索绪尔的语言符号学中能指与所指关系理论运用到精神分析中，对弗洛伊德的无意识理论进行了新的发展和阐释。拉康明确否定弗洛伊德的无意识先于语言的观点，他认为语言是先于无意识而存在的，无意识是语言的产物。他明确宣布"这个学科（精神分析学）的基础正是建立在语言之上"。[①] 而且拉康还认为，无意识具有类似于语言的结构，是语言构成了无意识。拉康认为被意识压抑的就是无意识，而能被意识压抑的只有观念，观念无意识心灵就相当于索绪尔语言学中的能指符号，它不会追寻对语言符号的所指的理解。被压抑的无意识不是从此消失不见了，而是会与其他无意识建立关系，在一定的条件下以扭曲的形式通过意识表达出来。语言符号是一个区别系统，能指的声音和形象区别于别的声音和形象时，它才能存在。思想体系像语言一样，只有区别的存在才能具备确定的意义。而思想是视觉触觉和味觉等都无法感知的存在，其本身无法做区别。所以对于表达思想的语言，在声音形象上的区别就成了所指之上的优先存在。

---

① ［法］雅克·拉康:《拉康选集》，褚孝泉译，上海三联书店 2001 年版，第 246 页。

海德格尔说过，语言是此在的家，列维－施特劳斯认为神话是语言的一部分。他们都把语言视为世界的中心，认为人类的一切都植根于语言。在拉康看来，无意识是语言的产物，主体的无意识就是他人的话语。在小他者中，我们就知道拉康认为主体的自我是他者的观照。拉康从两个方面证明主体通过无意识被语言的先期存在而消解了。首先，无意识和语言是相互统一的存在，"它把无意识和语言看成是你中有我，我中有你，难分伯仲、高下的东西。"① 虽然主体借助语言进行思考和表达，看似是主体自由选择的词语，但是在运用语言之前人会运用自己学会了的语言。一些画面和景象在进入我们的意识之后，我们在说出它之后才会回味它的意义。所以无意识与语言的关系其实是主体的自我与他者的话语的关系。在语言的世界里，主体的自我与他者的话语是在无意识下交流的。其次，主体在他者的无意识（他者的语言）下消失了。一般观念认为，主体之间的交流是意识层面上的交流，他们彼此有意识有目的地交流思想、传达信息或者表达感情。但是在拉康看来，语言先于无意识，主体的意志和欲望在无意识中被语言重组了，那么主体的思想和欲望就不存在了，主体之间在进行的交流其实就是主体的无意识与他者的交流。

综上所述，"镜像阶段"拉康通过"小他者"来对主体的自

---

① 朱立元等:《西方美学通史·二十世纪美学（下）》，上海文艺出版社1999年版，第128页。

我进行重新界定，认为主体在形象上就是通过他人的"眼睛"来认识自己的。在"大他者"中，拉康从能指与所指的无限循环中，把主体打入虚无的境地；最后通过语言和无意识之间的关系，指出主体与主体之间不是有意识的交流，而是主体的他者与他者的形象之间的一种交流。在"大他者"中，拉康在象征域的世界中，把主体归结于"他者"。至此，拉康把主体杀死在无意识之中，拉康完成了"主体＝他者"的理论。

三、作为"他者"的作者

在近代理性主义哲学中，笛卡儿的"我思故我在"理论把人和主体结合在一起，确定了人的主体地位。可是拉康却认为"在我思之玩物之处我不在，我在我不思之处"。[①]拉康认为，人不仅能思考周围的世界，而且还可以把自身当作一个对象来思考。但是不得不承认人类固有的局限性：人一旦思考，他就与自己分裂开来，而且这种分裂还由一个"我"来连接。人不但生活在自我与世界、自我与他人的关系中，还生活在与语言的关系中。因此，关于主体问题，拉康认为不是笛卡儿的"我思故我在"，而是"我思故我不在"。那么主体是怎样的存在呢？黑格尔回答说，

[①]张一兵：《不可能的存化之真——拉康哲学映像》，商务印书馆 2006 年版，第217 页。

自我意识就是欲望。在饥饿寒冷、痛苦不堪的时候，自我意识就出现了，而且这种欲望一定是"我"的欲望。欲望中的我一定会去满足欲望从而改变自我。所以说主体是欲望的主体。

拉康认为，进入语言象征世界之后，主体就是一个分裂的主体。任何主体都是分裂的，作为作家的主体就更加深刻、敏感地感受到自己的分裂，所以他们更加渴望了解自己最根本最真实的存在。从精神分析的角度来看，作家都是臆想症患者，他们自觉地按照自己的欲望行事。作家的创作过程就是满足自身欲望的过程，这个欲望的满足通过幻想的形式，而这个幻想最终以文本的物质形式保存下来。所以，从精神分析学来看，文本就是作者在追问所指过程中的能指链中无数能指中的其中之一。

在拉康看来，主体的话语就是欲望的表现，文学创作是这种话语的典型代表。在文学史上，司马迁"发奋著书"，韩愈"不平则鸣"都是作家真性情的自然流露，都说明文艺创作是为欲望所驱动的。无论文学文本或长或短，都是主体在表达内在的欠缺。当主体出现欠缺时，语言自然而然地涌出心灵。前面我们已经论述过，能指的本质就是为其他能指表示主体，那个最本真的所指，那个不在场的欠缺的欲望语言永远无法到达，换句话说，那个欠缺消失在语言表征的世界了。所以我们说，主体诉诸语言想极力表达的能指的"它"，还是在能指链的无限循环中无法抵达。综上所述，如果你承认上述理论是可信的，那么，在拉康的主体理论中，文学创作中的作者就是一个"他者"。

语言是超越人的存在的，无意识是他者的话语。作为作者的他者，不是"小他者"，而是在语言结构中作为能指的主体的"他者"，是"大他者"。为什么作者的"本意"不能作为文本阐释的标准呢？也就是说，文学活动中，到底是谁在说话呢？拉康的回答是：他者！因为作者是作为一个他者在进行创作的。

首先，在文学创作的过程中，作者就是一个"他者"。在拉康的主体分裂理论中，在意识主体下面隐藏着无意识主体，在陈述的主体下隐藏着一个言说的主体。作家要想创作出超越他认识范围的作品，他就必须要超越他的意识层面，进入无意识思考的空间。如果一个作者创作的作品局限于他的认识水平之内，那么这样的作品注定是失败的。所以，作者应该在无意识层面作为"他者"进行创作。拉康所强调的无意识是语言、文化和主体之间相互作用的结果，无意识不是一个真实存在的实体，而是一个过程。意识的主体是对空间中的某个形象的认同而形成的实体，无意识的主体只是能指链中的一个能指。作为他者的作者在创作过程中表面上是主体与其他主体的交流，而实际上是主体意识与无意识之间的交流。

其次，文本完成之后，作者仍然是一个"他者"。在作品完成后，作者就被语言的帷幕遮蔽了，他就变成了一个不可还原的存在。拉康认为，虽然作者退居到了语言的幕后，但毕竟是他完成了文本，他只是被自己建构的语言世界遮蔽了，并不是像接受美学所认为的那样，作者在文本的构成中无关紧要，可以完全被忽视，认为文本的生成是读者的阅读创造的。不过，在作品完成之后，任何作者都是隐藏在语言幕后的虚幻形象，但是，这个虚幻的形象对作品的存在仍然是不可或缺的。同理，他者虽然是一个虚幻的形象，能指链中无法把握，但他的结构仍然影响着我们的生活，也是一个不可被忽视的存在。

至此我们知道，在小他者中自我只是一个虚幻的假象；那么意识的主体就是这个虚幻的假象的代理人。因为自我本身就是一个幻象，所以文学创作的作者就是这个幻象所看到的幻象。因此，我们要认识作者，就要让作者回到他者的序列中去，而不是让他从他者的序列中走出来。

四、主体≠他者

拉康在借鉴和发挥了索绪尔语言能指与所指的关系，从而使主体在能指与所指的断裂中发生分裂，最后在语言先于无意识的理论中，将主体杀死在能指链中。作为文学创作的主体的作者，是欲望的主体，文本是欲望诉诸语言的物质形态。作为主体的作者在文学创作中必须有无意识参与，才能创作出超越意识认知范围的作品。文本的意义不能用作者的本意来阐释，因为是作为他者的作者在进行文学创作。

拉康认为主体承受着自身的幻象和他者的欲望的双重打击，最后杀死在无意识和语言中。主体本虚无，一切皆想象。这个结论看似悲观消极，但是在西方二元对立的哲学背景的基础上，认为追求真理和本质的主体死了，这是反逻各斯中心主义的，是进步的。作为伟大的精神分析大师的拉康，其主体理论无疑是充满智慧和想象力的，杀死主体绝对不是拉康主体理论的终结目的。虽然主体死了，但是主体之所以称其为主体的精神内核仍然存在。拉康是在警告人们，在当时物欲横流、世风日下的社会背景下需要保持独立的主体精神。

拉康的论证主体之死的过程也不是毫无挑剔之处。在大他者中，拉康随意地发挥了能指的概念，将主体推向一个接近虚无的境地；在无意识与语言的关系中，过分地扩大了语言的领域，夸大了无意识的作用。将主体杀死在无意识中，将主体等同于他者，在现实中并不具有很强的实践意义。所以在某种程度上讲，拉康的观点与巴特一样，在理论上有很深的洞见，但只是片面的深刻。意识主体与无意识主体同等的重要，忽视意识主体的需求是为纯理论做牺牲。

在文学创作中，拉康认为，文本是作者在欠缺的驱使下说出的言语的物质形态。作者在创作中需要介入他者的位置，并作为他者进行创作，但这并不意味着文学创作中的作者是完全处于无意识和非理性的状态。作者应该既是一个独立的主体，同时又处于与其他主体的关系中的象征秩序。文学创作应该是作者的意识和无意识共同参与和协调运作的结果，因此将文学创作完全看作无意识的观点毫无疑问是荒谬的，我们不能赞成文学文本的意义完全来源于作者、语言或者读者其中的任意一个因素，我们认为文学文本的意义应该来自各个主体的结合。文学理论的发展应该从主体走向主体间性，不是某一个主体占据绝对的权威地位，而是各个主体之间相互对话、平等交流，文本的意义是开放的、多元的。

四、结语

从作者理论诞生的那一刻起，对作者的非议也就同时存在了。但是在后现代主义结构主义语言学的影响下，对作者主体性的消解却与之前的所有反对神话作者的理论都不同。法国理论家罗兰·巴特、福柯和拉康共同的观点是作者的主体性在语言的作用下变得无足轻重了，然而他们理论的侧重点各有不同。巴特认为作品是一种语言的建构，文本的意义由语言结构决定，作者只是文本的生产者，他不用对作品的意义负责。福柯从权力话语的角度消解了普通意义上的文本意义的作者。福柯并没有否定作者主体性的存在，而是在排除作者身上的社会历史维度来研究作者，认为作者只是权力作用下的话语实践的一种功能性作用。对于拉康来说，他把语言学知识引进精神分析学理论中，认为在语言的作用下主体是意识与无意识分裂的主体，主体就是他者。对于文本的作者来说，文本的生成实际上就是作者无意识下主体在用语言来诉说自身欠缺的自言自语，因此，作者就是一个他者。由此观之，在结构主义语言学理论背景下，主体消失在了以语言为核心的结构模式中，作者不是普通意义上文本意义的阐释者与拥有者，文本的生产只是语言框架下各种关系与功能的展现。

综上所述，在语言学转向的背景下，作者死亡论在各理论家那里呈现出了一些共同特点。首先，结构主义语言学的实践与运用下的"作者"在文本中是飘散的，作者的主体性是隐匿的。巴特、福柯、拉康所做的努力都是从语言的角度来思考文本是"谁在说话"的问题，将文本的诞生看作是语言的结构和模式的产物，而不是作者主观意志的体现。作为文本生产者的作者飘散在语言结构、语言模式之中，作者变成一个交杂着各种场域的空间。文本最终以语言取代作者而获得了重生和自由。

其次，作者的作用在文本意义之外而存在。在巴特看来，作者在写作中只是担当机械的语言结构的重组者，文本的生存是语言结构自身的产物。福柯把作者视为权力话语实践的功能性存在。而拉康认为，作者只是无意识主体的一种形式。在他们看来，在宏大的结构面前，作者网络结构中的一个点，作者不是高高在上令人瞩目的英雄性存在，而是一个力量微弱的不起眼的配角。可是他们又认为在文学活动中，这个配角却又是不可或缺的，因为作者在于文本生产与文本意义之外仍然存在。在巴特看来，作者的功能存在于语言结构之中；在福柯看来，作者存在于权力话语之中；在拉康看来作者的功能只是存在于无意识层面中；作者的社会历史性完全不在其中之列，但是这不表示作者完全不存在。可以说，结构主义下作者的功能在宏大的结构功能下衰微了。

然而面对挑战人们思维的思想风暴，有的评论家认为，在思想被语言异化、自我主体被消解和话语转换的后现代时期，"作者死亡论实质上是人类对追问世界意义的权利的放弃，是人类逃避历史从而躲进语言世界的放纵和游戏。甚至有评论者对"作者之死"理论大加挞伐，认为这最终会导致精神维度的消逝和主体的消亡。然而，作为20世纪人文领域杰出代表的理论家，罗兰·巴特、福柯和拉康，他们不会看不到主体在改造世界中的作用和重要性，他们并不是从本质上否定创造主体的存在价值，也不是要抹掉人的理性意义，而是从不同角度深入挖掘和剖析"作者"这个概念，从而揭示出，在人类的语言规律下，文本意义与文本生产是如何发生和呈现的。也就是说，在后现代语言学转向下，作者之死不是实体的作者的消失，而是作者主体的消失。作者出现在语言结构的框架中，出现在权力话语的实践中，文学创作中的作者不仅是意识层面上的主体，同时也是无意识层面上的主体。后结构主义追问的不是"谁是作者"，而是"什么是作者"，语言学转向下作者观的探讨，是对"作者"本质与属性的考察，而不是对社会与历史语境下的作者的考察。

但对于文学作者主体的问题，巴特、福柯和拉康仍然没有真正地解决。他们在主体批判的背景下进行文学作者主体的解构，这是有其时代历史意义的。但作为文学理论的作者，考察其本质属性并不是最终的目的，了解作者在文学活动中处于何种状态和位置，让其在应有的位置上发挥其合理的作用，这是文论家们努力探索的方向。

但是我们在追寻作者的理性意义和价值的同时，意识到结构主义语言学的影响下，把作者杀死在语言结构和权力话语化及主体无意识中，不仅是 20 世纪理论家特立独行的思想宣言，同时这也是对当今消费网络时代文学艺术生产发展的理论先导，是对当下文学世界的一种阐释和发现，对当今多元的文化艺术世界都产生了深远的影响。

消费社会中艺术审美的价值取向及现实反思

伴随生产力的快速发展和科学技术的进步发展，社会物质商品日益丰富，在总体上，人类社会正在逐步告别商品稀缺的生产社会，正步入商品较为丰裕、追求个性化生活方式的消费社会。在消费社会，人们不仅注重消费商品的使用价值，还将目光转移到对商品符号价值的消费，如此一来，文化消费已经成为推动文化产业发展的内驱力，由此也催生了消费主义的盛行。人们的审美趣味受到特定的社会物质生活条件和思想观念的制约和影响，在消费观念的冲击下，人们的艺术审美活动日渐融入"消费文化"特征，"以往艺术引以为豪的历史感、人性价值、理性判断等深度模式，退隐到满足大众生活享受的新的消费性之中"，"艺术审美活动的生存权利随之向广大艺术消费者方面转移"。

一、消费社会促进艺术消费的崛起

在波德里亚看来，"今天在我们的周围，存在着一种由不断增长的物、服务和物质财富所构成的惊人的消费和丰盛现象。它构成了人类自然环境中的一种根本变化。恰当地说，富裕的人们不再像过去那样受到人的包围，而是受到物的包围。"生产总是一定社会关系中的生产，纯粹孤立的社会生产是难以想象的。进入现代社会，消费活动在社会经济生活中的地位越来越重要，人们对"消费"的认识从贬义色彩逐步转为中性色彩甚至褒义色彩。从接受美学的角度审视，艺术产品价值彰显不是某个消费者聊以自如的表达个体行为，而是要有让人阅读、让人欣赏或让人消费的公共行为。在消费社会中，资本力量、技术推动与人们主观审美诉求等因素，对艺术审美发展走向起到重要影响作用。

（一）资本逻辑的内在推动

与自然审美不同，艺术审美的对象是以艺术作品为主，表现为领悟感受艺术品艺术之美的对象化活动，给予人们一种更高层级的审美愉悦和审美享受。马克思指出："自由自觉的活动恰恰就是人的类的特性。"然而，在消费主义的情境下，在资本的裹挟和推动下，艺术品逐渐偏离文化的公共属性，背离了维持人的精神世界秩序的价值旨趣。在资本逻辑操控的商品社会，功利化的艺术消费带来艺术审美的庸俗化，一旦艺术品堕落为商品，艺术的自身价值随之降低，丧失了审美的神圣性，日常生活的廉价审美化降低了审美的价值标准。在经济活动创造的物化世界中，物质欲望和资本逻辑全面支配了人的生产生活，人所创造的艺术商品主宰了人的活动，人自然成为被物化的商品的奴隶，艺术生产沦为资本的附庸。为了迎合一些消费者的虚荣心和功利心，一些商家赋予文化艺术品以某种意义的符号，任意推高艺术品价格，使得艺术品消费与人们的身份地位、经济实力、价值观念、品德修养和个人爱好紧密关联起来，艺术的审美价值被广泛消解，艺术品本身含有的文化价值被消解得支离破碎。

（二）技术发展的直接推动

在瓦尔特·本雅明看来，复制技术对人们的审美活动产生重要影响，指出："随着照相摄影的诞生，手在形象复制过程中便首次减弱了所担当的最重要的艺术职能，这些职能便归通过镜头观照对象的眼睛所有。"杜夫海纳在《当代艺术科学主潮》一书中指出："艺术作为审美体验的一种结构性活动，总是同人的活动及其技术联系在一起的。"然而，复制技术让艺术品的"本真性""即时即地性"无法被复制。总之，当代艺术审美话题的探讨，不可避免地涉及技术发展对文化艺术的深刻影响，当代审美文化中的"技术本土化"问题引起了学者的广泛关注，"当代艺术审美活动——生产/消费中的技术力量，乃是一种从根本上直接驾驭了艺术审美价值的叙事元素；它不再是传统艺术语境中游离在艺术审美活动之外的某种无关艺术本体的工具性存在，而成为直接关系艺术'如何可能'的最基本元素"。一方面，现代信息技术发展特别是大规模复制技术的出现，人们可以借助现代信息技术特别是网络信息技术的作用，享受到物美价廉的文化艺术品，极大地丰富了对艺术作品的审美诉求；另一方面，网络传媒"创造着人们的欲望，刺激着大众的欲望，而且也最善于将这种欲望转化为一种心理实际需求"，在网络消费的带动下，文艺作品的获取传递变得轻松自如，一些文艺作品凭借着丰富多彩的文化包裹，利用网络快速传播的特点，以商品销售、信息推送等诸多形式，推送文艺作品在内的各种消费品，在经济效益主导社会效益的情况下，潜意识地影响到人们的审美情趣、思维模式和消费观念，隐含着审美贫枯的危机。

（三）人们多元审美的现代诉求

艺术作为最精纯的审美形式，遵循着审美的基本规律，其中审美心理规律构成审美规律的核心内容。当今，艺术的生长环境和传播环境发生了很大变化，特别是网络多元文化影响下，各种艺术作品充斥于网络空间，并延伸至现实生活之中，构成了一个众声喧哗的艺术作品生产场和传播场，不同价值取向和审美格调共同存在于现实社会。价值观念多元化是当代社会发展的必然趋势。消费不单单是个体行为，更是一种社会行为，受社会关系和社会制度的制约。从根本上讲，现代艺术审美的多元化取决于现代社会的价值观念多元化。詹姆逊在《晚期资本主义的文化逻辑》一书中指出，大众文化的发展是实现人类自身全面发展的必备条件之一。在现代消费社会，人们的价值表达更加个性化、社群关系更加圈群化，人们的艺术审美不再局限于小众化范围，艺术与生活的界限变得日益模糊，街头文化、俗文化、广告语等成为消费社会人们多元审美的缩影，勾勒出精彩纷呈的大众艺术审美的图景。

二、消费社会背景下艺术审美的多元面相

马克思在分析生产与消费的一般运行状态时，强调："生产直接是消费，消费直接是生产，每一方直接是它的对方。"在艺术整体活动中，艺术生产与艺术消费呈现互动的生存关系。在消费社会中，人们的艺术审美深受消费心理左右，呈现出艺术审美对象商品化、功能平面化、主体大众化和风格模糊化等多重面相。

（一）艺术审美对象商品化

从意义区分上，"商品"与"审美""艺术"属于不同的范畴。艺术的表现形式与特定的社会背景紧密联系，即任何时代的艺术都明显地带有特定时代的烙印。然而，伴随社会的快速发展，艺术与生活的距离变得越来越近，不同范畴的概念之间

呈现越来越明显的合流趋势。文化艺术品与一般物品不同，具有明显的非物质性的文化价值，其价值远远高于其物质呈现的使用价值，即"艺术品"是"思想产品"。消费社会引起当代艺术生存语境的最大变化，为了满足不同层次消费者的消费需求和审美消费品位，艺术品在市场消费的驱动下渗透着艺术商品的气息，商品性和市场性观念介入艺术生产与艺术消费，商品审美化与艺术商品化构成"日常生活审美化"的独特景观。在消费社会，商品交换原则在文化艺术商品领域开始蔓延，过去专有消费品的"灵韵"难以延续，炫耀性消费和过渡性消费影响到文化艺术品价值的有效传承，艺术消费易陷入享乐主义的消费伦理的泥淖之中。

（二）艺术审美向度平面化

追求娱乐化是消费社会的突出特点，艺术接受与艺术消费的对立关系正在逐渐消解，艺术接受行为的消费特点体现得越来越明显。在消费导向的艺术消费环境下，艺术家的艺术创作更多指向满足某一特定审美需要的工业产品，"商品艺术化"倾向促使文艺作品的"思想性"被"物质化"所替代。艺术形象要反映生活的本质和规律，体现艺术真实性，是马克思主义文论的基本观点。然而，在消费主义语境中，人们的艺术消费更多停留在影像消费层面，更多追求满足人们身心放松、愉悦心情的目的。丹尼尔·贝尔将大众文化与消费社会联系起来研究，并指出"如今，'主流话语'是视觉"，"当代风尚的本质是渴求行动（和冥想相反），追求新奇，欲求感官刺激。而恰是艺术中的视觉元素最好地安抚了这些冲动"。在消费社会中，人们将眼光多投在艺术审美的"形"上，关注艺术对象的浅层面内容，对其背后价值的深度内容缺乏"意"的追求。正因如此，较传统社会，艺术品的审美功能和社会功能发生转变，艺术审美多注重直观和感性的艺术消费，对艺术品的深度思想内涵缺乏"深究"和"注意"。

（三）艺术审美主体大众化

审美是对美的主动性感悟，审美的灵性灵感和文化底蕴，构成艺术的灵魂。长期以来，艺术被认为需要专门接受训练才能获致，美国学者埃伦·迪萨纳亚克认为，在艺术的自主化过程中，"艺术已经变成即使不是一种宗教也至少是一种意识形态，其原理由那些有足够闲暇并受过足够教育来占有艺术的少数人来表述，也是为他们而表述"。在现代社会，艺术的神圣性、仪式性以及审美性逐渐消解，现代机械生产方式使得艺术作品的机械复制得以大规模实现，消除了艺术的独立性尊严，普通大众能够方便地接触到艺术作品。从艺术作品的感知来看，正如黑格尔指出的，"艺术的感性事物只涉及视听两个认识性的感觉，至于嗅觉，味觉和触觉则完全与艺术欣赏无关"。在后现代美学叙事中，美和艺术的等级性被逐渐消解。在网络技术广泛普及的信息化时代，艺术商品被大量生产，短时间内快速融入消费市场之中，艺术产品从少数人专有的"象牙塔"中走出来，普通大众同样能够享受到文化商品审美功效。

（四）艺术审美风格模糊化

在机械复制时代，艺术作品被广泛地生产、销售和传播，艺术作品作为消费品和政治宣传品的可能性极大提高，艺术变得大众化、民主化、普及化，能够满足大部分人的"消费艺术"需要，故而有人称为艺术作品"灵光的消逝"和"艺术的祛魅"。在消费社会，一些厂商和艺术创作者为了满足大众化的艺术品市场需要，奉行"占领大众就是占领市场"的理念，以大众的视角创造进行艺术的创造，遵从商业法则的曲意逢迎和世俗导向，取媚于大众。此外，在现代科技的推动下，技术复制带来技术的草根化，艺术作品的创造难度大为降低，艺术审美的民主化倾向更加突出，艺术作品不再作为一个仪式崇拜的东西，丧失了艺术特有的风格。消费社会带来了新的生活方式、价值观念和审美趣味，人们的日常生活广泛地具有审美特征，艺术创造的主体性原则大受冲击，艺术审美的界限变得模糊，"消费社会使我们的日常感觉变得敏锐而有色彩，审美的需求代替了物质化的单纯需求，这一切确实在潜移默化地改变着我们的环境和我们的内心"。

因此，消费时代艺术作品的民主化与商业化，彻底消除了艺术作品的本质，欣赏者与艺术品之间的审美关系渐渐走向受众与消费品之间的消费关系。

三、消费社会背景下艺术审美的现实反思

在现代社会中，人们对生活品质的追求不断提高，要求商品满足基本使用功能之外，对商品具备的审美功能提出更高要求。在消费时代，艺术审美与经济因素联系越来越紧密，随着大众消费意识的膨胀，如何引导人们树立正确审美观，构建审美生活，成为消费时代艺术审美面临的重要任务。

（一）价值导向：树立正确的审美观和消费观

陶冶良好情操、提高精神境界、引导健康向上是审美的目标。树立正确的艺术审美观，就是要把握形式美与内容美、现象美与本质美的有机统一，培养高尚、健康的审美爱好。约翰·奈斯比特指出，每当一种新的科技被引入社会，人类必然会产生一种需求加以反应，即一种情感与审美，这种情感与审美的需求越大，说明这种技术越适应社会生活，并将会延伸到生活中的多个领域。艺术消费既是一般商品消费，又是特殊的精神消费，有助于弥补消费时代带来的审美贫瘠。然而，在资本、技术以及心理

因素共同作用下，消费时代艺术审美呈现出艺术消费化与消费艺术化的双重特征。在此背景下，一些艺术消费者为了满足自己的虚荣心，降低艺术品质、修养的追求，盲目追求艺术奢侈品，因而难以达到艺术审美的最佳效果。正因如此，在生产消费中，全社会形成健康的消费理念，就要积极抵制物质奢靡，主动引导审美意识，将艺术消费与艺术审美结合起来，重视艺术的实用性与审美性，提高生活品位，提升生活品质，领略艺术美的享受，从而更好发挥艺术的审美功能。

（二）审美生态：构建和谐的艺术消费环境

从经济学视角看，生产与消费相互依存、互为条件，生产是消费的前提，同理，"没有消费，也就没有生产，因为如果这样，生产就没有目的"。在艺术生产领域，艺术消费对艺术生产的制约作用同样值得关注。在当今的消费时代，娱乐性主导着审美性，泛娱乐化现象不利于艺术文化产品的生产，容易使文化产品丧失原有的审美属性。诚然，"从艺术审美趣味的时代差异看，审美趣味的时代差异是根据社会消费群体因时间变化而形成的差异来划分，因为社会消费群体是随着时代发展而不断变化的"。在市场经济条件下，市场为艺术消费带来广阔前景，能够进一步激发艺术创作热情，促进艺术产品市场的繁荣。然而，各种艺术品投资理财、艺术公募或者私募基金、艺术信托等新型金融产品不断翻新，对艺术品商业化的炒作日益泛滥。在消费社会，我们按照美的规律创作艺术产品，激发人们对美的追求，把握文化艺术产业发展特点，积极引导艺术市场规范发展，建立健全艺术市场体系，建构规范、竞争有序的市场。

（三）审美素养：提升社会艺术审美鉴赏水平

马克思曾说："一件艺术品——任何其他的产品也是如此——创造了一个了解艺术而且能够欣赏美的公众。"艺术审美和艺术欣赏旨在塑造完整的、具有创造性的个性，促进人的全面成长。艺术作品的价值与否，与它的欣赏者的审美素养有很大关系，从某种意义上讲，是欣赏者造就了艺术作品，正如列宁所说："为了使艺术可以接近人民，人民可以接近艺术，我们就必须首先提高教育和文化的一般水平。"在消费社会中，艺术审美的一个显著特征，就是大众化、时尚化走向，追求流行、通俗而非永恒与美，削平了艺术创作的门槛，让审美从社会小众的神圣膜拜走向大众的日常生活。因此，培养消费主体的艺术审美素养对于全社会审美意识提升具有重要意义。从艺术审美的理论素养来说，需要掌握基本的美学与美育知识，理解美的本质、美的要素、美的形式、美的价值，把握美的创造规律、艺术美的创造方法等，增强对艺术的理解和认同，而不被消费社会各种错误审美观所左右。从艺术审美的实践素养来讲，需要运用美的知识解决现实社会中的美育问题，树立健康的审美趣味、丰富的审美能力和高雅的审美理想，提升审美感知力、审美判断力、审美理解力、审美想象力和审美创造力，从而实现审美理想，塑造全面、自由而解放的人。

后　记

　　艺术是人类文明的结晶，有史以来，艺术形式多种多样、精彩纷呈，与之相对应的艺术理论源远流长、博大精深。古往今来，许多学者和理论家都对其做过不同的研究和论述。文艺理论是一个非常难的学科，研究对象非常庞杂，研究方法十分严谨，研究者需要具备一定的知识储备和语言表达功底。作为一个学习者，我选取这个题目来论述，可谓诚惶诚恐、如履薄冰。确切地说，这本小集并非严格意义上的中西方文艺理论比较研究，只是所录文章内容大概归于这个领域，论述的内容也难以与这么宏大的主题相对应，为了方便起见，斗胆采用了这个标题。在各种压力下，壮着胆子把它付梓，因为想到：我们所有获取的知识，都是前人通力合作的结果；我们所有对事物的认识、结论和观点都是不同程度地来自他人，所有写作都是站在前人基础上进行的。我的写作就是在阅读大量著作和论文的基础上进行的，只是有的借鉴和引用不动声色，有的则明目张胆。这本书是我学习文艺理论过程的一个积累，也算是对自己学习过程的一个总结和交代。

　　特别值得提出的是，由于我美术史知识比较薄弱，写作时间比较仓促，在写作《明代宫廷画院与宫廷画家研究》和《"浙派"绘画研究》两篇文章时，比较多地参考了单国强、赵晶所著的《明代宫廷绘画史》和叶子所著的《薪火相传——浙派及明代院体绘画研究》这两本书，还有一些其他著作和论文，在此不一一列举，对作者表示感谢。由于我的水平和能力有限，书中多有不足之处，恳请专家同仁批评指正。